# 献鱼

下册

扶华 著

青岛出版集团 | 青岛出版社

## 第十三章
## 一个故事里的反派可能会迟，但一定会到

这样的魔虫不论对谁来说都是十分棘手的东西，但司马焦不同，他的灵火是这种东西的克星。他走了一路，脚边已经铺了一层黑灰，那些敢靠近他的魔虫连尸体都被烧成了灰烬。这桥上不仅有魔虫，还有阵法，连套的阵法。他每踩一步，身边的景色都在变换，若是一下踩错，身前就不是长桥，而是另一个交错的阵法空间，连环杀阵。

障眼法、魔虫和阵法，只这三样，几乎就能拦下所有的不速之客，换了廖停雁，她都发现不了被人隐藏起来的长桥。可惜这些都拦不住司马焦。他的动作极快，修长的黑色身影乘了风一般飘过长桥，落进另一座山。

一脚踩到那山的石阶上，司马焦眉头一动，这里不像方才看到的

## 献鱼 下册

那个寻常小山峰。从踏进这里他就发现,这里竟然是被人凭空造出的一个空间,实际上并不在原处。这一处狭窄的空间里,连天都是与外面截然不同的赤色,山间的雾岚也是淡淡的红,似乎染了一层血腥气。

师千缕那个老东西,或者说师氏,究竟在这里藏了什么东西?

司马焦只看了两眼,脚下忽然张开了一张血盆大口。那张巨口出现得悄无声息,一张一合,只在瞬间,就要将司马焦吞进去。

咔的一声,这是巨口闭合发出的震颤声,那个本该被巨口咬下去的人却出现在了空中。

"看门狗?"司马焦冷笑一声。

这样的凶兽很难得,只看它的体形和身上的煞气就知道这定是从极北深渊里带出来的。这样的凶兽大多喜欢吞吃人肉,这里养了这么一头畜生,难怪血腥气这么重。然而它对别人来说是凶兽,对司马焦来说也不过就是只看门狗。

巨大丑陋的凶兽现出身影,判断出眼前的人是闯入者,发出阵阵咆哮,口中的腥臭气息变成阵阵黑云,笼罩在天空中。司马焦站在空中,抬起手,反手从虚空中抽出了一把两指宽、通身乌黑的长刀。那刀刀刃平直,刃长三尺,柄长二尺,模样与一般的长刀不太一样,长得有些邪性。

司马焦惯常杀人只用手,用两根白皙的手指就能夺人性命,可面前这畜生实在丑陋又庞大,他懒得用手,而且最近廖停雁总嘱咐他手不要用力,他固然可以用手捏碎这畜生的脑壳,但总要给在家等他的人一点儿面子。

乌黑的长刀在他手中显得轻巧,挥下的时候刀光像是电光,有种刺目的白。凶兽坚硬的背甲在刀光下裂开,它的怒号声响彻整个独立空间。司马焦提着许久未用过的长刀,把这条叫声凶狠的看门狗切成了十几块,最后一刀剁烂了它的大脑袋。

凶兽的血是红色的,它这么大一只,血流得像小河,鲜血喷涌出来的时候难免溅上,司马焦的刀刃上不沾血,但他的衣摆在往下渐渐沥沥地滴血。他看了一眼,把长刀拍回虚空中,踩着刚铺就的鲜血长河走近那一座笼在结界下的山。

这最后一道结界才是最为棘手的,他就算有所收敛,弄出来的动静恐怕也已经惊动师千缕了,但他想打开这一道结界还需要一段时间。

既然这样,那就不打开结界了,不管里面是什么,他直接毁了就是。司马焦理所当然地想。

"进……来……"一道虚弱的声音忽然从山中飘来。这声音实在太缥缈,被风一吹,宛如树叶沙沙的响声,反而不像人声了。

"来……"随着那声音的传出,司马焦面前的结界溶解,留下一道可供他进入的缺口。那幽深的洞口像是诱惑人进去送死的怪物的巨口,避过凶兽巨口的司马焦这一次主动走了进去。他并不怕里面有什么陷阱在等自己。他到了这种修为,对自己的绝对自信和对死亡的毫不畏惧只会让他随心而为,就如师千缕对他的判词——狂妄且自我。

山间结界内,大如宫殿的黑玉形状似莲花,或者说像是奉山血凝花。这朵巨大的黑莲落于一片血河中。血河赤红中带着点儿碎金,有温热的温度。司马焦的神情灰暗,这血河里的血有司马氏血脉的气息。他忽然想起之前自己在百凤山看到的那些牲畜般被圈养的人,明白那么多并不纯粹的血液究竟有什么用了。那些血液多半汇集在了这里。这么多的血,哪怕不纯,也有着足够的能量浇灌出血凝花,甚至不只是血凝花。

司马焦浑身的戾气翻涌起来,就如同他去百凤山时一样,他迫不及待地想要毁掉这里,想将这热气腾腾的血河全部烧干。

他走过血河,走向河中那座黑玉石莲。他踩着光滑的石莲瓣走上去,见到莲心的石台上躺着一个人。石台凹陷,里面盛满了血液,这里的血液显然比外面血河中的更接近于纯粹的司马氏血脉。

第一眼,司马焦看到的不是那个石台血水里躺着的男人的模样,而是那人被剖开的心口。那里长了一朵血凝花,血凝花之上,是一簇小小的火焰。

## 献鱼
### 下册

　　司马焦的瞳孔缩紧。那是奉山灵火，世间本该只有一簇的奉山灵火。司马焦与灵火合二为一，自然能感觉到现在这簇并不大的火苗。司马焦感觉这簇不属于自己的灵火和自己只有一丝隐约的联系。

　　他们竟然又生生养出了一簇灵火。这绝不是一代两代或者几百年内能做到的事儿，恐怕从很久之前，他们就已经在做这件事儿了。

　　司马焦终于将目光投向那人的脸。那是一张很熟悉的脸，因为那张脸与司马焦自己的容貌格外相似，只是容貌相似，气质却不太相同，这男人的气质要更沉稳些。

　　男人睁开眼睛看着司马焦，缓缓露出一个笑："你终于……来了，我一直在……等你……"

　　司马焦看了他一会儿，神情没有什么变化。

　　司马焦问："司马莳？"

　　司马莳是司马萼的哥哥，司马焦的生父。据说这个男人多年前突然发疯自杀而亡，原来他并没有死。

　　司马莳望着司马焦的目光很温和，是一种长辈看小辈的目光，但司马焦看司马莳的眼神和看其他路人的没什么区别。

　　"萼儿……听了我的话，将灵火……与你……相融了，你能坚持下来……我很欣慰……"司马莳的话断断续续，"我要告诉……你……一些事，将手放在……我的额心……"

　　司马氏有一种特殊的血脉能力，可以以神思交流。司马焦明白司马莳想做什么。虽然听不到司马莳的心声，但司马焦能辨他人喜恶，也感觉得到司马莳对自己没有恶意。沉吟片刻，司马焦还是将手放在司马莳的额心。很快，司马焦的神思与司马莳的神思便落在一片纯白的世界里，面对面站立。司马莳的神思比肉体和神魂更加凝实。在这一片特殊的传承空间里，被无限拉长的时间对外面而言可能就是一眨眼的时间，所以这样在司马氏血脉里流传的能力就用于长辈对晚辈的传承教导。这一对父子并不像父子。比起司马莳"父亲"的身份，司马焦对这人身上那簇新生灵火更加感兴趣。

"说吧，你是怎么回事儿？"

司马莳一笑，并不在意他的态度："我并非只是司马莳，更是上一代的族叔司马颜。多年前，司马氏日渐衰败，我察觉到了师氏一族的野心与他们暗地里在做的事儿，可作为司马颜，我当时没有更多时间去阻止。因为我天生有疾，寿数短暂，所以最后选择了寄魂托生，用了特殊的办法留存记忆，托生于司马莳身上，并且瞒过了所有人。"

"我一直在试图挽救司马氏，可惜……我做不到。"司马莳叹息了一声，"我发现师氏一族试图培育出新的灵火，也发现他们暗中搜集了不少司马氏的后代血脉。我甚至潜入过这片血河黑莲，看到了当时用来培育灵火的一个司马氏族人。"他的神色沉下来，才与司马焦有了几分相似。

"当初师氏一族是我们最信任的忠诚仆人，可是，人终究是会变的。借着我们一族的信任，师氏暗中害了不少我们的族人，有好些人被他们以失踪或死亡的名义带来这里培育灵火。"

"我想出了一个办法，那就是与奉山灵火融合，毁去师氏的阴谋。然而，灵火威力强大，我无法与之融合。尝试之后，我承受不了那么巨大的痛苦，有一段时间陷入了疯狂，最后只能选择放弃，转而有了另一个计划。"

司马焦了然："你装疯自杀，果然如愿被他们送来了这里？"

"是。"司马莳笑了，"我告诉萼儿与灵火融合的事儿，她是个听话的好孩子，果然成功了。"

司马焦一生下来，司马莳就欣喜若狂，因为他发现这个孩子是个罕见的返祖血脉，如果他不能承受灵火，这个孩子一定能。只是连司马莳也不知道的是，司马萼最开始并不想让这个孩子与灵火融合，甚至想杀了这个孩子，只是后来走到绝境，不得不为。她最终还是选择用自己的生命净化了灵火，让那威力强大的灵火湮灭重生，让它更容易被司马焦融合。

司马莳说:"这么多年,他们并不知道我的意识还在,对我没有防备,让我可以做一些准备。我等待了很久,等到了你的成功。所以我控制了一个前来送血的人,让他把百凤山的事送到你面前。"

司马焦挑了一下眉。原来那个被自己搜了魂的师家人是被司马莳安排过来的。

司马莳朝司马焦伸出手,眼中有灼热的光。司马莳说:"我知道你会来,当你来到这里,就是一切终结的时候。"

司马焦也笑了一声:"你倒是自信。"

司马莳的神情中有司马氏一贯的傲然。司马莳说:"自然,我们是奉山一族,与天地同寿的长生之族。"

司马焦嗤笑:"醒醒,司马一族死得就剩我一个了,哦,还有半个你。"

司马莳摇头,眼中的狂热越发明显。司马莳说:"就剩你一个又如何,只要你千万年地活下去,只要你不死,奉山一族就永远在。"

司马焦没有司马莳这种对种族血脉的执着,闻言,只是轻轻嗤笑,懒得多说。

"他们快要来了。"司马莳闭了闭眼,"他们还不知道我能控制这片结界……在他们来之前,你要将我身上那簇灵火吞噬。"

师千缕带着人匆匆赶来的时候,司马焦站在那座山的结界外,似乎还无法进去。

司马焦转身看了他一眼:"来得比我想象的要慢。"

师千缕这回彻底撕碎了那张端庄儒雅的仙府掌门的面孔,神情沉沉。师千缕死死地盯着司马焦:"你现在住手,还能当你的师祖,不然,我不会再任由你继续嚣张下去。"显然,面前结界里的东西就是师千缕的底线。

司马焦说:"我不住手,你又能拿我怎么样,再送一批人给我杀着玩？"话音刚落，他的脚下已经铺开赤色火焰。

司马焦早就知道师千缕这人没那么简单。

之前的交手中，司马焦就察觉到师千缕并没有用出全力。或许是因为从前几次除了师家人，还有其他宫的宫主与长老在，师千缕能对付司马氏，自然也会防备其他宫的势力，因此没有显露出自己全部的能力。而且那时候司马焦并没有踩到师千缕的底线，师千缕还觉得有可以平衡的点，才没有动全力。可现在不同了，师氏一族多年的心血都在这结界中，若是此处真被司马焦毁去，师千缕无论如何也承受不住。

不再隐藏实力后，师千缕如今的真实修为也让司马焦感到了一丝惊讶。师千缕还真是藏得很深，修为恐怕已至大乘。大乘一过，渡了劫就要飞升，不论渡劫时如何，最终都只是一个死罢了。司马焦明白一向沉得住气的师千缕为何如此——终归是为了一个长生。师千缕知晓飞升的秘密，也知晓灵火的作用，还看到了一个活生生的例子，当然也想像司马焦一样长留于此世，万万年不死。

师千缕带来的十几人都是师氏的直系血脉，也是师千缕最信任的人。两人打斗起来，其余的师家人只能躲避，一边守着结界，一边敬畏地看向天空的风卷雷云。那已经完全不是他们能卷入的争斗。

司马焦终究更胜一筹，只是也没有办法一下子就杀死师千缕，师千缕比想象的更加难缠。不过司马焦也不急，只与师千缕周旋着。两人的战斗时不时会波及下方，冲击结界。司马焦似乎有意要借着师千缕的攻击冲击下方的结界，师千缕则十方百计地想要转移战圈，以免结界被波及。两人一时僵持不下。

廖停雁回到师余香的风花城，有些心绪不宁。修仙人心绪不宁，往往就预示着会发生关系自身的事情。

莫非司马焦这一遭会发生什么意外？廖停雁刚才没有多问，可是

# 献鱼
### 下册

看司马焦的神色，她也知道那地方不简单，其中肯定有秘密，探寻秘密的人就注定要承受危险。廖停雁转念一想，司马焦有那样的修为，这世界上能杀他的人恐怕还没出生，所以哪怕受点儿伤，他应该也不会有大事儿。

想到这儿，她稍稍放了心，坐在雕刻着花鸟的玉窗前，正对着外面的大片花圃。师余香喜爱花鸟，宫殿回廊都身处繁花中。

往常这时候，廖停雁会靠在这里看看直播镜子，吃点儿小零食，翻翻那本术法大全，找两个感兴趣的学一学，不会的还有司马焦能求助，反正就没他不会的。小黑蛇这个时候会过来摇头摆尾，从她的小零食堆里翻一点儿东西出去喂鸟。小黑蛇到不同的地方就喜欢养不同的宠物，尤其热爱喂食。说到这儿，小黑蛇去哪儿了？

她回来后一直在想司马焦的事儿，都没注意到小黑蛇。它虽然贪玩，可性格真的和狗没两样，他们回来的时候，小黑蛇总会现身，然后摇着尾巴和他们打招呼。

"小黑？蛇蛇？"廖停雁叫了两声，感觉不对。周围的气氛紧绷，有什么东西正慢慢缩紧。如果要形容的话，她感觉有什么东西在抽这里的空气，想把这里抽成真空。她站在原地，捏了一把胸前挂着的璎珞项圈，心想：不慌，说不定是我疑神疑鬼。

嗡——丝弦绷紧声。廖停雁大概是生平第一次反应这么快，她往后掠去，在反射的光芒中看见了眼前交错的丝弦。廖停雁停了下来，骂了一声。

接连不断的声音不仅在她身前响起，还有身后，甚至头顶。廖停雁站在原地不动了。无数的丝线把她所有的路全部封住，如果换成司马焦，他大概一伸手就能把这些丝线当成蜘蛛丝扯掉，可廖停雁……嗯，她觉得如果自己扯了，就会被切成很多块——不对，有防御甲在，切碎块是不存在的，但她大概会被绑成一个蛋。

她扭动脑袋，看向出现在周围的一群人。他们人数目测超过了一百，一副大佬降临的姿势，把她围在中间审视着。

好的，没一个人的修为是她看得穿的，他们的修为都比她高。她感觉自己像个可怜的五十级玩家，周围站了一圈九十级。这也太惨了吧。为了抓她一个，他们用得着这么大阵仗？

"只有她一个？司马焦不在这里？"廖停雁听到有人问。

"掌门说了，捉不到司马焦，务必要把他身边的那个廖停雁带回去。"

"她区区一个女人，又有什么用？"

"也不能如此说，她能让司马焦费心掩饰她的存在，还带着一路保护，自然是有用的。"

廖停雁：来了！经典的人质情节！接下去她就会被绑起来，被带到司马焦面前。然后就会有人抵着她的脖子威胁司马焦让他束手就擒！如果是这样她就放心了，反正只要见到祖宗，就完全不会有事儿了，所以她真的一点儿都不慌。

"先将她拿下再说。"一名眼神锐利的老者说。

司马焦不在，面对一个毫无锐气的炼虚期修士，他们还有什么顾忌的？随便一个人上前就能手到擒来。围在廖停雁身边的那些丝弦收紧，她感觉自己身上的容貌伪装被人拂去，露出原本的容貌，还有两根交错的丝弦带着凌厉的杀气绞向自己的手臂。

使用丝弦的是个抱着筝的师氏女修，名为师千度，她是师千缕的妹妹。她在师家地位不低，自然知晓司马焦都做了些什么。其他不说，只是屠戮百凤山，坏他们师氏大计一事，就足以让她恨得咬牙切齿。到了这一代，百凤山掌管在她的手中，如今却被司马焦彻底毁了！若想再建，他们还不知要费多少心血与时间。

她前段时间被师千缕遣到各处寻找司马焦的下落，可惜司马焦太警惕，没留下一丝痕迹，她寻不到。还是在调查月初回之死时，师千缕找到一些蛛丝马迹，查到了永令春和永莳湫兄妹二人的异样，才让师千度由此一步步查到了这里。

之前对上司马焦，他们次次无功而返，白白地填进不少人，闹得

献鱼
下册

庚辰仙府内部怨气沸腾。毕竟那些人可不知道师氏暗中在做些什么，只看到师氏表面上维护司马焦。这一次，师千度带上人前来查探，目标除了司马焦，就是他身边名为廖停雁的女人。

师千度虽然不相信司马焦那种人也会喜欢什么女人，但查到的东西让她不得不信。司马焦对这女子十分好，几次出逃都带上了这人，当初还营造了这人已死的假象，骗过了师千缕。再看这女子的修为——这入门未满三年的小小弟子如今竟然已经是炼虚期，如此一步登天的修为让他们这些苦苦修炼千百年的修士又羡又妒。如此对待，就算司马焦不是十分喜爱这廖停雁，多少也会在乎。

师千度来这里之前，师千缕便叮嘱过，必须将廖停雁带回去。只要将这人握在手中，他们就能让司马焦多考虑几分。师千度虽说是准备将人活着带回去，可心底的郁愤也实在是难以压下，所以此时她才会想绞断廖停雁一条手臂，出口恶气。

正好司马焦不在，等他回来，看到廖停雁的断臂，岂不是有趣？此时的师千度尚不知晓，自己来风花城没多久，师千缕就被血河的动静惊动并在那里对上了司马焦。站在这里的师千度心说：我拿司马焦没办法，难道还不能摆弄这么个玩意儿吗？

师千度的丝弦切向廖停雁的手臂，结果在廖停雁身外一尺处停住了，怎么都无法再向前半寸。

廖停雁：防御甲，祖宗出品，就是这么厉害。

师千度不信邪，丝弦随心而动，从各个角度切向廖停雁，然后果然把廖停雁绑成了个蛋。

毫发无伤，只是动弹不得的廖停雁已经想开了。算了，你们随便吧，反正抓我可以，伤我不行。

师千度还要再动作，被一人拦住。那是阴之宫的一位长老，在炼器一道上很有见解，他打量廖停雁："她身上有防御仙器，你破不开。不要在这里浪费时间，先将人带回去。"

防御仙器？师千度这才拉着脸放下手，一挥袖把人抓到身边。

"我要带人回去向兄长复命。诸位是要先行离去,还是守在此处,等那司马焦回来,一举将他拿下?"师千度问。

这话问得不少人心中暗自撇嘴。一举将人拿下?若是真能拿下,他们至于三番四次损兵折将吗?若不是事关生死存亡,每一宫都必须派人来处理此事,不知有多少人不愿来。

"我等还是一同回去。若是司马焦回到此处发现此人被抓,以他的脾气,定然要打上太玄主峰,我等不如先去准备。"一人出声说。

众人纷纷点头:"正是,我们自当摆个杀阵,以此女为饵,引他前去。"

"这回我们召集精英子弟,在太玄峰布下天罗地网,司马焦应当还带着伤,我们定能成功。"

"哪怕是师祖,也不能让这种滥杀无辜的人一再祸乱仙府,是该有所决断了。"

众人肃然谈起要将弟子迅速召集起来的事儿,准备用人海战术。他们每个人的神情都很凝重,不少人露出忧虑与恐惧之色。廖停雁从丝线缝隙里看到众人情态,心里感觉怪怪的。可能是在这个正义即将战胜邪恶的时刻,众人在黎明前的黑暗中的沉重心情她作为反派阵营的一员感觉不到吧。

她现在是人质。其他人拿她没办法,都懒得理会她,她就保持沉默,想着该怎么办。说真的,这超出她的能力范围了。在这种阵仗的包围圈下突破逃走?这个世界上恐怕也就司马焦一个人能做到。若是不逃……她现在唯一有点儿在意的,就是回来之前司马焦说过让她不要待在内府中心那一块。司马焦会这么说,肯定是那边会有什么危险。可真的没办法,她现在连个消息都发不出去,只能祈祷祖宗发现她被抓后不要太生气。

廖停雁果然被带到了太玄主峰。等在那里的还有不少人,痛失爱女的月宫主也在。月宫主神情不善地打量廖停雁:"这就是司马焦带在身边的人?"

师千度说:"就是她。"

月宫主的目光看得廖停雁背后发毛。廖停雁听到月宫主狠狠地说:"司马焦杀我女儿,让我饱受痛苦,我也要让他承受此痛!"月宫主说着,就召出自己的武器月环剑,刺向廖停雁的脸。

当一声,月宫主的月环剑被挡开。廖停雁站在原地,毫发无伤,只是还捆在无形防御甲外面的丝弦被斩断了,由此可见月宫主这一下真的完全没有水分。

师千度阻拦不及,眼见自己的丝弦被斩断,脸色一黑,语气重了几分:"月宫主,大事当前,不可冲动!"这说得好像师千度自己刚才没想对廖停雁动手。

月宫主这才注意到廖停雁身上的防御之厚,几剑怕是斩不开。月宫主不甘地收剑回鞘,带着怒火拂袖而去。

廖停雁看着四周。这里已经聚集了许多人,长老们还在不断传讯布置。她看到天上流星一般坠下来许多匆匆赶到的弟子,看到下方摆出了凝重的阵势,看到几位宫主低声商议、争执……一片混乱。

师千度没有见到掌门师千缕,只见到了代为处理事务的师真绪,颦眉问他:"兄长去了何处?"

师真绪恭敬地对她行了一礼才说:"您离去之后,玉莲池那边有异状。师父带人前去,至今还未归来。"

师千度一听玉莲池就再也待不住了,那里可是有他们师家最不容有失的东西,她立刻说:"你留在这里,尽快布置好。看好那廖停雁,她是用来对付司马焦的,不可让她有闪失。我先带些人去看看兄长究竟被什么绊住င。"时间这样巧,师千度担心师千缕那边是遇到了司马焦。若真是司马焦,她去了还能帮师千缕周旋一二,现在廖停雁可是在他们手里。

"切记,千万看好廖停雁。"

师千度到时,司马焦与师千缕各有损伤。师千缕明显落了下风,看上去比司马焦狼狈许多。

师千缕知晓自己敌不过司马焦，只是在尽力拖延时间。师千缕知道师千度去抓人了，既然司马焦在这里，要抓另一个自然容易。只要师千度回来，就表示他们成功了，到时候他们就能再与司马焦好好谈一谈。

司马焦也在等，而且比师千缕更有恃无恐。他原本打算在几日后的祭礼上点燃之前埋下的灵火，将师氏一族聚居的中心、三圣山以及主峰太玄连同周围十几座属于各宫宫主的灵山全部变成炼狱。那些被他控制的几大家族的弟子则会点燃那些家族的族地，让那些地方与内府这一场火焰碰撞，让灵山一同爆发，可与司马莳的会面让司马焦决定提前动手。

司马莳那簇新生灵火已经被司马焦吞噬，留在那里的是司马焦分出的一簇小火苗。这一簇火苗即将点燃庚辰仙府内府的中心。司马焦之前点燃了那些山脉底部的灵池，等到这一簇火焰浸入地下，灵火原本的力量、那些山脉灵池一瞬间全部爆发的力量和司马莳所在的血河的力量会把地上和地下的一切烧成灰。有了司马莳的帮助，这个计划的威力更大了，连司马焦自己都无法控制。不过正因为如此，司马焦感到更加兴奋。司马焦在这里拖住师千缕，就是在等灵火浸入地下。

司马焦拿出了砍凶兽的那把长刀。师千缕用的是琴，他的琴音能惑人，扰乱心神，却对司马焦没有任何用处，师千缕不得不用出其他手段。

司马焦感觉时间差不多了，也不再和师千缕纠缠，一刀将那把碎玉长琴的弦砍断了，还在琴身上留下了深刻的刀痕。本命灵琴被断了弦，师千缕急退，压抑不住地口吐鲜血。恰在此时，师千缕听到了师千度的声音。

"兄长！我来助你！"师千度飞身上前。

师千缕见她过来，面上一喜，刚想说什么，瞬间面色大变。师千

缕盯着下面的结界,猛然睁大了眼睛。

火焰,金红色的岩浆喷溅出来,轰然的巨响几乎能震碎神魂。原本寻常的山脉之景如镜子般碎裂,露出底下猩红的血河与黑莲。只是没等他们看清楚,那一切就被席卷的火浆吞噬了。

师千缕与师千度同时神色大变,他们、他们的黑玉莲池,他们培养的灵火!

"不!"师千缕立刻想要上前阻止。只是那火是从血河里燃烧起来的,血河里是司马一族的血。司马氏的血点燃后烧起的火焰不同于凡火,所到之处,不论是什么都会变成飞灰,连大地都被往下侵吞了不只百尺。

那场景看在师千缕和师千度眼中,不异于天崩地裂,这对兄妹甚至都没去管带来的那些弟子。那些弟子离得太近,避之不及,也被这火焰卷入,瞬间变成火河上的一缕青烟。

"哈哈哈哈哈!"司马焦勾着那把长刀大笑,俯视下方血河,卷曲冲天的炙热气流将他的长发和衣摆卷起。司马焦伸手指了指目眦欲裂的师千缕,犹不放过此人:"师千缕,这只是一个开始而已。"

师千缕仇恨的目光终于射向司马焦。师千缕咬着牙,仿佛要将身体里的内脏都吐出来一般艰难地吐出几个字:"你⋯⋯什么意思。"

司马焦微微抬起下巴,睥睨着师千缕,面上带着漫不经心的讽笑。司马焦说:"你们师氏一族所在的那一片灵山,你们的祭神庙、祖墓、你们的掌门太玄峰马上都会和这里一样变成一片火海。今天过后,这些灵山和你们那偌大的师氏一族都将不复存在。"

司马焦的笑容里满是恶意,看得师千缕浑身发冷。师千缕颤抖着看向司马焦,心中只剩下一个念头——完了,一切都完了。

"司马焦!你会后悔的!"狼狈躲避火焰的师千度尖叫起来。她的修为还比不上师千缕,在这炙热的灵火烧灼中只能勉力支持。她浑身通红,法衣开始燃烧起来,眼睛里映照着下方的火光,满是仇恨与扭曲。

司马焦不以为意，把玩着那把长刀。司马焦不畏惧灵火，这样的温度对他来说也只是寻常，因此他只是淡淡地看着面前挣扎的两人，微微挑了挑眉。

师千度的嗓音因为愤怒与怨恨变得无比尖细，在热风中扭曲："太玄峰，你带在身边的那个女人也在太玄峰上！我们死，她也要陪着一起死！"

司马焦的手指停在了刀刃上，微微一顿，那锋利的刀刃就割开了他的手指，一滴金红的鲜血顺着刀刃缓缓滑下刃身。司马焦猝然投过去一个满是戾气的眼神："你说什么？"

轰——

就在这时，好像有什么爆开了。惊天动地的声响哪怕在这一个独立的空间里也显得那么声势浩大。

司马焦曾经想过祭礼上将要发生的那一幕，那一定是宛如世界末日一般的美妙场景，无数灵山在奉山灵火的驱使中自爆，那样的灾难足以保证那一片范围内没有任何人能逃离。

那确实是很盛大的场景，灵气四溢的葱茏灵山眨眼间变成另一个模样。它们一同炸开，翻卷而起的火海淹没一切。

这片结界空间难以负荷这内外力量的挤压，彻底碎裂，同时，司马焦感觉到了一阵难言的心悸，不由得伸手捂住了心口。透过破碎的结界碎片，司马焦霍然回首，看到远处的太玄主峰，就在回望这一瞬间，太玄主峰在司马焦的眼底崩塌，冲天而起的火焰将他的双眼也染成一片红色。司马焦脸上漫不经心的笑容凝固，像是一面斑驳的白墙碎裂剥落了 层。

司马焦的神情太可怕，师千缕也看出了什么。师千缕疯了般笑起来："哈哈哈哈哈，司马焦，任你千算万算，又怎么能算到你会亲手杀死你在乎的人。你狂妄至此，终得报应。"师千缕疯疯癫癫，又哭又笑。

司马焦看也没看他，飞向那已经面目全非的主峰太玄。

# 献鱼
下册

师千度匆匆离去，师真绪果然就走到廖停雁身边，不敢有丝毫懈怠。

廖停雁：你们真的看得太严了吧，我是真跑不掉。

廖停雁虽然没有性命之忧，但被限制住，连动一下都难。她瘫在那儿，心想：祖宗半天应该能找过来吧？这一次过去后，她还是研究一下电话，下次才好远程联系。要不然，次次都像现在这样的阵势，还怪吓人的。

许多人在太玄峰上忙碌，廖停雁看到外面黑下来的天色，莫名觉得有些热。那好像是从地下传来的热度。她忍不住盯着地面看。

她都感觉得到，其他比她修为更高的人自然也能察觉。众人停下谈论，那些不明所以的弟子也感觉到了不同寻常的气氛。

轰——

不知是哪里传来的震动，廖停雁看到弟子们惊恐的脸，看到一瞬间翻飞而起的地面，看到火红的岩浆。炽热的温度裹挟着爆裂的热气与灵气冲天而起。

这是怎么了？廖停雁看到扑向自己的火浆，吓到爹毛。

这是火山喷发呀！可这周围哪里有火山？


夜幕下的火河像人体的血管一样连接成了大大小小粗细不一的脉络，从天上看下去，有种惊心动魄的美感。

司马焦踩在火焰还未熄灭的大地上，一时竟然有些茫然。他的灵府里刺痛阵阵，绵绵密密的刺痛让他的眼睛里布满血丝。太玄主峰没了，他站在一片平地上举目望去，除了火与焦黑的土，看不到其他任何东西。他往前走了一会儿，手动了动，有什么被他从灰烬和焦土底下翻了出来。

勉强看得出是圆形的东西飘浮在他面前。有着强大防御能力的璎珞项圈完全没用了，变成眼前这个样子，而戴着它的人或许就在他的脚下，变成了一片焦土或者灰烬，甚至无法被掬起。他一手抓住浮在眼前的项圈残骸，用力一捏，将之捏成灰。

然后他低声念了一句诀，伸手往前一抓，无数莹亮光点从地下涌出。这些都是刚才死在这里的人的魂魄，若是无人拘住，他们很快就会散去，或者重新投入轮回。司马焦曾对廖停雁说过，只要自己不想她死，她就不会死，所以他要把她的魂魄拘回来。死了一具身体没关系，只要魂还在，他总能把人复活的。她还可以继续懒洋洋地瘫在自己身边，什么都不做。她应该被吓到了，复活后可能会哭，但没关系，他可以跟她保证，不会再发生今天这样的事情。

他发了狠似的以一己之力拘住了这一片天地中的魂魄，惹得天雷隐隐作响。司马焦毫不顾忌，分辨着每一个被拘住的魂魄。并不是所有的魂魄都在这里，一些神魂不稳的、脆弱的在刚才那场浩劫里会被冲散破碎。

司马焦想：廖停雁的魂魄不会那么脆弱，她肯定还在这里，就在这里的某个角落里。他不可能找不到。

可他确实没找到。

往南过一座连绵起伏的红色都焉山，再过一条水质浑浊的碧绿支岐河，就到了魔域境内。

虽说正道修仙门派与大小灵山都对魔域有些仇恨，时常表现得对那种"偏远山区"不屑一顾，但事实上，魔域与外界相比，除了地方没那么大，灵山福地没有那么多，物产也不太丰富外，是没什么差别的。

魔域内不是只有一群丧心病狂、杀人放火的魔修，还生活着不少普通人。这里的人虽然没有外界多，但修炼的总体人数特别多，几乎是全民修炼，所以修炼人数能与外面辽阔的修真界和凡人界的修士总人数持平。

据说魔域之地最早是另一块不知从何处飘来的大陆。它突兀地出现，与这个世界接壤融合。在这里修炼的人天生灵力逆流，与外界不同，行事更加狠辣，更加不择手段。他们先前还曾与修仙正道发生过大战，于是魔域这个名字就应运而生，这里的人也被打上了人人欲诛之而后快的邪魔外道的标签。那些魔域之人也没糟蹋这个名字，烧杀抢掠，无恶不作。不少魔修就喜欢搞些童男童女双修大法、母子炼蛊、魂魄入药之类的，听着就吓人得很。外界之人闻魔域而色变，但是在魔域生活久了的人知道，这里就是个管理更加混乱、风气更加开放，偶尔还有些危险的"普通"地区。

魔域范围内的大小城池都被不同的强大魔修瓜分，这些城池与外界的凡人城池很像。

师雁在魔域住了差不多十年了。她跟一个病歪歪的老爹和一个老哥一起在魔域外围住了两年，之后他们搬到鹤仙城，一住就是八年。

鹤仙城，名字听上去仙气飘飘，不像是魔域里的城，倒像是外面那些正道修士的地方。但它只是名字光鲜，实际上和魔域的其他城池没什么区别。这城又大又乱，每天不知道要发生多少起命案，卫生状况也堪忧。街头巷尾经常能看到些不和谐的东西，大摊的鲜血还好，就怕是残肢断臂。城里也没什么环卫人员，那些东西经常十天半个月没人收拾，一旦发臭了，从周围经过都能闻到一股味儿。

"这又是哪儿来的傻子，杀了人不知道要处理尸体的吗？丢在人家门口，人家不用出门的是吗？"师雁出了院门，看到门外不远处一颗血淋淋的头颅和一堆稀巴烂的内脏，忍不住头疼。她念了一个诀，把那颗头颅烧了，又用水把那一摊血迹擦了擦，收拾好了之后，觉得自己真是比最初来到这个世界的时候坚强了许多。至少那时候她看到尸体就想吐，而现在只会用这种语气吐槽，好像只是出门遇到了乱扔垃圾。

她出了这一片还算整洁的住宅区，走进主街。

主街才叫一个乱。行色匆匆的人横冲直撞，时不时就要爆发争执。魔域的人大多脾气不好，师雁怀疑这是气候问题，魔域这边的气候真的燥,不好好补水,难免干燥上火。街边当街炼尸的人天天都有,就像她从前的世界里楼下卖早餐的小摊子一样,炼尸的炉子和鼎都快摆到街心去了。这些没有公德心的炼尸魔修摊子上,散发的味道简直就是毒气,师雁每次经过都要下意识地捂鼻子。最烦的还是那些搞偷鸡摸狗产业的魔修,小偷和抢劫犯多得能自成一派。以前在这条街上偷东西的是个能驱使影子的魔修,一不注意,身上的东西就被摸走了。师雁也曾经遇上过,被偷了一袋魔石,这是她刚发的工资,气得她顺藤摸瓜找到那个影子魔修,把他狠揍了一顿,让他被揍掉了级,眼球都被捶爆一颗。那家伙被她打得浑身是血,哭爹喊娘,屁滚尿流,立马收拾东西滚蛋了。不过走了他一个,又有其他人来,只要不偷到自己身上,师雁也没那么多时间一一去管。

在这里,修为高的人可以随意支配他人的性命,没有任何规则可言,就是打打杀杀,谁强谁有理。师雁过得还行,因为她的修为在这里算是很不错的了,化神期。据她那个老爹说,要不是当初受了伤,她原本该是炼虚期的,不过她觉得现在的化神期也够用了。

走过主街,拐一个弯,师雁就来到了鹤仙城里最大的娱乐场所,胭脂台。

胭脂台集黄赌毒于一体,是魔域里的合法产业——魔域里就没有不合法的产业。只要有人敢开,不管什么店都有人敢消费。胭脂台的营业时间大部分在晚上,灯火通明,彻夜狂欢,无数的连廊都挂上了红灯,火树银花,当真是极乐仙境。

白日里的胭脂台就显得安静许多,师雁上的是白班,每日看到的都是在朝阳下慢慢陷入沉睡的胭脂台。她是胭脂台聘用的众多打手中的一个,用她从前那个世界的职业定位,她是这里的保安团成员。感谢这具身体原本的武力值,不然她还真混不到这份工作。

在这里工作久了,师雁和前台以及和打扫卫生、处理尸体的工作人员也熟悉了。她从后门进去,正看到负责打扫卫生的人把扫出来的尸体统一处理,准备运出去回收利用。对,胭脂台里狂欢一晚,最多

# 献鱼
## 下册

的垃圾就是尸体，实在是魔域特色。跟每天处理尸体而搞得自己也一张死人脸的大叔点头打过招呼，她先进去报道，然后巡逻一圈。接着她就可以开始划水摸鱼了。一般这个时间胭脂台没什么事儿，她不摸鱼也是蹲在屋顶发呆看天。

早餐还没吃，她准备先溜号去吃个早餐。在这一点上，魔域比外界修士好多了，外界正道修士不流行一日三餐，魔修就不一样了，魔修大多爱满足口腹之欲。

"哎，吕雁，走走走，我下班了，陪我去吃点儿东西！"红楼里走出来个花容月貌的红衣姑娘，那姑娘见到师雁就熟稔地招呼。师雁欣然应邀。

在外工作，师雁用的是"吕雁"这个名字，因为那个神神道道的，好像脑子有毛病的老爹说他们师家有个大仇人，大仇人还在追杀他们，所以不能用师这个姓。师雁是无所谓，不管姓师还是姓吕对她来说都没区别，只有她自己知道，自己其实姓邹，名叫邹雁。

"真的是累死老娘了。早知道修风月道要这么累，连个好觉都睡不到，当初我就是去修炼尸道也不修风月道。"红衣姑娘揉着胳膊，骂骂咧咧地往外走，和师雁一起走到胭脂台外面的早市，选了常去的一家店，坐下来点菜。

红衣姑娘名叫红螺，这是艺名，真名不知。她是胭脂台的工作人员，卖肉的。但这个不是她的主业，她的主业是修风月道，风月道就是魔修里面吸人阳气用来修炼的一道。修这一道的男男女女要么成为资深强奸犯，要么就是在各个风月场所挂牌接客。一般来说，他们都会选择后面这种，毕竟这种不仅能借机修炼，还能赚钱。大家都不容易，不管是生活还是修炼，没钱真的寸步难行，这修仙世界可太现实了。

师雁跟红螺相熟，两人经常在这里一起吃早餐，谈谈工作上遇到的糟心事和糟心人。两人虽然身在不同的部门，但也算是同事。

师雁吃的是早餐，红螺吃的则是晚餐，吃完就会回去休息。像往常一样，红螺吐槽起昨晚的客人。

"你不知道，我搞了半天那家伙还是不行，传出去，同行的师兄师姐师弟师妹岂不是要笑话死我，所以我动用了我的本命桃花蛊，这才成事……有病就去治呀，上什么妓院！老娘是吸人阳气的，还要负责给人治不举吗？这像什么话！"

师雁噗了根面条，扑哧乐了。

红螺张大嘴，狠狠地咬了一口酱肉，继续吐苦水："我最近修为停滞不前，都快到瓶颈了，还遇不上几个质量好的。劳累一晚上，睡了和白睡一样，你说怎么就不能让我遇上个魔将、魔主之类的呢？要是能跟那种修为的睡一晚，我早咻溜过瓶颈了，至于在这儿跟些没用的臭男人死磕吗？"

魔主指的是魔域里面一座大城的城主，能占据一座大城的都不是普通人，修为至少到大乘。魔将是城主手下能力出众的魔修，一般能管理一座小城，修为至少合体。修风月道的，若是能和这些修为的来几发，就好比嗑了大补丸。

师雁擦了擦嘴："咱们这城不是也有魔将吗？你可以去试试。山不来就你，你可以就山哪，说不定能成呢。"

红螺又呸了一声："鹤仙城连魔主带魔将都是些老头，我可睡不下去，怎么着也得给我来个看着年轻点儿的吧！"她说着，又面带可惜地看了一眼师雁，捶着桌子恨恨地说，"你怎么就不是个男的呢？你要是男的，我会是这个样子？我早睡你个千八百遍了！"

师雁习惯了小伙伴这个性格，安抚她："我要是男的，肯定让你爽爽。我这不是个妹了吗？还破相了。"

红螺看着师雁左脸颊上那块铜钱大小的特殊烧伤，恨恨地说："你要是没破相，也能和我做姐妹呀。到时候咱们两个搞个组合，还怕钓不到修为高的男人？就是在外面遇到好的直接强来，两个人的胜算也大很多呀！"

师雁耸耸肩。

魔域都是一群这样的浑不懔，红螺已经算好的了，毕竟红螺不爱随便杀人，也不吃人。

她们俩在这儿一边吃，一边说，经常让师雁想起从前上班的时候。那时邹雁偶尔也会下班和同事一起这样去聚餐，这场景还怪有亲切感的。

## 第十四章
## 你的爱人叫廖停雁，跟我师雁有什么关系

"哎，说来我昨天还听到个消息。"红螺突然说，"据说冬城那边的魔主最近又躁起来了，好像准备扩大地盘。说不好鹤仙城也在他的攻打范围里。"

"是吗？"师雁啧啧两声。

冬城有个大魔王叫司马焦，地盘超级多，他已经快把魔域一半的地盘收到麾下了。连师雁这种"平民"都觉得那位大本营在冬城的大魔王恐怕会在不久后统一魔域。不过这和师雁又有什么关系？魔域里的地盘被争来抢去是很寻常的事儿，她现在和人聊起来，就像在以前的世界里和人八卦总统选举，反正不关她的事儿。

红螺倒是很激动："他要是真打过来把地盘抢了就好了。魔主

我是摸不到，但换几个好看的魔将过来也行啊，我肯定上去求一夕风月！"

师雁摸完鱼，吃完早餐，回到胭脂台，又度过了碌碌无为的一日。夜幕降临，师雁准时下班，路边的鸭店提醒她今天有新到的修仙界特产酱鸭，她立刻美滋滋地买了不少回去。

踏进院子，师雁就看到老爹师千缕坐在轮椅上苦大仇深地望天。见到师雁回来，他沉下脸看她，脸上写了几个大字——恨铁不成钢。师雁习以为常，当爹妈的看孩子大多是这样的。

她抓了一把炒花生米给这个暴躁老爹："吃不吃？"

师千缕不想吃，狠拍了一把轮椅扶手，冷冷地说："我师家大仇一日未报，我怎么吃得下去？"

哦，他又来了。不吃就算了吧，反正他也不会饿死。师雁又把东西拿回来，自己吃，顺便听他每日训话。从她在这具身体里醒过来开始，师家老爹就一直在跟她念叨他们师家当年的风光和他们的刻骨仇恨，每天说，每天说，不厌其烦地说，简直就是洗脑。

据说吧，大约在十年前，他们师氏一族是外面修仙界庚辰仙府里的顶头老大，十分风光，可惜被大仇人司马焦搞得家破人亡。家族里除了一些修为很高的勉强逃生，其余的几乎死光了。而她爹也由第一仙府的掌门变成了丧家之犬，为了躲避仇人的追杀，东躲西藏，非常惨。她自己也是在那场灾难里被打伤破相，还失去了记忆——

当初邹雁刚穿过来，什么都不知道。她只记得自己前一天晚上加班超累，倒床上睡觉呢，结果一睁开眼就换了个世界。老爹坐在面前，问她："你还记得自己是谁吗？"这要她怎么回答？总不能说自己是穿越的，所以她就顺势说自己什么都不记得了。她的演技应该不太好，但这个老爹竟然一下子就相信了，这大概就是亲爹吧。接着他理所当然地给她介绍身份，最后叮嘱她勿忘家仇。

"日后你若是看到司马焦，必须杀了他！"老爹又一次怒气冲冲地说。

老爹的身体在当年受了重伤，连腿都没了。师雁很能体谅他的阴阳怪气和坏脾气，闻言，假装乖巧，哦哦点头。

转过头去夹酱鸭的时候，她心想：要是能杀得了，你们当初至于家破人亡吗？如果她是原本的那个师雁，肯定要身负仇恨，同仇敌忾，但她又不是。她只是个无辜的受害者，被莫名牵扯到这场恩怨里面。报仇是不可能报的，她只想安安静静地在这里工作。她唯一能替原身做的大概就是替那姑娘给老父亲养老送终，至于去那个冬城大魔王面前送菜报仇，就还是算了吧，人贵有自知之明。

门开了，走进来一个年轻人。师雁看到他，喊了声哥。

师真绪就不像师千缕那么阴阳怪气，对她还挺好的。师真绪养好了伤后，就和师雁一样山门工作了，只是他的工作需要到处走，在外面各个城走多了，十天半个月才回来一趟。

"回来了，我去给你烧洗澡水。"师雁赶紧溜了，借机逃避老爹的碎碎念。

师雁一走，师真绪就对师千缕行了一礼："师父。"

师千缕沉着脸说："嗯，外面如何了？"

师真绪回道："冬城那边，司马焦确实准备继续往外扩张地盘。鹤仙城恐怕很快也不安全了，是不是准备带她离开？"

师千缕简直痛心疾首："这个廖停雁真是没用，给她灌输了多年的仇恨思想，她还是每日只知道吃吃喝喝。当初我用秘法洗掉了她的记忆，本想把她培养成对付司马焦的利器，现在看来，她根本不堪大用！"

师真绪看了一眼旁边桌上摆的酱鸭，嘴角也是一抽，他按了按抽痛的额头。早知道，他当年就不用那么珍贵的保命仙器救她一命了，真是悔不当初。

如果师雁在这里，她就能准确地说出这两人现在的心理活动——重金买了股，以为这股能大涨，给自己带来更多利益，结果这股平平淡淡，他们继续拿在手上，不知道什么时候能见到收益，抛出去又可惜。

这几年来，两人不知道为此纠结了多少次。

师雁对这一切阴谋都没有察觉，在窗口朝师真绪喊："老哥，水烧好了，来洗澡，顺便帮我把酱鸭端进来！"

师真绪沉默片刻，在师千缕沉着脸一挥手后，端着酱鸭，摆出一张好哥哥的面孔进了屋里。

师真绪一进屋，师雁就把他拉到一边，对着他嘿嘿笑，还给他捏了捏背。师真绪被她捏得表情一僵，但很快又摆出了假笑："你又怎么了？"

师雁说："我的工资还没发下来，最近买了太多吃的，还买了衣服，钱不够用。嘿嘿，老哥……"

师真绪：我就知道。

他掏出一袋魔石，尽量把自己伪装成好哥哥，和颜悦色地说："拿去用吧。"

师雁又一次被这兄妹情感动了。她在前世就常说"国家欠我一个哥哥"，到了这个世界，总算是体会到了有哥哥的好处。像她朋友那种不肯给妹妹零花钱还要从妹妹那里拿钱的哥哥简直是假哥哥，她这个才是真的亲哥呀！

师雁说："哥，你真好。"

师真绪说："呵呵。"

拿着零花钱，师雁又逍遥了几天。几天后，师雁下班回家，在家里看到了一个陌生人，一个抱着筝的中年女人正站在她爹面前小声说话。

师雁：惊！暴躁老爹喜迎第二春？

两人同时朝她看来，神情都不太好。女修看她的神情尤其不善，像是跟她有什么深仇大恨。师雁心说：莫非是后妈？一般来说，后妈才会对继女有这样的仇恨吧。天要下雨，爹要续娶，没办法的事儿，自己毕竟还不是人家的亲生女儿。于是，师雁不动声色地问："爹，这位是？"

师千缕给了师千度一个眼色,让师千度收敛一点儿,这才说:"这是我的妹妹,你的姑姑,从前一直在外面,现在找过来了。你不记得她了吧,以前你们关系很好的。"说得和真的一样。

师雁:原来是亲姑姑,不过你确定原身和她这个姑姑关系很好?那姑姑眼睛里的难道不是仇恨而是亲人久别重逢的炙热吗?恕我直言,看上去两人像是"塑料姑侄情"那一挂的。

师雁犹豫了一下,还是上前一把抱住师千度的手臂:"姑姑!"塑料就塑料吧,自己总要给人点儿面子。

师千度的神情都快扭曲了,她拉下师雁的手,语气冷淡:"好久没见了,你还好吧?"

师雁真心实意地点头:"我挺好的。"

师千度不太好。

师雁感觉这个突然出现的姑姑怪怪的。这天晚上,师雁有点儿睡不着,躺在屋顶上看星星,意外撞见了姑姑和老爹在院子角落里说话。他们用了隔音符咒,神神秘秘的。师雁有点儿好奇,什么事儿要大半夜在角落里悄悄说?恰好跟红螺学了个听墙脚的法子,师雁犹豫了一会儿就用了,侧耳去听两人说话。

唉,大家都是一家人,有什么不能知道的。

师雁听到师千度说:"司马焦当年没找到人,一直不相信人死了,到处在找,还没放弃。他怀疑到我们头上,宁肯错杀也不肯放过,看到一个师家人就杀一个。我们剩下的人不多,也不敢随意派到他面前去。"

师雁:哦,原来是在谈论师家那位大仇人司马焦,难怪这么小心翼翼的。

每次他们谈起这个大魔王,都如临大敌,又恨得咬牙切齿,搞得她在心里忍不住把那个司马焦想象成青面獠牙、身高两米八、浑身上下几十块肌肉还爱吃人的形象。

那边的师千度还在说:"我们不能继续被动下去了,师雁到底能不能用了?"

意外听到自己的名字,师雁的耳朵动了动。

师千缕说:"还不到让她出动的时候。"

师千度就冷笑:"我是看出来了,她就算没了记忆,也不想对付司马焦。这对狗男女!我看她就是个没用的,当初白救了她!我们就该直接不管她,让她去死。要是她真死了,司马焦痛失所爱,说不定能疯得彻底一点儿!"

这一段话的信息量太大了,师雁听得满头问号和感叹号交替。我听到了什么惊天大秘密?他们家的那个大仇人司马焦,他竟然和这身体原本的主人师雁有一腿!他们以前还谈过恋爱!师雁的脑海里一瞬间飞过罗密欧与朱丽叶的故事,苦命鸳鸯因为家族恩怨不得不分开,反目成仇,又产生种种恩怨纠葛……

师雁:难怪了,这样一来,所有的事儿都能解释清楚了。姑姑一看到我就愤怒,因为我的原身当初和仇人谈恋爱呀,说不定还在灭族之仇里偏向了仇人一边。老爹为什么对我的"失忆"从不追究,因为他巴不得自己投敌的女儿失忆了。为什么他天天给我灌输必须仇视司马焦和要报仇的思想,就是为了杜绝女儿再和仇人搞到一起呀!

师雁脑补了半天,头都想秃了。

事情已经很明显了,这是个虐恋情深的剧本,照现在的情势发展,说不定还有破镜重圆的戏码。

可是,她真的好慌,司马焦和师雁的感情跟她邹雁有什么关系?那个司马焦明显不好惹,是动不动能灭人一族的人。万一哪天遇上那个大魔王,被他发现自己占了他女朋友的身体,她岂不是会死得很难看?

她不能想了,想就是死。

她连老爹和姑姑的话都没心思去听了,回到自己的床上,一晚上没睡好。她少见地失眠了,连出门时看到家门口有人乱丢尸体都没心思去搞卫生。

今天红螺没上班，师雁自己一个人慢吞吞地吃完早餐，又自己把自己说服了：没关系，大魔王和我隔着这么远的距离，基本上见不到的，我还能再苟活一阵子。

远处轰的一声，有人尖叫："冬城魔主麾下打进鹤仙城了！"

师雁：苍天哪，为什么？

师雁的反应很快，她迅速抓住准备丢下摊子逃跑的早餐店老板，把饭钱结了，然后赶回家里去。

家里还有个残疾老父亲师千缕呢！虽然他不是亲爹，而且总对她恨铁不成钢，还对她的原身有心结，可好歹相处几年了，就算是当房东相处，她这个时候也不好丢下他不管。

在赶回去的途中，她看见了远处城墙那边的喧闹场景。违规搭建的高层建筑轰隆隆倒下，烟尘四起，半边天都是密密麻麻的凶兽——据说冬城大魔王什么东西都瞎养，这样的凶兽他手底下有不少，用来攻城也是财大气粗。

要是让这些凶兽进了城，还不是把猫扔进了鱼堆里？她都能想象到那时的场面会有多凶残。

鹤仙城这块地盘的老大鹤叟，是魔域的老牌城主了。他能把持鹤仙城这么多年，外围结界的强大可想而知，然而才这么一会儿，师雁就看到城墙被推倒了一段。

一条比城墙还要粗壮高大的黑色巨蛇昂起脑袋，狰狞的蛇脸带着天然的凶残气息，那一双血红色的大眼睛闪着冰冷残忍的光。就是这位史前巨兽般的凶神生生地用身子撞破了鹤仙城的结界和城墙，师雁隔得老远也看得清清楚楚。

虽然这是第一次见，但师雁知道这黑色巨蛇是什么来头，它是冬城大魔王司马焦的宠物和坐骑。巨蛇没有名字，可它的名声在魔域和它的主人司马焦一样响亮，大家都称呼它为魔龙，以示尊敬。

眼见它一个翻身，城北那一块瞬间塌了一半，师雁倒抽一口凉气。

她真的有点儿怕蛇,这么大条的就更怕了。

巨蛇在烟尘里翻腾,搅弄出漫天烟尘,搞得好像腾云驾雾一般。鹤仙城内的众魔修心惊胆战。前来攻打鹤仙城的一些冬城魔将则守在巨蛇身后,没有进鹤仙城——他们都知道得等这个蛇祖宗玩高兴了,他们才能有动作。

在冬城里,这条巨大的黑蛇绝对是地位特殊的。他们的魔主司马焦喜怒无常又心狠手辣,没有人不怕他。这些年他魔下的魔将不知道被他弄死了多少,仍旧有数不清的人前赴后继地要为他效命。这么些年过去了,能一直好好待在他身边的也就只有这一条黑色巨蛇。

哪怕这条巨蛇喜欢玩闹,脑子不好,他们也得好好伺候着。这一次魔主没有亲自前来,黑蛇来了,若是这条黑蛇出了什么差池,他们这些人回去后恐怕没什么好下场。谁能想到呢?他们在外面看上去风风光光,回到冬城都只能夹着尾巴做人,还比不上一条蛇。

众多魔将气势凛然地领着大群凶兽和魔修,摆出一副威胁的架势,准备等着大蛇撒完欢就立刻冲进城烧杀。结果没多久,鹤仙城的魔主鹤叟就带着魔将出来了。双方在天上会面,鹤叟干脆地投降,说要效忠于魔主。

冬城魔将:该死的怎么这么快就投降了!他们其实更希望能打一场,自己进城去烧杀抢掠,不比现在强吗?

可是人投降都投降了,以后都是同事,他们还真不好一下子翻脸。鹤叟看出众人神情不好,忙招呼众魔将进城,准备好好招待。

大战虽然没打起来,但鹤仙城内还是乱了一把,不少本地居民惶惶不安。

师雁回到自家院子,看到老爹和老哥都在。两人正商量着什么,神情都不太好。那个姑姑倒是不见了。

见了师雁,师千缕立刻冷冷地说:"你收拾东西,我们准备离开这里。"

师真绪解释了两句:"司马焦的人来得比我们想象中更快,虽然打探到他并没有亲自过来，但我们的行踪不能被发现，所以恐怕要离开这里了。"

师雁也不感到奇怪，师家人对大魔王司马焦的恐惧简直是刻在脑门儿上的。平时不知道骂了多少次，可真遇上对方，他们又要吓得赶紧跑。她问："现在就走？"

师真绪说："不，现下情势紧张，出去的路都有冬城魔修守着，这时候离开反倒引人注意。我们过两日看情况再离开，不过你这两日就不要出家门了，好生待在家里。"

师雁答应了。

她找工作的时候也常换地方住，现在要换地方她也没什么不适，唯一舍不得的就是小伙伴红螺。红螺是她在这个世界里唯一关系不错的朋友。当初她来到这个世界，许多事儿要磨合、习惯，师家老爹和哥哥又不许她接触旁人，看她看得和看囚犯似的，魔域也没什么适合做朋友的人，所以这么多年来，她能真正说上话的朋友就这一个。她现在要离开，真不知道哪天还能再见红螺，总要跟人打个招呼。

师雁打定主意，可惜家里一个老爹和一个老哥看得太紧，她溜不出去，只好等待机会。

她这些年虽说懒散了点，但总归还是听话的。见她在家好好待了一天，睡了一大懒觉，师千缕和师真绪也没怎么注意她了。他们还有另外的事情要忙。

他们瞒着她一些事儿，师雁习惯了，反正她不在意，还是那句话，毕竟不是亲生的。她在第三天清早顺利溜出了门，直奔胭脂台。

北城那边的一片狼藉还没有人收拾，冬城带来的人也大多还在城外，不过鹤仙城内多了不少陌生的面孔。这些新面孔个个嚣张跋扈，脾气比本地人更上一层楼，所以师雁这一路去胭脂台都没能碰上什么小偷小摸的和故意找碴儿的，大家都夹着尾巴观望着。

胭脂台还是和前几日一样，仿佛没有受到这场突发的大事件影响，每日打扫卫生收殓尸体的老哥还是那张死人脸。师雁照常和他点头打招呼，老哥忽然出声："留步。"

师雁惊讶地看他一眼。她在胭脂台工作这么久，这是第二次听到这位老哥说话。

"有什么事儿吗？"

老哥看她一眼："跟我来。"

他的修为不是很高，还瞎了一只眼，师雁没觉得有威胁，就跟着他走了，然后猝不及防地看到了一具尸体。

将她带到那具尸体面前，半瞎男人说："昨晚扫出来的尸体。"他示意她带走。

师雁看着红螺的尸体，茫然了一会儿，才对他说了声谢谢，然后上去把红螺的尸体抱起来离开了。

半瞎男人看着她离开，眼神毫无起伏，转头回去接着处理那些无人认领的尸体。他忽然想起这几年来这两个姑娘每日早上叽叽喳喳地一起经过这扇门的样子，或许这就是他特地留下了那具尸体等人来取的原因。

在魔域，有人愿意替自己收尸就是一件很好的事儿了。

师雁离开胭脂台，走到围墙外面，又慢慢停住了。她把红螺放在地上，蹲下去看红螺冷白肿胀，带着伤的脸。

师雁来到这个世界后，看过很多很多尸体，从最开始的恶心到后来的习以为常，她以为自己已经完全习惯，不管看到多么恶心的尸体都不会想吐了。可是现在，她看着朋友的尸体，突然感觉一阵胸闷，扶着墙吐了出来，说不出的恶心。

红螺总是孤身一人，一起吃早餐的时候，话多得不行。师雁对这个陌生世界的很多认知都是从这个朋友的口中了解的，她对红螺的感情甚至比对原身的亲爹、亲哥都要深一点儿。可能是因为红螺和她做朋友，只为她这个人，不管她叫邹雁、吕雁，还是师雁。而师家两位亲人与她相处，只将她当作师雁，让她喘不过气。

师雁扶着墙，在这个有些凉意的清晨，忽然想起几年前，也是这样一个清晨，她来上班，在那座华丽的红楼的第九层窗户边上看到了红螺。红螺当时满身疲惫，看见师雁在屋顶上飞来飞去，就朝她招了招手："哎，要是哪天我死在这里了，你能不能给我收尸呀？我可不想尸体没人收，被卖出去给炼尸人，谁知道会被他们炼成什么鬼东西。"她当时觉得红螺在开玩笑，这家伙嘴里总是屁话连篇，所以她远远地朝红螺比了个好的姿势。

师雁今天准备去和红螺告别，还想跟红螺说：我准备搬家了，说不定没法儿给你收尸，没办法，你只能好好活着，活久一点儿了。现在可好，她不用说了。

师雁吐完，擦了擦嘴，在红螺身上翻了翻，把红螺身上仅剩的一些东西收了起来。这样的尸体一般都会被打扫卫生的捡尸人搜过一遍，红螺身上的一些东西却还在，看来那位老哥没动过。

红螺的尸体被师雁烧成了灰，装进了一个小布袋子里。

师雁回到了胭脂台。她在这里工作了好几年，虽然做得普普通通，并不起眼，但也有几个相熟的人。花了点魔石，她很快就打听清楚了红螺的死是怎么回事儿。

前天晚上，胭脂台来了不少冬城的魔将和他们底下的修士，红螺就死在了一对双生兄弟手里，不知道是为什么死的。其实哪有什么为什么，魔域不就是这样，人家的修为比你更高，能力比你更强，看你不顺眼了，你就要死了。

师雁搞清楚了那对双生兄弟的名字和长相就离开了胭脂台，还没忘记跟胭脂台的一个管事辞职。

鹤仙城就这么降了冬城，一群过来搞事情的魔将魔修都老大不爽，觉得没能过瘾，所以说魔域这个地方的水土养出来的人是多么躁。他们留下一部分在这里处理事情，另一部分则带着消息和多余的人准备起程回冬城去了。

支浑瘁和支浑疠兄弟二人就是起程回冬城复命的。他们二人的修为俱在化神期，虽说还未当上魔将，但也是有名号的。支浑氏在魔域是个响亮的姓氏,这两兄弟能效命于冬城一位大魔将麾下也是沾了这姓氏的光。这兄弟二人生得虎背熊腰,乃是魔修里修魔体一道的,如今他们寻常模样就已经足够高大,一旦变成魔体,便如同巨人一般,刀枪不入,不仅力量惊人,防御力也惊人。

两人在队伍中后段,前面是魔将的坐骑,后方是普通的魔修。这两人高谈阔论,离了鹤仙城后,就指着那倒塌的城墙大声嘲笑鹤仙城无用,语气非常嚣张。师雁混在他们身后不远处的魔修队伍里,用黑布裹着身体,听着他们大声谈笑。他们说了很多,还说起了在鹤仙城里睡的姑娘——不够带劲儿,所以他们兴致上来杀了几个。

红螺就是那几个姑娘中的一个吧。

师雁不声不响地随着他们离开了鹤仙城。离鹤仙城很远后,他们停下来暂时休整,众人放松下来,找个地方吃喝。

黄昏时刻,一切都晦暗不明。魔域的山水总是不鲜艳明媚,好像叠加着一层什么其他的颜色,树木不绿,群花不艳,只有晚霞红得尤其好看。人的血也是,新流出来的血格外鲜艳,色泽也正。

师雁擦了一下自己手上的血,站起身来。她的脚下躺着两具尸体,支浑疾和支浑疫两兄弟倒在那儿,脑袋都没了,脖子上还在淙淙流血,鲜血打湿了周围好大一片黄色的土壤。

这两日的观察和跟踪以及方才突然爆发的杀人过程让师雁有点儿累,她擦着手离开案发现场,脑子里回放着刚才的一切。这两位对自己太自信了,一位不记得名字的伟人曾说过,过度的自信使人灭亡,所以这两位连自己的魔体都没来得及使出来就死翘翘了。他们可能是被她突然逆转灵力用出的修仙人士术法打了个措手不及,总之她这一场复仇还算顺利。

师雁早就发现自己和其他魔域魔修不同,不仅能让灵力逆流把自己变成魔修,还能倒过来,使用外界修仙人士用的灵力。她不知道这是怎么回事儿,但当初自己闷头研究了很久,总算能两种都用得不错,而且对修仙术法还要更熟悉一些,能下意识地使出不少术法。

在魔域这个世界里，师雁杀过不少人。她是不喜欢杀人的，可有些时候不得不去做。因为身边没有人真心对待她，她觉得很没有安全感，所以为了能舒适一点儿地生活，她只能靠自己。可是每次杀完人，她还是不太好受。

她不动声色地回到魔修的队伍里，一时想着寻机脱离队伍回鹤仙城去，一时想着回去后肯定要被老爹骂的。这时候她的杀人后遗症又犯了，她坐在那儿，不太想思考。

她下意识地擦着自己的手指，垂着眼，莫名想起了当初第一次杀人的情形。那时候她遇到了个色狼。魔域的变态色狼可不是在地铁公交上摸摸人家屁股那种，是会当街强暴顺便取人性命的，所以她把那个凑过来的家伙的脑壳捏碎了。

说实话，她现在还想不明白，为什么自己当时在一片紧张和头脑空白里下意识使出的杀人方法是捏碎人家脑壳。她好像没有那么凶残的。就因为那事儿，她对满手的糊糊留下了阴影，之后都没再吃过类似糊糊的食物。那段时间，她每天晚上做完噩梦醒来都要怀疑自己是不是内心隐藏着什么奇怪的一面。

当时她惊惶得不行，满身虚汗，满脸泪水。她看到了原身的亲爹和亲哥，却听到那个爹满脸失望地说："连杀个人都这副没用的样子，你究竟怎么回事儿？"她真的很为原身感到心塞，这是个什么爹呀。后来她和他们亲近不起来，大概就是因为这个了。错误的教育方式简直是导致子女离心的糟糕典范。

师雁乱七八糟地想着，忽然发觉前方队伍有些骚乱。她立时警觉起来，看到最前方那条巨大的黑蛇在一群人小心的簇拥下朝着她的杀人现场去了。

"魔龙察觉到新鲜的血腥气，肯定是发生了什么，都给老子注意一点儿！"有魔将骑着飞兽朝四面大喊。

师雁：这里蛇什么狗鼻子了？不是，蛇能闻到味道的吗？这蛇是变异的吗？隔那么远都能察觉到这边的血腥气？我都瞒过了前面那些魔将了，你这时候跟我说翻车？

在心底大骂了一顿，师雁赶紧试图把自己藏起来。

阿弥陀佛，保佑那大黑蛇查不到自己头上！

不知道哪路神仙没有保佑她，没过多久，那条狰狞的大黑蛇兴奋地吐着芯子朝她这边爬了过来。

师雁：别过来！走开呀！

其他人看到巨蛇的动作，也察觉不对，有魔将大喊着什么，四周都乱起来。师雁忽然往前丢下一片"烟幕弹"。这是她借鉴古往今来各种武侠剧自制出来的东西，杀人放火，吸引视线的必备佳品。

她趁机要逃，刚飞跃往前，就被半空中一张巨大的蛇口咬了个正着。

师雁：天要亡我！吾命休矣！

她被卡在大蛇狰狞变异的牙齿缝里，一动不能动。大黑蛇咬着她，飞快往前冲，搞得一群弄不清状况的魔将和魔修带着一大群凶兽在后面追。师雁还隐约听见了有魔将在喊："魔龙，等等我们哪！"

大黑蛇的速度实在太快了，师雁被它咬在嘴里，被天上飞的、地上跑的魔将、魔修和凶兽虎视眈眈地围绕着，感觉不太妙。

这真的很不妙！

不只她觉得不妙，其他魔将也觉得很不妙，因为他们的魔龙直接把那个不知道什么身份的人咬着带回了冬城，又以迅雷不及掩耳之势轰隆隆地冲塌了冬城的内城围墙，进了那个禁宫里去了。禁宫里有世界上最可怕的大魔王司马焦，要是他被魔龙惹怒，死的不是魔龙，而是他们这些可怜的下属。下属，写作"下属"，读作"出气筒"。

冬城禁宫，一道黑色的人影坐在窗边。他听到轰隆隆的动静，本就不能舒展的眉心皱得更厉害了。他一身戾气地转过脸，看向那条回到禁宫后身子缩小了不少的蠢蛇，见它嘴里咬了什么东西，不由得骂道："小畜生，带了个什么东西回来。"

黑蛇自从到了禁宫范围内，就自觉地变小了，这会儿它的腰也就一人高那么粗，刚好能自由地游走在禁宫门廊间。它变小了，师雁终于能从它的牙缝里脱身，可仍旧有半个身子在大蛇嘴里，被它甩得头晕眼花。

黑蛇根本不在意自己被浑蛋主人骂，现在兴奋得不行，摇着尾巴，呸的一声把嘴里的小伙伴吐了出来。

"嗞嗞——"这是献宝呢。

它是什么意思，司马焦不知道。他看着滚落在地，又爬起来的满脸茫然的师雁，和她大眼瞪小眼地对看了足有十分钟。

这是谁？师雁的脑子里一冒出这个问题，就同时隐约得出了答案。黑蛇是司马焦养的，面前这个能骂黑蛇的肯定就是它的主人了。不是，说好的青面獠牙、身高两米八的大魔王呢，司马焦是眼前这个小白脸？不，不对。师雁在与这个小白脸对视的时间里，又记起了最重要的那个设定。司马焦和原来的那个师雁是男女朋友关系呀！怎么办，他现在是认出她来了？也对，她又没伪装，只要眼睛没坏，肯定能看出来的。

这个发展她是真没想到。千里迢迢被送上门，这是怎样的缘分？她都觉得自己像个快递。

怎么办，她现在要演戏吗？演一出久别重逢，热泪盈眶，欲拒还迎……可是她的演技这么不行，肯定会露出破绽的。要不然她就说自己失忆了，一招失忆走遍天下！也不行，这同样很考验演技。面前这个司马焦，看着就不是好糊弄的人，总不能她随随便便地说失忆，他就随随便便地信了。

看了十分钟，师雁已经从极速的心跳和满脑子的胡言乱语中慢慢地变得平静下来。没有办法，她的紧张一向很难维持长久，这会儿她只能瞪大眼睛。

司马焦打量了她十分钟之久，终于有了动作。他的嗓音带着一点点沙哑："过来。"

师雁没动。司马焦也没生气，甚至之前皱起的眉都松开了。他自己走到师雁面前,一把将她举着抱了起来。

师雁:你这么直接的吗?

她被突然抱起来,本来应该挣扎的,可是不知道是身体没反应过来还是脑子没跟上,总之她没挣扎。等她静了一会儿,再想挣扎又觉得怪尴尬的,她只好安慰自己,要以不变应万变,以静制动才是生存良策。

她还是假装自己是具尸体,安静待着好了,绝不主动开口说话。

疑似司马焦的小白脸抱着她,动作怪熟练的。他一手按着她后脑勺,把她的脑袋按在了自己的脖颈边。师雁突然想起几年来师家老爹的耳提面命和各种教导,总结起来就一句——有朝一日见到司马焦,别手软,杀他,伤到就是赚到。现在这个师家的大仇人就在她跟前,脖子这种脆弱的地方还在她手边,简直是大好良机。可是非常奇怪地,她被按着脑袋靠在那儿,嗅到了又淡又干燥的一点儿特殊气味。那气味有点儿熟悉,她感到安心,忍不住想睡觉,那种很困的感觉一下子把她击倒了。

她来到这个世界就从没觉得这么困过,感觉像是连续加班三天三夜终于回家一头栽倒在床上。莫非这才几天没睡觉,她就疲惫成这样了?不对,肯定是这神秘的小白脸身上喷了什么安眠药之类的东西!

"想睡觉就睡。"司马焦侧了侧脑袋,脸颊在她的头发上蹭了一下。

她感觉到一只冰凉的手按了按自己的后脖子,那手又顺着头发和脊背往下抚了抚,带着股自然的安抚之意,然后师雁就脑袋一歪,睡着了。

她睡着之前在人家怀里,睡醒之后还是在人家怀里,姿势还比之前更加亲密。司马焦坐在那里,支着脑袋,她的脑袋就抵在他的胳膊上,整个人窝在他怀里,连腿都被他的袖子盖着。

她一睁开眼就对上司马焦低头凝视的目光。眼角余光里还有个蛇头在摇晃,一条芯子嗒啦嗒啦地把她的目光吸引了过去。接着,司马焦就一脚把那个凑过来的蛇头踹到了一边,大黑蛇委委屈屈地扭动一阵，还试图凑过来，又被司马焦用手推开。

"出去。"司马焦指着大敞的窗户。

大黑蛇察觉主人没有表面上那么平静，觉得再闹可能会被揍，于是乖乖地爬出去了，看着怪可怜的。

也许是刚醒，脑子还不太清楚，师雁甚至觉得这一幕有种莫名的熟悉感，好像经历了好多次。氛围居家极了，是男朋友和宠物狗的模式。师雁想到这里，突然一个激灵。这不对呀，哪里都不对呀！师雁扯着自己的头发。是什么，是什么让她在第一次见面的陌生小白脸男人怀里睡死了过去？她好不容易培养起来的警惕心呢，死掉啦？虽然她的睡眠质量一直很好，但也不可能好到这种程度——刚才那一觉睡得真香。她杀人后的几口总会做噩梦的，刚才没有。她很有理由怀疑，面前这个抱着她玩她头发的养蛇男子使用了迷药等工具。

司马焦伸手过去摩挲了一下她的下巴。

"怎么呆呆的，睡好了？"

师雁听着他这个无比熟稔的语气，有点儿窒息。别，我其实不是你的女朋友哇。

"既然休息好了，那就说说吧。"司马焦说。

师雁：说……说什么呀？

司马焦问："你这些年在哪里？"

师雁发现自己毫无反抗之力，嘴巴有自己意识地吐出几个字："在鹤仙城。"

师雁：这是什么？我是喝了吐真剂还是怎样？我怎么不会这个技能啊？

司马焦问："是不是师家人把你带走的，师千缕在你身边？"

师雁说："是。"

司马焦问："为什么不回到我身边？"

师雁说："我不认识你，不知道为什么要回到你身边。"

三个问题过去，师雁明白了，自闭了，这厮开挂，会开真话

323

# 献鱼
下册

buff。三个问题，司马焦差不多猜到这些年发生了些什么了。

当初他搞了那么大的动静，到处翻找廖停雁的踪迹。照他的找法，就是廖停雁的魂魄真碎了，碎成千八百片，他也能收集回去了。但是没有，一点儿痕迹都没有，所以他很快察觉不对。那时候他根本接受不了廖停雁不见了的现实，就去追杀师氏的人泄愤。在搜寻师家人的过程中，他发现了异样，便猜测廖停雁是被他们带走了。同时他还怀疑是不是魔域那边有人搞事，毕竟廖停雁是魔域的人，可能是派遣她过来的人从中作梗，便是没有，他们说不定也有能找到廖停雁的办法。他什么都怀疑，任何可能性都查证过。

因此，他搞垮庚辰仙府后，发现被他杀得凋零的师家人有往魔域跑的迹象，就干脆丢下庚辰仙府的烂摊子，前往魔域搅风弄雨。

他先搞死了那个当初派遣廖停雁到庚辰仙府打探消息的原冬城魔主，又一路跟着师家人的踪迹，把跟他们合作的城都收到麾下……就这几年，他追得很紧，师家那些幸存者有一个算一个，个个挣扎着逃命。他都快把师千缕逼得秃头了，也不怪师千缕每天看着用心当"社畜"的师雁都那么暴躁。

师千缕就是死都没想到，费尽心机把廖停雁藏了这么多年，到最后不仅没洗脑成功，还莫名其妙地让她自己跑到了司马焦面前，堪称一夜破产，唯有跳楼才能解千愁。

司马焦自己一个人就把事情猜了个七七八八，发现廖停雁不记得自己，脸色就一路飘黑。他又问了几个问题，把她的话套了个干净。

现在她叫师雁，十年前失忆，师千缕是她爹。

司马焦气笑了，要是师千缕现在在他面前，他能当场把人捅上几千刀。师家的老东西果然什么事儿都做得出来。失忆？怕是那老东西用了师家的洗魂之术，洗掉了廖停雁的所有记忆，想着让她把他当仇人，用她来报复他。那老东西也就会这些伎俩了。

"你，认贼作父，嗯？"他的气都算在师千缕头上了，面对慌张中透着放弃的咸鱼则更像个发脾气的男朋友，他整个人就是个写着"我

324

准备发脾气了"的预告板。

"蠢,那老东西说什么你就信什么?想当你爹,他配吗?"司马焦扣着她的下巴,"你是廖停雁,和那姓师的老东西没有任何关系,他不过是想利用你对付我而已。下回抓到他,我让他给你当孙子。"

师雁说:"哈?"剧情怎么好像突然有反转?这一出比她之前脑补的更复杂呀,她还不太明白……不过再怎么样,这也跟她邹雁没关系。

她回不过神,不知道现在这奇怪的状况下到底在演些什么剧情,整个人看起来就很无辜。司马焦暴躁地瞅了她半天,啧了一声,直接放弃,撩开她脑门上的头发,在上面亲了亲,终究没跟她发脾气:"都是那老东西可恨。"虽然这是个耳鬓厮磨的亲昵姿势,但他的语气着实阴冷可怕,"等我把他抓回来,连肉身带魂魄,把他一丝丝磨碎了为你出气。"

师雁的眼皮一跳,她说:"等一下!"

司马焦马上变脸:"怎么?你不相信我,不想让他被杀?"好像她点一下头,他就要立刻发飙暴起杀人。

师雁觉得自己可能是开了熊心豹子胆buff,对着这样一张可怕的、一言不合要杀人的脸,她竟然……害怕不起来?

她只是语气不自觉地有点儿弱:"哎呀,我又不知道你们谁说的才是真的,是吧?"

司马焦想起她杀个人就吓得做噩梦的事儿:"你放心,到时候我自己来,不让你动手,我知道你怕这些。"他说着话,又把她往怀里抱着搂紧了点儿,还拍了拍她的背。

师雁被迫给他当抱枕,心想:妈呀,看来原身还是个小仙女呢,岁月静好,不爱打打杀杀的类型。啧啧啧,可能大魔王都比较爱天真无邪、不谙世事又善良的小姑娘吧。那姑娘可能还是那种"答应我不要再杀人了,忘记仇恨,学会原谅好不好"款的。

她在心里搞了一个"司马焦"和"师雁"的爱恨情仇剧,脑补他们因为地位不同、身份不同而爆发争执，想象他们在哗哗大雨中恩断义绝。

"司马焦"要杀师家人，"师雁"不让，哭着用倔强的眼神看着情人，毅然决然地说："你要杀就先杀我！"然后"司马焦"恨得不行，喊着："让开！不要阻止我！"噼里啪啦一阵后，他不小心伤到了"师雁"。

她一路激情澎湃地脑补到"师雁"被误伤后快死了，妹子躺在"司马焦"怀里，用的就是他们现在这个姿势。妹子含着最后一口气说："原谅我，我爱……"然后妹子没说完就脑袋一歪。

师雁满怀激情地脑补着，脑袋无意识地一歪，看到了司马焦现在的神情。他不暴躁了，只面无表情地看着她，眼神很古怪。

师雁：嗯，他为什么这么看着我？哈哈哈哈，他总不可能还会读心术吧……应该不会吧？

司马焦张开手，遮住她的脸，虚虚往前一抓。

师雁说："嗯？"

司马焦说："把你脑子里乱七八糟的东西抽出来。"师千缕那个老东西，竟然给她灌输这样的身份经历，是脑子有病吗？

师千缕：我不是，我没有！

司马焦把她拉起来，揽着她的腰问她："你是不是真的想听师千缕的，要杀我？"

师雁说："不想不想。"真话buff又来。

司马焦嗤笑一声："你不是相信他们吗？他们要你杀我，你为什么不想杀？"他摸着她的脸，看上去是在笑。

为什么是"看上去在笑"，因为他的眼里完全没笑意。

师雁说："因为无冤无仇。"不管剧情到底是怎样，跟他有仇的是师家人，又不是她。师家老爹总跟她说作为家族一员，家族的兴衰荣辱比个人要重要，这个她可不敢苟同。

师千缕最大的失败就在于他不知道这其实是个异世之魂，不受这世界的天道所限。师千缕洗掉的记忆也只有邹雁来到这个世界之后作为廖停雁的那段记忆,因此她并没有变成一张任他涂抹的白纸,就像司马焦其实也并不能在她这里探听到任何有关另一个世界的心声。

听到了似曾相识的回答,司马焦稍稍被安抚了,但还是沉着一张女朋友要闹分手的黑脸。

"你现在不相信,好,等我把师千缕抓回来,让你亲自听他说。"

## 第十五章
## 大魔王换了个地方还是大魔王

　　魔域与外界不同，没有浓郁的灵力，也没有鲜明的四季之分，处处都干燥，令人有种无言的烦闷。冬城却与别处不同，常年严寒，城外连绵起伏的山林都是一片雪白。只是那白的不是雪，是一种特殊的白色石头。城内的人多以这种石头建造房舍，因此整个冬城看上去就像一片雪城，也有了冬城这个名号。

　　站在禁宫的一扇窗前往外眺望的时候，师雁才看清楚了冬城真正的样貌。纯洁的白一直蔓延到天边，看上去和魔域这个地名不太相衬。在被大黑蛇衔过来的途中，也不知道是晕车还是晕蛇，她什么都没有看清楚。

　　就景色来说，这地方是比鹤仙城好很多。就是太冷了，她站在窗边半天，差点儿被冻成冰棍。这里的冷能让她一个化神期修士都感觉冷，那是真的很冷了，也不知道这里的其他低阶修士怎么活。

先前在鹤仙城，她偶尔会听人说起冬城和司马焦，只是那时她当成闲话来听，也没追究过真假。其实那些说话的人大多也没来过冬城，以讹传讹，在他们口中，冬城是一个被雪覆盖的城市。所以说什么都是眼见为实，就像还没见到司马焦之前，她也不敢相信这个凶名在外的司马焦其实是个疯猫一样的男人。她不知道他什么时候高兴，为了什么开始生气，也不知道说些什么他才会高兴，说些什么他会更生气。总之，她就是捉摸不透。

师雁：不敢说话。

好在就算她惹他生气了，他也不把气撒在她身上，只是用一种"你现在生病了，我不跟你计较，你等着，我去撒完气再回来跟你说话"的表情看她。其实师雁觉得他这样还怪有趣的。

她从进了这个禁宫之后就没能出去。司马焦的禁宫非常大，又大又空，除了一个穿黑衣的司马焦和一条到处游荡的大黑蛇，就只剩下她这个刚来的，连个侍女都没有。

这是当魔主应该有的派头吗？老实说，她之前还以为魔主应该是皇帝待遇，身边有大群人侍奉的。师雁觉得，以她见到司马焦第一面的整体印象来说，这位应该不是那种心细如发的人物，应当也不会照顾别人，所以她在这个要什么没有什么的禁宫里恐怕要遭点儿罪了。她估计得吃不好，睡不好，但这也没办法，她就当自己被抓来坐牢了。

谁知道马上她就被打了脸。

先是一群战战兢兢的魔将抬进来一张超级大的床。床上用品满满当当、整整齐齐的，褥子、锦被、抱枕一样不缺。师雁目瞪口呆地看着上面红通通的"囍"字，当然，那些魔将的表情也没能好到哪里去。

"夫、夫人，这是魔主吩咐我们送来的，您看摆在这里可以吗？"一位魔将挤出了笑脸。

师雁记得这个魔将，这是带兵去攻打鹤仙城的那位主将。先前在路上他威风凛凛地站在骑兽身上,一副一挥手就有万千狰狞魔修齐出的样子,手上的大刀更是布满杀气,她还觉得这个大佬是那种会狂笑着剁碎尸体的凶残类型。现在呢,他笑得像是太后身边的老公公。这个态度变得太快了,可见他没少被司马焦调教。

那个"夫人"是什么鬼?

不仅有人送床,接下来还有人络绎不绝地送了一大堆东西进来,什么屏风、坐具、柜子之类的,地上也铺上了锦绣花纹的地毯。他们很快就把她所在的这一处宫殿布置成了一个新婚的婚房。

师雁看着这一切,有些头痛,难道说,司马焦要和她在这里结婚?

老天,她这拿的到底是什么狗血的替身替嫁剧本?她前几天还是胭脂台的一个保安,今天就要成为凶残的魔主的夫人,人生经历也未免太跌宕起伏了。万一这消息真传出去,她怕把师家老爹气死——她还没搞清楚来龙去脉,姑且就先认师雁这个名字。

师雁在这里脑补替身剧本,脑补了半天。她还想了很久,该怎么逃婚,或者说该怎么逃避新婚之夜。结果,司马焦回来看到这一室的红通通,比她还嫌弃。他把眉头一皱:"这都是些什么乱七八糟的,谁搞的?"

师雁心说:这不是你吩咐的吗?

司马焦这个暴躁老哥很快把那些整理房间的魔将喊了回来,一群魔将乖乖地站在他面前等他发话。司马焦一句话没说,指了指那些东西,他们就一个个吓得屁滚尿流,搬着那些东西火速离开了这里,又迅速地搬回了另一些正常的家具,眼巴巴又诚惶诚恐地等着司马焦的指示。

司马焦转头问师雁:"你觉得怎么样?"

师雁:你为什么要用这种新婚夫妇一起装修房间时询问对方意见的语气跟我说话?

"嗯,还行吧。"师雁迟疑地说。这至少比之前更像是人居住的地方了。

宫殿的摆设整理好了，接下来又有人送来吃的。还是那些魔将，他们用拿刀拿剑砍人的双手端着一盘盘菜肴送上来。师雁看得眼睛有点儿疼，感觉十分魔幻。这个情景要是通俗解释一下，就是皇帝让他的文武百官、心腹大臣来做宫女太监的活，她不知道该说这个皇帝什么。很明显，这群魔将自己也不习惯。他们第一次做这种事儿，一个个别扭得像第一次上花轿的大姑娘。

"夫人，魔主吩咐给您送些吃的，您还想吃什么，尽管吩咐。"长胡子的魔将很不适应自己的男仆新身份，一句话都说得不太顺。

师雁也不太习惯自己的夫人新身份，不过，问她有没有什么想吃的，这她就有话说了。管他到底什么剧情，民以食为天！

"我想吃赤樱果。"她郑重地说。

赤樱果是一种魔域特产，这种灵果只在魔域最南边的几座城里才能种植，非常珍贵，拇指大小一个，长得有点儿像樱桃。这灵果娇贵，生长不易，运输不易，到哪里价格都很高。

她一句话说出去，不过片刻，几个魔将就送上了一大筐赤樱果。

"城内暂时只有这些。"那魔将还有些忐忑，生怕面无表情地坐在一边的司马焦不满意自己的办事能力。

师雁：什么叫只有这些……赤樱果在鹤仙城胭脂台那种高消费场合，超多魔石才能买一小碟，一小碟里不过九枚小小的果子，现在你们用筐装啊！

她在胭脂台工作几年都买不起一小碟赤樱果，没想到被掳过来后，赤樱果能随便吃，吃到饱，她现在都有点儿动摇了。

"赤牢、烩车、九风三城，去给我打下来。"司马焦突然开口说了一句。

赤牢城、烩车城和九风城都是种植赤樱果的魔域南方大城。

众魔将闻言，霎时精神抖擞。魔域人好战嗜杀，那绝对不是开玩笑。对他们来说，争抢地盘和资源、尽情享受生活就是最重要的事儿。而且这些依附于司马焦的魔将，大都有建功立业、统一魔域的伟大理想，就等着司马焦带他们去实现了。要让他们说,南方那几座城早该打下来,可是他们这个魔主东一榔头西一棒子的,不知道在打什么,他们这些下属就是急死了也不敢问,现在终于等到了一句准话。

司马焦一句话,搞得像是战前动员,一群魔将兴奋得不行,搓着手迫不及待地离开了。

师雁:这不是为了我吧?这真的比杨贵妃的荔枝还要夸张。

司马焦看她:"还想要什么?"

师雁:我敢说吗?要是说想吃外界的酱鸭,你怕不是要一统魔域,再打出去占领修仙界。

师雁说:"不想了,真的。"

司马焦突然笑了一下,挠挠她的脸:"还是这样,喜欢骗我。"

师雁:别别别,可不是我干的。我可没骗您老人家,我这胆子哪敢?

她觉得脸上被他摸了的地方痒痒的,也伸手挠了一下。

等一下?她用手在脸上摸了一会儿,翻出一面镜子照了照,顿时惊了,她脸上那块铜钱大的疤哪儿去了?

"我的疤呢?"因为太惊诧,她下意识愣愣地扭头去问司马焦。

这块疤是她来到这个世界后就有的记号,师家老爹和老哥都说是司马焦烧的。他的灵火特殊,弄出来的伤用其他方法都无法处理,所以只能一直留着。不然,这样一个伤疤在修仙人士看来是很容易治好的。

师雁都习惯了这块疤的存在,偶尔照镜子时用手遮住那块疤,会惊叹于这具身体的颜值。可是那块疤的存在也并不让她觉得难受,她就是偶尔看着会莫名觉得有点儿焦急,那种感觉就好像做梦梦见要去哪里赶赴一场考试,却中途遇到事情赶不及,觉得这下子要考砸了。

结果她都不知道怎么的,这块小小的疤就突然消失了,是她睡着之后,司马焦给她治好的吗?

司马焦看着她,眼里忽然露出沉郁之色,像是想到什么很难以接受的事情。他抬手将廖停雁揽了过来,拇指在她脸上原本有一小块伤疤的地方轻蹭。师雁被他微凉的手指蹭得后背一麻,头皮一紧。她往后,司马焦就罩着她的后脑勺把她拖回来。他盯着她的脸看,疤没了,还有一点儿淡淡的红,很快就会恢复如初,就像她一样,总会恢复如初。

司马焦不太想去回忆十年前的那一天。

他生来就是独身一人,日子久了,从不考虑他人。对廖停雁,他已经用光了他所有的细心。可他对自己太自信,觉得师千缕不能找到自己的踪迹。他把廖停雁藏得很好,又觉得自己当时在内府弄出那么大的动静,足够吸引所有的目光,廖停雁在风花城,自然不会有任何人注意到她,她根本不会有危险。

狂妄如他,修为高绝如他,又怎么会去考虑"若有万一"。

给廖停雁做那个防御法宝的时候,他告诉她,就算是让人打上半天也不会破,足以护她性命。可他没考虑过,他的力量立刻就能冲破防御——因为他根本没想过自己会去伤她。可事实上,就是他的力量,还有司马蔚的力量,让她遭受了一场灾难。

后来在寻找廖停雁的过程里,他想:还有寄魂托生之法,就算人真的死了,我也能再把她复活,一切都不会变。

司马焦本就对生命不甚在意,何况手中还有使人复活之法,就更不会对死亡有任何敬畏之心。可是这几年,他怎么都找不到廖停雁,终于慢慢明白,死亡可怕的不是它本身,而是它带来的离别。

十年前他踩在那片焦土上,心里都是愤怒和各种激烈的情绪,一时想不到其他。后来的这些年,他心里才慢慢地泛上一点儿可以称作"恐惧"的心情。对失去的恐惧是他从未有过的。可是以他的骄傲,他也不可能承认自己会害怕什么,只是显得更喜怒无常些而已。

师雁:现在空气里好像有一种奇怪的沉痛气氛!糟糕,看他的表情好像是陷入了什么不好的回忆里。现在两个人这么对视着,按照一般情况,接下来肯定要亲了,天,她不敢哪!

司马焦抚着她脸的手指一重,他说:"不许逗我笑。"

师雁说:"啊?"我冤枉,我没有哇!我做什么了,就逗你笑?

司马焦又摸了摸她脸上那一块,忽然就起身直接走了出去。

师雁感叹:你不知道一只猫为什么突然跑过来蹭你的手,也不知道他为什么会突然又扭头离开。但面前有一大堆吃的,超棒的,我还是不要再浪费时间了。

她吃上了自己一直想吃的赤樱果,又尝了尝其他的菜,觉得冬城诸位的口味真的狂放,魔域传统的瞎炒乱炖,除了配料不同,烹饪方式一模一样,毫无创新。在这魔域,也就只有进口的修真界的酱鸭还有一点儿滋味。

按照以往的习惯,她吃完东西要找个地方休息,以前是胭脂台后花园大树的树冠上,或者师家的屋顶树荫下,到了这里……她该往哪儿睡?

师雁迟疑着进了之前的殿内,发现屋里没人,有两处地方可以睡,一张大床,一个长榻。她毫不犹豫地选择了长榻,因为大床太整洁了,而长榻看上去更软,那一个圆滑的弧度非常适合她的脑袋,抱枕也很符合她的审美,略带凌乱的感觉更是让她觉得睡意浓郁起来。她躺上去,觉得非常惬意,长舒了一口气。这太合适了,感觉像是恰好对准了一个凹槽能整个陷进去。

司马焦坐在屏风后的窗边,毫不意外地看见师雁选了长榻。那是他刚才弄乱的,他还丢了几个抱枕上去,廖停雁以前就喜欢躺在那种地方,看到就想躺。

师雁很快睡了过去。她睡熟后,司马焦来到她身边,坐在了榻上,抬起她的脚踝,将一枚脚镯扣了上去。

这个新的防御法宝他准备很久了,现在终于能送出去。


一觉醒来,脸上少了一块疤,再一觉醒来,脚上多了个环。

师雁抬起腿,动作特别不讲究,她拨弄了一下脚踝上的那个银色脚镯，觉得这脚镯真的很好看，就是那种浑身上下写满了"尊贵"的宝贝。

这姿势看不仔细，她翻身坐起来，踹翻一个抱枕，掂着那脚镯翻来覆去地看。那是两个用细链串了的银色细圈，上面复杂的花纹好像是牡丹，又好像是芍药，镂空的内芯还嵌着一抹通透沁人的淡淡碧色。

它戴在脚上没有重量一般，也不怎么碍事儿，只有一点儿淡淡的凉意。师雁以自己几年来在鹤仙城混出的经验肯定，这玩意儿是件法宝，品级很高，到底有多高她不清楚，毕竟之前她也没钱买这么厉害的法宝。虽然看上去材质是银和玉，但触摸起来的感觉不是。

"你觉得这个怎么样？"司马焦的声音突然从身后响起。

师雁被他下了一跳，挠挠耳朵："挺好的，就是我不习惯戴脚镯，不能戴手上吗？而且这样珍贵的法宝，送我的？"她感觉这是传家宝级别的宝贝，都没有个赠送仪式什么的，直接就给她套上了。

司马焦看着她，忽然笑了，伸手触了触她脚踝上的脚镯："扣上认主之后，我也无法取下它。这防御法宝世间仅此一枚，任何人都不能冲破这个防御伤到你。"

任何人？师雁一愣，下意识地问："啊，你也不能？"

司马焦连眉毛都没动，他只是看着她，有种师雁不太明白的温柔："对，我也不能。"

师雁听得心里暗惊，这不就是个防家暴神器吗？要是连司马焦都奈何不了这东西，她岂不是可以横着走？不只横着走，恐怕她还能躺着走。

问世间，谁能降我！

司马焦仔细地看她的神情，端过她的下巴："你没有觉得哪里不对？"

师雁问；"哪里不对？"她蒙了会儿，终于反应过来哪里不对。为什么是防家暴！她为什么自然地把司马焦动手划分进家暴里面？

335

司马焦不是这个意思。他陡然大笑起来，师雁不知道他笑什么玩意儿，只感觉额头被亲了一口。司马焦仿佛挺高兴的，蹭着她的鼻尖问她："你不觉得我是不怀好意想囚禁你？"你不是不相信我，不是被师千缕那个老东西养了这么多年之后不记得我了，为什么还是相信我？

师雁：我总是因为跟不上这祖宗的脑回路而感到茫然，但看他这么开心我觉得还是闭嘴比较妙。

一觉醒来发现身上多了漂亮的首饰，第一反应当然是收到了礼物，这难道不是很正常吗？为什么会联想到囚禁？她也是不懂。

司马焦用手指擦过她的下巴，抓起了她的手腕。他只是轻轻往前一提，师雁就感觉自己整个人飘起来，好像身体没有了重量。而司马焦拉着她的手腕，带着她踩在了地上。师雁都不知道他要干什么，就突然被他牵着手往外快步走出去。

禁宫的地面是光滑的黑色，几乎能清晰地倒映出人影，师雁赤脚踩在上面，因为步伐急促，脚踝上的两个细圈碰撞，发出轻微的叮叮声。司马焦穿着黑色的袍子，走起路来风驰电掣，就是那种"火花带闪电"的气势，给人感觉仿佛大步子一下子跨出去一米八。师雁被他拉着手腕，几乎是被拖着跑，漆黑的地面映出一黑一青两团影子。

师雁没穿鞋，头发也没扎，起来还没洗脸，自觉像个女鬼，但司马焦不知道来了什么兴致，拖着她就走，连说句话的时间都没给她。

两人在禁宫里走了一段，空旷的宫殿里没有任何其他人的痕迹，举目望去，都是支撑穹顶的大柱子和穹顶的各色藻井。这样空旷的地方里只有他们两个发出的声音，有那么一刻，师雁觉得这样的场景有点儿熟悉。用科学来解释，这应该叫作大脑的二次记忆。

师雁被司马焦牵到禁宫中心，那里有一座金瓦红墙的高塔。它和整个白色的冬城显得格格不入，颜色艳丽得有点儿突兀了。她又感到隐约的熟悉。

司马焦带她走向那座塔。

中间这条路上铺满了白色的石头，散发着寒气的石头被嵌在地面上的样子让师雁想起家门口那个公园的小路。那里也是嵌着石子，总有些锻炼身体的老年人往那里反复踩，说能按摩脚底穴位。师雁表示很怀疑。她曾经觉得那个硌人的石子路不能按摩穴位，只能杀人。当然现在她是不会在意这种石子路的，以她的修为，就是刀子路也能走得面不改色——一般的刀子可扎不破这化神期的身体。

她就稍微一走神，司马焦扭头看她。他先是给了她一个疑问的眼神，然后才看到她的赤脚。接着他动作很自然地一把将她抱了起来，走上了那片嵌着寒冷的石头的路。

师雁：我真没这个意思。

不过他抱都抱起来了，她还是懒得挣扎了。但她觉得这位大佬肯定很少抱女人，哪有抱一个成年女人用这样抱小孩儿的姿势的。她坐在司马焦的手臂上，手搭在他肩上，心想：我从五岁后就不这样坐在我爸胳膊上了。她那个疑似假爹的师千缕同志也没有这样亲密地抱过她。这位自称是男朋友的大佬给人当爹倒是很熟练。她感觉自己这身体的反应也挺熟练的，下意识地就把手放好了。可能这就是爱情的力量吧，她这个身体的后遗症还挺严重。

走过那片寒石路，周围的温度骤降，司马焦推开门，将她放了下来，又改为牵着她的手腕。

塔里面的地面是铺了地毯的，繁花的图案非常华丽，周围的墙壁绘有仙人歌舞和飞天的图画，流光溢彩，非常灵动。

"来。"

师雁踩上楼梯，跟着他往上走。这楼梯很长很长，走了一级还有一级，好像永远走不到尽头。她仰头去看头顶透进来的光，司马焦的背影也一同落在她眼底，长长的漆黑的头发和卷起的袍角又让她有种熟悉的眩晕感。

司马焦忽然转头看她："那时候你上高塔，在楼梯上累得差点儿坐下来,我当时觉得……觉得你真的很弱,我还没见过比你更弱的人,我随手养的蛇都比你厉害百倍。"

师雁:这人会不会说话?真的,原身能跟这祖宗谈恋爱,真乃神人也。这样不会说话的直男,要不是长得好看、修为又高,肯定是没法谈恋爱的。

司马焦语气里的笑意忽然就散了,他说:"现在你走这样的楼梯,不会累成那样了。"话里有些师雁不明白的叹息意味。

师雁觉得自己也不能总不说话,只能干巴巴地配合了一句:"毕竟化神期的修为爬个楼梯还是没问题的。"

司马焦嗯了一声,表情又变得神秘莫测,师雁再次被他抱了起来。她虽然和这位大佬相处不久,但他想一出是一出的性格已经令她有了深刻的印象。

师雁被司马焦用抱小闺女一样的姿势抱着,他整个人往上一跃,脚尖点在飘浮的灯笼上,眨眼连上好几层。

师雁:嘿,这可比电梯快多了!

楼梯旁有凭空飘浮的灯盏,那些灯盏上都是镂空的花形,要是点亮,估计会把各种花的影子映在地面上,这很符合师雁的审美。她看着司马焦毫不客气地踩着它们往上跃,目光就放在那些灯上。

她的脑袋上一重,司马焦摸着她的脑袋说:"这都是你喜欢的灯,塔搬过来后新添上的。"说话间,那些灯就亮了,果然映出各种重叠的花影。

他语气里有一点儿自得,好像在说"早就知道你会喜欢"。怎么讲呢?还怪可爱的。她只能感叹,爱情,使臭大佬变幼稚。

她到了最高的一层,在那个同样空旷的大殿里看到了一汪碧绿的池水。

莫名地,师雁觉得这池子里好像少了点儿什么东西,应该有什么在里面的。司马焦上前在水里一抓,一朵颤颤巍巍的红色莲花从水底浮出,花苞慢慢绽开后,露出里面一簇安静燃烧的火焰。

如泣如诉的哀怨哭声回荡在整个大殿内,嘤嘤声不绝于耳,小孩子哭泣的声音如魔音穿脑。火焰猛然跳跃起来,像是个张牙舞爪的人。它朝着司马焦的方向扑去,用小孩子的声音恨恨地骂道:"啊——我要杀了你!你的女人死了关我什么事儿!虽然是我的力量,又不是我杀的!是你自己傻,你自己算计别人,结果不小心把她烧死了!你就知道怪在我身上,还拿水浸我!你有病啊!脑子进水了!你不痛我还痛呢,臭浑蛋!"

司马焦一巴掌就把这火焰扇了回去,他带着怒气喝它:"闭嘴!"

能发出童声的火苗被扇得一个瑟缩。它用光了所有的胆子,终于恢复理智,缩回去继续嘤嘤哭。它好像终于看到了师雁,大声说了一句脏话,又说:"你把这女人找回来了!"

师雁:惊!一簇会骂脏话的火苗!而且这语气和我骂人的时候怪像的。

司马焦对她说:"我之前让你给它浇水,你乱教它说话,它骂人都更不中听了。"

师雁:真的,别用这种我教坏了家里鹦鹉的语气说话了!不是我做的!她自觉自己冤得六月飞雪,司马焦呵呵冷笑,但转念一想,又不和她计较了。

他带她看完了那簇哭个不停的火焰,领着她在这高塔上转了两圈,两人在最高的云廊上俯视冬城。

"原来这塔在三圣山,三圣山被我毁了后,我就把这塔搬到了这里。"

师雁觉得他好像想和自己谈人生,他看着自己,好像想要一个回应,于是她斟酌了一番,说:"看来你很喜欢这塔?"

司马焦说:"我厌恶这塔,它囚了我五百年。"

师雁想:你这话我没法接,话头给你谈灭了。同时她在心里大喊:被囚五百年!这不是孙大圣吗?

司马焦说:"一直被囚在同一个地方,所以我厌恶那些囚禁我的人。我一开始就打定主意，等我能离开，就会将他们全杀了。所以……"

师雁决定当个捧哏，于是像模像样地嗯了一下，接话说："所以呢？"

司马焦话音一转："所以你也会这样厌恶我吗？"

师雁说："瞧您，这是怎么说的呢？我怎么听不懂，要不然请您给大家伙解释一番？"

司马焦："……"

师雁当自己没说过之前那句话，回答他："我觉得还好，你又没囚禁我。"

司马焦说："我把你抓来这里，你不觉得这是囚禁？"

师雁突然指了指远处的白色山林："我有点儿好奇那边，过两天能去那边看看吗？"

司马焦随口答了一句："你要想去，下午去就是。"

师雁点头哦了一声，心想：你家囚禁是这样的呀？

她清了清嗓子："要是我不愿意待在这里，那就算囚禁，我愿意的话，就不算囚禁。"

司马焦一脸被顺毛很开心的模样，他低低地笑了两声："我知道你心里更愿意相信我。"

师雁觉得，要是在这种时候说自己愿意留在这里，固然是怀疑自己的身份，想搞清楚此事，但更多的其实是觉得这里待遇好，赤樱果能随便吃到饱，司马焦能一怒之下把自己从这最高层推下去。所以她只能露出一个假笑："你说得对。"

师千缕发现师雁不见了之后，起先并没有觉得不对。

师雁这个人胸无大志，对修炼也并不怎么上心，在师千缕看来，是个得过且过、不求上进的废物。哪怕是最开始被洗去记忆，什么都不记得的时候，她也有种浑然天成的懒散。不过好在她这些年总还算听话，当初为了能彻底控制她，在她失去记忆的前两年，他一直没有让师雁接触其他的人，这才培养出了师雁对他们两个人的依赖。

当她一天一夜都没有回来，用秘法搜寻她不到，在她身上放的寻踪之术也被破了，师千缕才发觉不对。

莫非出现了什么他不知道的变故？师千缕有不好的预感，立即令师真绪前去寻找师雁，却得知了一个令自己无法接受的消息：师雁竟然在冬城，在他们千方百计想要避开的司马焦身边。

这些年来，师家幸存下来的人被司马焦杀了七七八八，师千缕这个家主手中能用的人不多，为防万一，他不得不独自带着师雁躲避司马焦的搜寻。为了掩藏师雁的踪迹，他布置了许多障眼法，让剩下的师家人前去扰乱司马焦的视线。他靠着一次又一次的精妙布置才完全将司马焦的目光引向别处，藏下了师雁近十年。

而他花费这么多时间、心力和人力，到头来竟然是白忙一场。

"师父，或许师雁去了司马焦身边，会受我们多年影响同他动手，就算杀不了他，能伤他也是好的。"师真绪也不想前功尽弃，只得这样安慰神情难看的掌门。

师千缕当然也想寄希望于此，可与师雁相处这么多年，他能不了解她吗？他为什么迟迟不把师雁这个秘密武器用在司马焦身上？无非就是不相信她会按照自己所设想的去做。

"不管如何，要尽快查清楚师雁如今在冬城的情况。"

"是，师父。"师真绪应了，又问，"我们是否要暗中联系师雁？"

师千缕沉着脸思索片刻后说："如今主动权已经不再掌握在我们手中，司马焦恐怕正等着我们自投罗网。师雁一旦回到他身边，我们就再也无法动她。这把原本属于我们的利器如今恐怕已经没有多大用处。"师千缕想到这里，就觉得气血翻涌，甚至有入魔的征兆。

这些年，司马焦实在是欺师家人太甚。如果说最开始师千缕还想着能光复师家，重整庚辰仙府，杀死司马焦，到了如今，他只想着尽

# 献鱼 下册

量保存师家的血脉，留待日后东山再起——怕只怕司马焦连东山再起的机会也不肯给他们留下。

师千缕和师真绪并没有在鹤仙城多留，发现师雁失踪没多久，师千缕就转移到了鹤仙城外。等到发现师雁回到了司马焦的冬城，师千缕更是毅然接连退了几座城之远，藏到了魔域南方的一座城中。

不得不说，师千缕十分了解司马焦。就在他们离开后不久，司马焦派的人已经到达了鹤仙城。这群人的速度特别快，但他们还是没能抓住老奸巨猾的师千缕。这一回仍是大黑蛇带着队伍，十几位修为到了魔将级别的魔修前来抓捕，虽然人数不多，但他们个个的实力都与师千缕不相上下。

大黑蛇面对司马焦时蠢得可爱，对师雁这个有主人气息的饲养者也非常亲近。但面对其他人时，它的亲近就变成了凶残，尤其是有着师家气息的人，它这些年不知道咬死了多少。

它对气息的敏锐总是能让它在追捕师家人的过程中如鱼得水。在鹤仙城没有找到师千缕的踪迹，大黑蛇用它那并不大的脑仁思考过后，觉得自己现在回去可能会被浑蛋主人骂，于是只能耍赖，跟在其他魔将身边转道前往南方的赤牢三城。

因为司马焦的一句话，如今南方那三座盛产赤樱果的城正被铺天盖地的冬城魔将包围，估计用不了多久就会收归冬城所有。这几年司马焦统一魔域的脚步势不可当，有些脑子的都知道，他统一这个长久四分五裂的魔域已是大势所趋。

所有冬城的魔将都做着统一魔域，然后跟随司马焦这个魔主一起打进修真界的美梦。然而，他们的魔主司马焦如今对打地盘没有什么兴趣，一心只想着失而复得的失忆道侣。

因为师雁虽然不记得从前的事儿，但对他也不排斥，所以司马焦对师雁的失忆其实并不太在意，甚至觉得这样还挺有趣。她经常在心里脑补一些奇奇怪怪的剧情和场面，每次都能把司马焦逗笑，她还没反应过来他能在她情绪激烈时听到她的心声，所以时常在心里毫无顾忌地骂他或者夸他,说些奇奇怪怪漫无边际的话,这些都有趣。

只是这几天,司马焦的火气超大,他搅得冬城不得安宁。

他为什么生气?因为他知道了师雁这些年杀过不少人。他怒不可遏——当初他强迫她杀了一回人,她那噩梦连连的样子他至今还记得,她还哭成那样。他当时答应不让她杀人,不只是说他自己不会再逼她杀人,还包含着他保证她日后不需要杀人这一层意思。可是现在呢?她被迫学会杀人了。师雁说起自己杀的人,语气平平,眼睛也一点儿都不红,没有要哭的意思,似乎也不害怕了。

司马焦:我要杀了师十缕!

心里生出天大的戾气,他把来告状的支浑氏魔将烧成一把灰。是这位支浑氏的魔将前来禀告他,说支浑氏里有两位准魔将被师雁杀了,希望能得到一个说法,司马焦才知道师雁杀人的事儿。

支浑氏是魔域里的大姓,还是冬城原来的老牌家族,难免自觉矜贵,再加上他们修为高的魔将多,司马焦嫌另找人太麻烦,就重用了他们一些人,导致这位支浑氏魔将有些飘,被某些别有用心想要试探的人一怂恿,就过来摸了这个老虎屁股。

司马焦把人烧成一把骨灰,撒在了脸色铁青的支浑氏主脸上。

"求魔主饶恕!"那位修为挺高的支浑氏主二话不说就赔罪。

本来魔域就是弱肉强食,人死了,问为什么,哪有为什么,被杀了就是自己没用,若是不服气,能杀就杀回去。可动手的人现在是魔主罩着的,他们动不了,自然就只能算了,闭嘴就是。

这个道理,大家都知道,只是总有人觉得可以不守规矩。

师雁这几日在司马焦身边,看到的就是个疯猫一样的年轻男人,他偶尔还显得挺可爱,她觉得不像别人口中的司马焦,因而对他闻名四野的凶残暴戾并没有准确的认知,直到这回,她才见识到了司马焦所谓的"心狠手辣"是怎么个辣法。

司马焦此人和师雁完全不同,是一个动不动就要暴起杀人的男人。

**献鱼** 下册

对他人的冒犯和恶意,他太过敏感了。师雁有时候看着他都觉得,这位大佬一个人就能包圆暴君和宠姬的所有戏份。他既能像宠姬一样作妖,也能像暴君一样暴躁。因为这一时的不高兴,他决定杀支浑一族泄愤,师雁甚至不知道他为什么这么生气。

她本来不该说话的,大魔王不高兴,要杀一群魔域魔修,这跟她有什么关系?在她看来,这就跟古代帝王要杀人一样,虽然号称是因为女人,但实际上跟女人也没什么关系,主要还是发泄他自己的愤怒,找回他自己的面子罢了。这样的话,她劝也没用。

但是,她去城外的白山林散步的时候,一群支浑氏的老少妇孺跑过来,跪了一大片,在她面前哀哀哭泣。那都是些在她的前世坐公交会被让座的人,哭喊的样子十分可怜。与自己无关的人死在看不见的地方没那么容易触动人心,但在眼前的话就难免令人觉得不忍,所以师雁还是决定为他们说一句话,只说一句。

"你要是不生气了,少杀点儿支浑氏的人行吗?"她回去后对司马焦说。

生着气的司马焦看了她好一会儿:"如果你不想杀,那就算了。"这个之前还凶残地要灭人家一族的男人又非常宽容地摸着她的头发,"如果你不想杀其他人,只想杀那两个已经死了的兄弟泄愤,我可以让他们复活,再杀他们一次。"

师雁:复活了再杀?她从没听过这种思路。

但这种事儿,司马焦不是第一次做。他几年前杀了师家那么多人,而师家的一些人还未用掉一生一次的寄魂托生的机会,所以他们纷纷被亲人好友复活。司马焦没有阻挠他们复活,而是等他们复活了,找过去,一一再杀他们一次。从前灵气充沛的庚辰仙府太玄峰如今没人敢去,就是因为那里用柱子挂满了师家人的人头,很多是两个脑袋串在一起,那就是复活了又被杀,死了两次的。

师千缕带走了廖停雁让司马焦找不到,司马焦就把所有自己杀死的师家人的头颅挂在他们的故地,令师家人甚至不敢前去收尸,让那些死去的师家人曝尸荒野。

师雁不知道这些。她找到了重点，一个翻身坐起来："人死了还能复活！你能帮我复活一个人吗？"师雁迫不及待地问。

司马焦对她很好，几乎是要什么给什么，但师雁除了点吃喝，并没有向他要求过什么，只把自己当根种错了地的大葱，先苟活着就是了。这是她第一次明确地想求他什么事儿。

"我有一个朋友叫红螺，对我很好，你能让她复活吗？"

司马焦说起复活别人的时候，语气随意，显然并不觉得这是多大的事儿。如今听师雁说起，他自然答应。

"只要你想，我当然会为你做到，不过小事儿而已。"

师氏用的寄魂托生，是脱胎丁司马氏当初使用的禁术，由司马氏一位前辈所创。用尸身或者死者生前常用的物什唤出完整的死魂，用秘术洗去死气，用特殊的灵气滋润，封入还未生出胎灵的早胎之中，再令孕胎者吞下一枚珍贵的还魂丹，此人就会在出生之后拥有上一世的记忆，也继承上一世所有的感情，重活一回只不过是觉得自己大梦一场。

普通投胎转世，三魂七魄中主记忆与感情的一魂一魄会消散于天地间，其余二魂六魄也会在轮回之中被洗涤破碎，与其他魂魄融合，变成一个新的完整魂魄，再世投胎。所以轮回转世后大都寻不到完整的前世的人，只有这寄魂托生之法是真正的逆天之术。

司马氏专出这些逆天的玩意儿，或许这也是他们一族毁灭的缘由。

司马焦答应后，很快就解决了这事儿。寄魂托生之术最好是被寄魂孕者与死者有一丝血脉联系，可是红螺没有亲故，他只能费了些功夫找了个与死魂魄最相融的孕者。巧的是，那位与她最相融的孕者是支浑氏的。这一族的人夺去她性命，也由这一族的人给予她新的生命。

躲过一劫的支浑氏因为此事一改先前的惶恐，变得喜气洋洋，支浑氏主更是保证绝对好好对待那位即将出生的红螺。

"如果真有你说的那什么重生，一出生就有我现在的记忆和智力，我肯定不会混成这个鬼样子！起码统领一座城当个魔主吧！"红螺跟师雁闲聊时，曾经听师雁说起过重生穿越这些东西，很有兴趣地说了很多。师雁想起来红螺那会儿拍桌子的样子就想笑。

"这么高兴？"司马焦看着师雁脸上的笑。

师雁也给了他一个笑："对，她是这些年来唯一真心对我的人。"

司马焦撩了一下她耳边的发，淡淡地说："我也曾真心待你，只是你不记得了。不记得也没关系，你还在就行。"

她的失忆是给他的教训，是对他疏忽她性命的惩罚。

## 第十六章
## 按照修真界的平均年龄来说，也就小别胜新婚吧

师雁躺在窗前的榻上，看着窗外一片雪白的建筑。铺天盖地的白，要是能漆点蓝色，就是地中海风格，或许还能冒充一下著名的蓝白小镇，作为一个失业游民，那她现在就能拥有更加浓厚的度假感了。她漫无边际地想了些乱七八糟的东西，享受着什么也不干只躺着挥霍光阴的奢侈生活。

远处的天空忽然出现一点黑色，那点黑色越飞越近，最后落在了窗外那一根雕花木栏上。那是一只小巧的黑鸟，只有巴掌大小、两只豆豆眼盯着师雁，仿佛是在审视她。师雁和这鸟对视了一会儿，怀疑自己在那两只鸟眼里看出了智慧的气息。

她从一边的小桌子上拿过来一盘瓜子。这东西在魔域其实不叫瓜

子,但师雁觉得样子和味道都很像,听到这位"魔主夫人"叫这东西瓜子之后,这东西在冬城就改了个名,直接叫了瓜子。

师雁嗑了两颗瓜子喂鸟,黑鸟的鸟喙啄在雕花木栏上发出嘟嘟的声响。它吃下了那两颗瓜子之后,师雁再试图去摸它的脑袋,它就不动任摸了。师雁嗑了一小把瓜子,喂了一会儿鸟。好像是错觉,她觉得这鸟吃了一小把瓜子,小身子圆润了不少。从她身后忽然伸出来一只苍白的手,那只手将圆滚滚的黑鸟一把捉了过去。

师雁扭头一看,见到司马焦捏着那只黑鸟的嘴。然后那只黑鸟在他掌中化为一团黑气,又变成一张黑色的纸张,纸上面还有一堆瓜子仁,和刚才黑鸟吃下去的时候没区别。师雁隐约看到被瓜子堆遮住的纸面上写了两行字。

师雁:原来你是只魔法信鸽?你不早说,还装得像只真的鸽子?

司马焦把那一堆瓜子扫到了手心,摊开手把他们放在师雁面前,又用另一只手拿着那张纸:"魔音鸟,用来送信的,还能送一些轻巧的东西。"

刚才听话是因为它在师雁身上感觉到了司马焦的气息,嗑瓜子是因为它以为那是要它送的"信"。

师雁默默地把那堆原封不动地回来的瓜子仁吃了,心说:这鸟厉害了。以她的修为都没看出来那其实并不是真鸟。

司马焦看完信,将那张黑色的信纸叠了两叠,不知怎么又将它化为了黑鸟,放到了师雁手掌里。

"喜欢?拿去玩吧。"

师雁摸了摸手里的黑鸟那光滑的羽毛,捏了捏那圆鼓鼓的肚子,觉得这触感有点儿美妙,可惜不是真鸟。

"下午带你去看一个人。"司马焦坐在一边,看她玩了一会儿鸟后这么说。

"噢。"师雁非常老实,和在师千缕面前时一样的态度。

司马焦起身走了。但师雁知道他没走远,他好像就在周围某个地方看着她，所以她真的觉得他像猫，暗中观察的习惯和猫是一样的。不过司马焦的气息掩藏得很好，师雁也不知道自己为什么能准确感知到他在附近。她当作没发现，捏着那只乖乖的小黑鸟。到了时间后，它自动散成一片烟尘。

然后过了没一会儿，窗外飞过去一群黑鸟，这群黑鸟在一片白色的世界里显得异常醒目，而且它们都仿佛有目的一般，绕着这一层飞了一圈后，落在了师雁开着的大窗前，几乎站满了外面那一道雕花木栏。

它们的样子和鸽子差不多，叫声咕咕咕的，就是颜色不同。这回师雁仔细观察了，确定这是一群真鸟。说实话，她在这里躺了几天了，就没见过一只鸟敢靠近司马焦所在的这个禁宫，现在这群鸟突然出现，还这么井然有序，想也知道肯定不是自己飞来的。

估计是大佬看她想喂鸟，就赶了一群过来给她玩。在这方面，这位魔域大佬真的有着和身份、名声完全不同的细心。堂堂魔主，这么周到的吗？

师雁想得没错。就在禁宫底下，一位能驱使魔物和凶兽的魔将正面无表情地召唤着附近无害又可爱的鸟类过来。这位魔将从前召唤的都是些凶残的食人兽类，哪种凶残就召哪种，现在还是这辈子第一次召唤这种小东西，真是浑身上下都感觉不得劲儿。但是没办法，魔主有命，魔将只能干了。

师雁喂了一上午的鸟。到了下午，她看到一群人送了什么东西进禁宫，接着司马焦就来领她去看人。

人是个熟人，她之前见过一次的姑姑师千度。这位姑姑被制住了，一动不能动，身上带伤，狠狠地瞪着他们。

真实的囚禁：被关在小空间里，没有人身自由，没吃没喝，被揍得很惨，像师千度。虚假的囚禁：想去哪儿就能去哪儿，想吃啥就能吃啥，还有人千方百计想逗她开心，像师雁。

师千度不能说话，但她想说的都在眼睛里了，师雁看得出里面写

## 献鱼
### 下册

了大大的"叛徒"两个字。师雁看着这个"塑料情"的姑姑，犹豫着看了一眼旁边的司马焦。虽然师雁没说话，但司马焦好像被惹怒了。他怒了，气就撒在了师千度身上。

师千度的额心被司马焦狠狠一抓，显出一点儿缥缈挣扎的光晕，师雁一惊，怀疑这是人的魂魄。师雁来了这个世界好几年，还是第一次看见从真实人体里抓出来的魂魄，久违地受了点儿心理冲击。司马焦抓住师雁的手，握着，一把按进了那片扭曲的光晕里。

师雁脑子里想到"搜魂"两个字，就感觉视角瞬间变化，身边走马灯一样出现许多画面，其中一些画面又像被人快速拨动一样飞速消失，她很快停在了一段画面里。师雁发现这段画面里有自己出镜。

那好像是在某个宫殿里，外面有千顷花圃，屋内也是富丽堂皇。一些人将师雁包围，像是要抓她，最后她确实被抓住了，还是师千度动的手。他们说区区一个女人没什么用，又说这女人被司马焦护了一路，带回去肯定能威胁司马焦。他们轻轻松松地就把师雁带走了，带到了一个叫作太玄峰的地方。许多的人在师雁眼前转悠，她还看到了那个经常给她零花钱的兄长师真绪，他奉命看守她。

他们都喊她廖停雁，而不是师雁。

画面一转，师雁看到师千度来到一个奇怪的地方，看到老爹师千缕正在和司马焦打斗，只是师千缕明显打不过司马焦，被逼得连连后退。到处都是火焰，喷发的岩浆铺天盖地。司马焦毫无顾忌地嘲讽他们，又被师千度一句话逼得变了脸色。"你身边的那个女人也在太玄峰上，我们死，她也要陪着一起死！"师千度的笑声在世界末日一般的爆炸与满目的焦土岩浆中让人有些眩晕。

师雁感觉眼前一黑。再恢复清醒后，她就已经被司马焦抱在怀里，脑袋靠在他的胸前。

"她的修为比你高，我带你搜魂，你也只能承受短暂的画面。"司马焦冰凉的手指按在她的太阳穴，稳稳地托着她的脑袋。不知道他做了什么，师雁觉得自己一下子好了很多，头疼的感觉也渐渐消失。

师雁从司马焦的怀里出来,师千度目光浑浊,口水横流,似乎已经没有了神志。搜魂一术霸道,施术者要不是比被施术者修为高出许多,是无法成功的,稍不留神还可能被反噬,被搜魂者,轻者痴傻,重者魂飞魄散。可是师雁还没听说过能带着别人一起搜魂的,这种高端术法未免太逆天了!

"现在相信我了?"司马焦问她。

师雁点头:"我相信我是廖停雁了。"她在心里暗暗松了一口气。妈呀,还好那个一起生活了好几年的暴躁老爹师千缕不是亲爹,这样想,原来的那个廖停雁也不是太可怜,好歹亲爹不是那种想让她当炮灰,给她不停灌输仇恨的人。

司马焦看了她半天,看得师雁背后毛毛的。他们离开这里,走在禁宫的长廊上,司马焦偶尔用那种若有所思的眼神看她。他说:"你好像仍旧不相信自己是廖停雁。"

廖停雁正色说:"没有,我真的相信自己是廖停雁了。"看,她连自称都改了。

司马焦突然笑了起来:"你当然是廖停雁,但现在我开始怀疑,廖停雁不是你。"

廖停雁觉得自己应该听不懂的。但她有点儿听懂了。

司马焦说:"从我遇到你开始,你就是这个样子,不管叫什么名字,我都不会错认。"他又突然叹了一口气,"我不会认错,因为我聪明,而你,搞错了也不奇怪。"

廖停雁暗骂了句脏话,心说:你再说一句,我就不当这个廖停雁了。

司马焦问:"你知道我为什么不会弄错吗?"

廖停雁假笑:"为什么?"

司马焦当作没听见她在心里骂自己,一指点在她额头上,神态非常理所当然且傲然。他说:"因为我们是道侣,这份印记在你的神魂里。你以为我是谁?难道连区区神魂都会错认,哪怕你如今在其他的身躯中，我也能认出你。"

廖停雁一愣，心里有点儿慌了。那什么，魂魄？身体不是她的，但魂魄是她没错，大佬这么说是几个意思？

司马焦听着她在心里大喊"稳住不要慌"，笑得越发意味深长："你觉得你为什么会对我没有恶意？你应该能感觉得到，你在下意识地依赖我、亲近我，就算是之前还不知道真相的时候，你也更愿意相信我。因为你的灵府里还开着属于我的花。"

司马焦觉得她现在的样子有点儿从前变成水獭后被人突然按住后脖子而僵住时的神韵。

灵府、神魂这些基础知识，廖停雁还是知道的。就因为知道，她才开始觉得不妙了。她直接代入了狗血失忆替身梗，是不是太想当然了？这种高端修仙世界，魂魄比身体更高级，这个大佬刚刚还差点儿空手把人家魂魄从身体里拽出来，看过那一幕后，她毫不怀疑大佬也能把自己的魂魄拽出身体。这样的大佬，会察觉不出自己的女朋友换芯子了？不行，她不能再想了，再想下去就要脱单了。

司马焦笑着给她擦了一把额头上的汗，无意似的将手指搭在她的后颈上，问她："是不是很虚？"

廖停雁连假笑都笑不出来了，她确实觉得有点儿虚，这些天她在心里大声地说"廖停雁跟我邹雁有什么关系"时有多理直气壮，现在就有多虚。她突然感觉这几天的好吃、好喝、好睡是司马焦看在她身陷敌营不容易，所以特地匀出来让她好好休息的，现在她休息好了，他就要开始一次性算账了。

司马焦说："你这些天休息好了，有件事儿也确实应该解决了。"

廖停雁心里一惊：果然！

司马焦凑近她，按着她的双肩，在她耳边哑声说："替你恢复修为。"

廖停雁：语气这么暧昧，我想到了不太和谐的事儿，比如双修什么的。本来嘛，按照基本法，疗伤普遍靠双修是修仙世界爱情故事的标配！

但她还没准备好,"我是谁"的终极哲学问题还没弄清楚!廖停雁脑内风暴了一堆赤身花丛中双掌相接的不可说的疗伤画面,回过神发现司马焦扶着旁边的大柱子在狂笑。

廖停雁:我第一次知道自己的取向是这样的。

她不动声色地脑补了一路的黄色,旁边的脑内男主角走两步扑哧一声,浑似得了羊痫风。最后……疗伤竟然不是靠双修,而是靠嗑药?

司马焦坐在她对面,把药瓶从高到低摆了三排:"吃吧。"

一瓶里面一颗药,她倒出来,还以为是熏了香的珍珠。那么大个丸子要吞,她感觉能噎死人。

廖停雁看着那一大堆药瓶,心想:要嗑这么多药,这还不如双修呢。

司马焦推倒了一个瓶子,让它滚到廖停雁身前:"是甜的。"这个人虽然吃东西不太挑,什么都爱吃,但苦的她绝对不吃,是个怕苦怕疼又怕累的懒货。

廖停雁:呵,骗小孩儿呢,丹药都很苦,我这几年可也是嗑过药的。

司马焦又推倒了一个瓶子,施施然地理了理自己的袖子:"最高品级的丹药都是甜的。"

是吗?廖停雁半信半疑,试着吃了一颗——竟然真的是甜的!

她并不知道,为了满足魔主尢理取闹的要求,在这短短几日内把这些丹药搞出甜味,魔域顶尖的几位炼药师差点儿愁光了头发。

作为师雁的那几年里,因为这个身体受着伤,她着实吃了些苦苦的丹药。最开始那会儿,那位假爹师千娄跟她说,她的修为想要恢复巅峰很困难,恐怕一生都无法回到炼虚期。于是他只给了她一些丹药疗伤,好让她的修为稳定在化神期,不至于下跌。后来她自己也在鹤仙城寻人看了,虽说可以恢复,但那医药费简直是天文数字,还要请修为比她原本的高出一个境界的大能为她打通受伤淤堵的灵脉。她当时一听那笔巨款,算算自己的工资,再想想师家败落成那个样子,就决定一辈子当个化神期。反正那也不是她自己辛苦修出来的等级,她还是得学会知足,化神期就很够用了嘛。

她那时候怎么想得到,有朝一日,她能如此快速地恢复到修为巅峰,只是嗑了一些糖豆子一样的药而已,全程无痛,她甚至还想再来一些糖丸。有一种药丸还勾起了她的童年回忆,像她小时候吃过的一种白色的疫苗糖丸,那好像叫什么脑脊髓糖丸?

"这个还蛮好吃的,还有吗?"廖停雁舔了舔唇问。

司马焦深深地凝视了她一眼,令人把那些搓小药丸的药师全召来了,正在忙着炼生发丹药的药师们只好苦着脸,先放下手里的活儿,秃着头去见魔主。

廖停雁有些感动,心想:这是什么宠姬戏份?也太兴师动众了。

她听到司马焦指着她对那些药师怒声问:"她吃了那些丹药,为什么会看上去更傻了!"他问得非常真情实感,愤怒也是真实的愤怒……就因为这,才更让人愤怒。

廖停雁:你说什么?我宣布你失去你的女朋友了。不管我曾经是不是,现在都不是了。

司马焦看了她一眼,换了个话题:"那个清丹毒的丹丸,多做一些过来。"

一位药师稳了稳心态,站出来说:"魔主,那一颗解清丸足以消去所有陈年丹毒与淤气,老朽炼制这解清丸多年,预估的药效绝不会有错!夫人吃一枚足矣!"魔主召他们一群人为这位神秘的夫人炼制丹药,每人一种,若是其余人的一枚见效,他制的丹药却必须吃那么多才见效,他这老脸往哪儿搁!

廖停雁捂住了脸,不太忍心继续听下去。

司马焦毫不在意地吩咐:"那就炼制一些没有解丹毒药效,但味道一样的丹丸过来。"

药师终于反应过来了,魔主找他来不是炼丹药的,是做糖丸的。大概是因为这辈子都没接过这么简单的任务,药师很久都没回过神,似乎有点儿怀疑人生了。

然后廖停雁就有了吃不完的糖丸。魔域这些人，送东西都大气，不是用筐装，就是用大箱子装，带着"拿去吃个饱吧"的豪迈。

司马焦也尝了一个糖丸，幽幽地看了她半晌说："我迟早抓了师千缕将他杀个痛快。"

廖停雁说："啊？"你突然提师千缕干什么？

司马焦说："这些年，你都没吃过什么好东西吧。"

廖停雁面无表情地嗍糖丸，不想再跟这个男的说话了。你还我的童年记忆！还我的一片乡愁！

司马焦坐在她身边，一脚抬着，手臂架在腿上面撑着脑袋，摆了一个很随便的姿势。"你知道我为什么不急着向你解释身份吗？"他边说，边用另一只手摸上了她的肚子，捏了捏。

廖停雁嗍糖丸的动作一停，眼睛追着他的手看。朋友？你的动作未免太自然了？你摸哪儿呢？我可还没确定咱们的男女朋友身份呢。

她把手捂在肚子上，不让自己肚子上的肉给人掂，司马焦也不在意，顺手就摸她的手，揉了揉她的手指。

他倾身凑近她："因为……你很快就会自己发现了。"

廖停雁咔嚓一下咬碎了嘴里的糖丸。司马焦离她很近，听到那个咯吱咯吱的嚼糖的声音了，唇角往上扬了扬。

廖停雁总觉得他在惹自己生气的边缘反复横跳。不是，你这是什么爱好哇？欠人骂吗？

她带着对自己眼光的怀疑入睡，入睡前，司马焦告诉她，等她再睡醒，修为就完全恢复了。这个晚上廖停雁睡得特别熟，司马焦坐在她旁边，抓着她捏胳膊、捏腿、揉肚子……当然是为了配合药效，打通受伤淤堵的灵脉，总之他翻来覆去把她揉了一顿，廖停雁都没醒。

"怎么还是这么能睡。"司马焦低声自言自语了一句。他静静地望着她，脸上的笑就慢慢没有了。他很少有这么平静的时刻，特别是在失去廖停雁的那段日子里。他恍惚间觉得，那比三圣山的五百年还

## 献鱼 下册

要漫长。没有血色的苍白手指勾起廖停雁颊边的一缕头发，缓缓勾了一个卷，那缕长发又从他手里落下去。

冬城的早晨与夜晚都是最冷的时间，白色的建筑上偶尔会凝出一些霜花，待到太阳升起，这些霜花就迅速融化消散，连最后一丝水汽都会散在空气里。干冷的冬城令在鹤仙城生活了好几年的廖停雁不适，所以她所在的宫殿和外面不一样，有着阵法护持，温暖如春，廖停雁还偶尔会主动加湿。

这一日早上，禁宫上空卷起一片阴云，然后下起了雪。这里汇聚起的灵力搅动了天空上的云，所以才有了这场难得的雪。

廖停雁一醒过来，就看到窗外大雪纷飞，起来跑到窗户上探头往外看，然后才意识到那些汇聚在禁宫上的外泄灵力是自己的。她收敛了一下无意识散发出去的灵力，靠在窗户边闭眼内视。这是与化神期完全不同的感觉，质变产生的量变让她觉得自己现在能打二十个从前的自己。

她在熟悉炼虚期修为的时候，发现了自己体内一个独立的空间。先前她就隐隐有点儿感觉，只是修为降到化神期，她打不开炼虚期的那个空间，也不太明白到底是怎么回事儿，现在她能清楚地感觉到那个空间，也能打开了。就好像在家里发现了一个秘密地下室，廖停雁兴致勃勃地开始翻找里面的东西。

里面各种吃的、用的都有，包含了衣食住行所需的几乎所有东西，分门别类放着，简直就是个大型仓库。这些都是自己以前存的？自己以前怎么像个存橡果的松鼠。她找到了一些好像是以前常用的东西：一面镜子，不知道怎么用，她摆弄了一下放在旁边。她又找出几个木片小人，小人背后写了阿拉伯数字1、2、3，脸上还画了"颜文字"。

啊……这不是我以前常用的"颜文字"吗？廖停雁觉得更加慌了。不是吧，以前那个敢跟大佬谈恋爱的真的是我吗？我还有这么厉害的时候?她简直无法想象。

小木片人放在一边,她继续翻,翻出一本神怪大辞典那么厚的术法大全,还有个裁出来的自己装订的粗糙笔记本。笔记本有个锁,这个锁是个小阵法,需要输入密码。廖停雁试了一下自己的生日,应声解锁。

廖停雁:啊!

笔记本不是她想象的日记,而是记载了术法修习心得的一本学习笔记。字迹当然也是很熟悉的,都是她自己写的字,简体字。那些写得很随便的狗爬字一般人都看不懂,估计也就她自己能认出来,她不是趴着也写不出来。翻了几页,她看到自己在上面画乌龟,画鸡腿和薯条、奶茶,画了些乱七八糟的东西,这就代表着学得不耐烦开小差了。再后面还有练字一样地写了自己的名字的,"邹雁"也有,"廖停雁"也有,还有"司马焦",上面还用不太规则的爱心把那个"司马焦"圈了起来。

廖停雁:啊!完了,是我,当初跟司马焦大佬谈恋爱的勇士竟然是我!真的是我?

廖停雁捂住自己的脸,不忍直视地用一只眼睛瞧笔记上的涂鸦,似乎能透过那些乱七八糟的笔迹体会到当时的心情。

她还在那笔记本里翻出一个千纸鹤。抱着某种说不清楚的预感,廖停雁把千纸鹤打开瞧了瞧,里面写了几个字——"司马焦大猪蹄子大浑蛋"。

哇——以前的我很嚣张啊。果然,那句歌词怎么唱来着,被偏爱的都有恃无恐?不过,虽然是骂人,但怎么看都觉得其中满载着一种欲语还羞的喜欢。嚶呜呜呜,怎么会这么羞耻?

她默默地把那个千纸鹤叠了回去,顺手放在一边,继续翻找。她找出一个首饰盒,那是个有空间存储能力的首饰盒,虽然体积不大,但抽出来十几个抽屉,都放满了各种漂亮的首饰。只有小最小的抽屉上锁了,密码还是自己以前的生日。廖停雁把那抽屉拉出来看了一眼,

## 献鱼
### 下册

又迅速推了回去，因为太过用力发出砰的一声。

她见了鬼一样地瞪着自己的手。妈呀，看来我以前和司马焦是真爱呀。

她又慢慢地抽出了那个抽屉，看着里面红色绒布上放着的两枚戒指。这一格里面就放了两个戒指，一大一小。那是两枚雕了花纹的简单素圈，内圈里刻了英文字母，大的那枚是 J，小的是 Y。

廖停雁咽了一下口水。戒指这东西真的不能随便送，她以前准备这个东西要送谁，答案显而易见，就是好像还没来得及送出去，不知道那时是不好意思还是耽误了。

"你在看什么？"司马焦再度悄悄出现在身后，并向她发来了死亡之问。

廖停雁现在听到他的声音就有种说不清道不明的心虚，手下一重，不小心把那个抽屉整个扯了出来，再想藏就已经晚了。原本不太在意的司马焦发现她的态度不对劲儿，瞅准了那两枚戒指，拈起来观察了一下。

"这么紧张，这两枚小圈有什么问题？"司马焦不紧不慢地问。

这个修仙世界并没有情侣夫妻戴对戒的习惯，在这里戒指也没有被赋予这种意义。廖停雁犹豫了一下才说："没什么，好像是我以前的东西。"

司马焦哦了一声："看上去，像是送我的。"

廖停雁有一点儿莫名的害羞。

她看着司马焦把那枚大一点儿的戒指戴在了手上，中指最合适，他就戴在了中指上，然后他又自然地把那枚小的戒指往小拇指上套。廖停雁看他自己戴了两枚戒指，面无表情，不仅不觉得害羞了，还觉得心里好像有只小鹿摔下了悬崖，摔死了。

行行行，就让他一个人戴。她怎么不多订几个让他戴满十根手指头呢？

司马焦又笑起来，把戴着戒指的手伸到她眼前给她看："看到了吗?"

廖停雁说:"嗯,看到了。"我看到你这个傻"直男"戴了两个戒指,把我那个戒指也戴上了,还不合手。

司马焦就笑着摇摇头,把小指上并不合适的那枚戒指取了下来,拉过廖停雁的手给她戴上了。拉着她的手看了一会儿,他低头轻吻了一下她戴着戒指的手指,抬眼看她:"我知道,你以前会喜欢我,现在也会。你会依赖我,相信我,想要一直陪伴我。"

廖停雁:那您这挺自信呢,我自己都不知道。

司马焦摩挲她的手指:"因为你是这样,我也是这样。"

廖停雁后知后觉地发现自己被人表白了。讲什么"你是这样,我也是这样",明明就应该反过来,他的意思是"因为我这样,所以你也是这样"吧。这真是个自信溢出的大佬。

只是,别人家的男朋友讲情话,总要含情脉脉些,他不,他就像是随口一说,态度很不端正,而且说完,他也不等她反应,就放开她的手,径自去翻她拿出来的那堆东西了。

我唯一的男性朋友?你都不给我一点儿时间回应的吗?——虽然她还没想好要说些什么,但总不能连她开口的机会都剥夺?

司马焦在那面直播镜子上点了点,激活了这个已经十年没有被打开过的灵器。这个产品的质量还是很不错的,它迅速开机,并且显露出了画面——青山绿水的仙境,一群白化动物正在碧蓝的湖边喝水。廖停雁瞬间来了兴趣,凑过去看。

司马焦把镜子给了她:"之前给你做的,你叫它什么'直播镜子'。"

廖停雁心想:看来我以前的小日子过得还挺美呢,直播都搞出来了。

她看了一会儿,无意识地一划,镜头就转变了,画面猛然变成一片焦土,焦黑的土地上插着黑色的长棍,每根随意斜插在地上的长棍都挂着一两颗头颅。被风吹、雨淋、日晒的人头显露出一种诡异的邪气,这个突然出现的大型坟场和上一幕的仙境反差太大，廖停雁差点儿把镜子扔出去。

司马焦伸手轻轻一划，很淡定地换了一个画面，口中随意地说："当初选的地方，不少如今已毁了，没什么好看的，下次给你换几个地方。"

下一个画面是一片残破的亭台楼阁，荒草丛生，只有从精细的壁画残片和依稀可辨的巨大规模能看出一点儿这里从前的宏伟。

司马焦看了一眼："哦，这好像是庚辰仙府里的某个地方，破败成这样了。"

廖停雁想起自己从前在市井间听过的消息，司马焦这个魔主的前身是修真界第一仙府的师祖慈藏道君。他们都说他是因为修炼不当而入魔了，所以心性大变，屠戮了不少庚辰仙府的修士，还毁掉了庚辰仙府的地下灵脉，将好好的一个灵气充盈的人间仙境变成寸草不生的焦黑荒原。

据说从庚辰仙府昔日的中心算起，方圆百里，如今都没人敢踏足，而那偌大的仙府迅速垮了下去，倒是喂肥了修真界其余的门派。听说这些年修真界那边可谓是全门派狂欢，到处都是一片欢乐的海洋。每个门派都多多少少地得到了些好处，几个颇有能耐的修仙门派不知道从庚辰仙府搜刮了多少资源和宝贝回去，可谓一朝暴富。庚辰仙府是牺牲一门派，幸福千万家。

因为这事儿太大，所以相关消息在与修真界隔着这么远的魔域里也流传甚广。廖停雁从前在胭脂台上班，没少听人说起这些八卦，那些人里说什么的都有：什么庚辰仙府里堆满了尸体呀，盘旋的食腐鸟多年不散，如阴云绕在空中，比魔域还像魔域。什么庚辰仙府的巨城如今都被炸毁了，多少华美宫殿变成灰烬，如此种种。

当初廖停雁还觉得这些人的八卦描述得太夸张，现在看来……一点儿都没夸张。以小窥大，她只看了零星的几个画面就觉得后颈的汗毛竖起来了。

这些天她每次在日常相处中觉得司马大佬是一只无害的猫猫的时候，他就会突然显露出凶恶的一面，变成天眼神虎，眼睛吱啦吱啦地喷射出激光炮。廖停雁在心里想象着司马焦像个轰炸机一样轰炸皇宫，又瞄了旁边的司马焦一眼。

司马焦好像没注意到她的小动作，手指的动作不疾不徐，随意地在镜面上又划了几下。廖停雁就看着那一幅幅残垣断壁，然后听着造成这一切的罪魁祸首在后面不咸不淡地说："看来这些年庚辰仙府确实是败落了，外围的这座大城也荒凉至此……嗯，这里挂上了赤水渊的旗，发展倒不错。"

"这里原本是你常看的一家歌舞乐坊，每日都有不同的伶人歌舞奏乐，如今看上去是换了营生了，改成了客栈……我看看，这是白帝山的标识。"

"这里倒是还在。"

镜子停在了一个大厨房里的忙碌的画面上。廖停雁脑袋里的轰炸机停了一会儿，她抱着直播镜子看了一阵，默默吸了吸口水。

大厨房里的烟火气很亲民，也让人很有食欲。刚从蒸笼上端出来的蒸肉拌了酱，赤肉浓酱；炙烤出的某种肉块正在吱吱响，被人撕成了条状，撒上不知名的调料粉末，旁边端菜的小子嗅了嗅气味，狠狠咽了一下口水；大厨房里还有点缀着红色的清亮甜羹、软绵绵的面糕等无数道菜，光看着就知道很好吃。

廖停雁：魔域的吃食是真的比不过修真界。

她正感叹着，目光又被旁边的司马焦吸引。他好像对热火朝天的厨房和美食没有兴趣，从那一堆杂物里又翻出来数字小人1、2、3号。

他在木头人额头一点，三个小人落地长大，圆胳膊、圆腿和大圆脑袋。三个小家伙，一个嘿咻嘿咻地捡了捶背的小锤子，在廖停雁脚下绕来绕去，一个就地坐在了司马焦脚边，仰着脑袋，用嘲讽的"颜文字表情"看着他们两个，还有一个笑脸小人左右看看，找到一盘廖停雁还没剥的瓜子，塞到了嘲讽脸小人面前，嘲讽脸小人立刻就开始剥瓜子。笑脸小人到一边自觉地开始整理廖停雁翻出来的乱糟糟的一堆东西，像个勤劳的钟点工。有东西滚到了司马焦脚边，它还凑过去拉了拉司马焦的衣角，把那个白玉药瓶捡了回去放好。

司马焦似乎觉得在自己脚边剥瓜子的嘲讽脸小人有点儿碍事儿，用脚尖轻轻踢了踢它，表达着"一边儿剥去"的意思。

廖停雁指了指三个小人，猜测："这是我做的……"

司马焦指了其中两个："你造的。"他又指脚边那个，"我造的。"

哦，原来我俩以前还一起造人呢。廖停雁看着这一幕，莫名觉得自己这么多年来好像一个抛妻弃子的渣男。

"我以前的记忆，还能想起来吗？"廖停雁犹豫了一下问。按照一般失忆法，都会想起来的，有时是在撞了头后，有时是在经历了生死一刻后，或早或晚，反正都得想起来，不然剧情就不酸爽了。

司马焦拨弄杂物的手一顿，他说："能不能想起来都无所谓，不是一段很长的时间，也没有什么太紧要的事情需要你记住。"

好吧，你说是就是。廖停雁放松了点儿，要是司马焦大佬对她恢复记忆很有期待，她会觉得压力很大的。现代"社畜"大多不能承受别人的期待，特别心累，还是顺其自然好。

廖停雁自觉不能因为不记得就穿上裤子不认人，还是要负起责任来，所以她试着问："那我们以前是怎么相处的？"她也好参考一下。

司马焦嗯了一声："就这样。"

廖停雁说："就这样？"

司马焦说："就这样。"

廖停雁虽然表情很正经，但脑内已经出现了不太正经的东西。她清了清嗓子："那我问一下，咱们，有没有那个？"

已经知道她说的那个是哪个的司马焦往旁边的榻上一坐，故意懒洋洋地问："哪个？"

廖停雁说："就是……那个，婚前性行为？"

司马焦靠在榻上，眨了眨眼："有啊。"

廖停雁："嗞——"不行，脑子里开始有画面了。

司马焦说："还有很多。"

廖停雁："嗞——"脑子里的画面控制不住，开始朝着需要打码的方向去了。

司马焦说："神交双修一起。"

廖停雁："嗞——"她有些不能想象的，所以画面摇摇欲坠了。

司马焦说："你现在回来了，是该和以前一样了。"他瘫倒在榻上，一头黑发流水一样泄在枕边，做了个"你懂的，快像以前一样来"的姿势。

廖停雁人声吸气："嗞——"画面变成被屏蔽的感叹号图片了。

司马焦忍不住了，侧了侧脸，笑起来，笑得浑身颤抖，胸膛振动。他没形象地乱躺在那儿，袖子和长袍垂在地上，一脚抬着，放在榻上，一脚踩在地上，手指屈起抵着额心。那脖子，那锁骨，那侧脸，那修长的身形都让人莫名有种想扑上去和他滚成一团的冲动。

"来呀。"司马焦笑够了，凝望着她，"刚好给你巩固一下炼虚期修为。"

廖停雁问："双修？"

司马焦只笑，看着她。

廖停雁说："你先等一下。"

她在自己空间里翻了一会儿，想找找有没有酒一类的能壮壮胆。她找了半天才从角落里找出来一个坛子，揭开红封，试着舀了一勺出来喝。那东西又辣又难喝，确乎是酒没错。她又喝了两勺，见司马焦一直用奇怪的神情看自己，试着问："你也要？"

司马焦看了一眼她那个酒坛子："不，我不需要壮……阳。"他的语气特别奇怪，他刚说完，就大笑起来，好像再也忍不住了。

廖停雁想到什么，在酒坛底部翻了翻，然后她就对着翻出来的东西僵住了。不是，她以前为什么要囤壮阳的酒，这玩意儿不是给男人喝的吗？她的目光不由得看向了司马焦的某个部位，脑内风暴狂卷——修仙人士也有这种隐疾？不好，我是不是知道了什么不得了的秘密？

司马焦慢慢地不笑了，面无表情地和她对视。

廖停雁说："我觉得这一定是误会！"

其实还真是个误会。她之前什么都囤一点儿，这坛酒就是买了一大堆果酒后某个掌柜送的。结果最后酸酸甜甜的果酒喝完了，就剩这一坛，她发现了这是什么东西之后就扔到了角落里，反正也用不上。可现在，谁还管是不是误会，当情侣的总要有点儿误会的。

司马焦坐起身，作势要站起来。一般人看到这个可怕的场景，反应绝对是往后退或者赶紧跑，廖停雁不是。她一改往日散漫，迅速上前，一把按住司马焦，把他按了回去："冷静，不要冲动！"她还急中生智，给他贴了一个清心符在脑门上。这么干的时候，廖停雁还感觉有点儿似曾相识，仿佛自己曾经这么干过。

司马焦冷笑着，一把扯掉了脑门上的清心符。

一觉醒来，廖停雁看见窗外的大片竹影和一枝红色枫叶。

冬城禁宫外有竹子和枫叶吗？好像没有，那应该是一片白色的才对。廖停雁悚然一惊，从床上坐了起来。她怀疑自己是劳累过度，出现幻觉了，定睛一看才发现不是，眼前这个风雅的居室不是冬城禁宫。她身上穿了一件单薄的绸衣，那绸衣轻若无物，贴着肌肤像水流一样。她踩在地板上，走到落地的雕镂藻绘木格前，看见外面的绿竹红枫、蓝天白云，还有烟水朦胧、远山青黛和脚下一片清澈的小湖。这是哪儿呀？她摸出镜子照脸。脸还是那张脸，就是脖子上多了一个牙印。她倾身靠在木栏上往外看，脚忽然被抓住，整个人往前摔下了水。

水里有个黑头发黑衣服白脸的水鬼。他说："终于醒了。"廖停雁抹了一把脸上的水，往岸边爬，爬到一半又被人抱着腰抢到了水里。

"待会儿再上去。"水鬼说。

廖停雁打量他:"猫应该不喜欢洗澡泡水的。"

司马焦问:"什么意思?"

廖停雁迅速转移话题:"这是哪儿?"

司马焦说:"直播镜子里有那个大厨房的别庄。"

廖停雁问:"修真界?"

司马焦说:"对。"

廖停雁:"哗——"

司马焦,这个曾经搞垮了修真界第一仙府的老祖宗,目前正在统一魔域的魔主,在这种时刻竟然带着她万里迢迢过来修真界一个不知名的城里度假,就因为她馋那一口吃的……这究竟是什么感天动地的男朋友——又是何等不务正业、任性妄为的大魔王。廖停雁一想,就觉得从前见识过的室友男朋友大半夜因为一个电话起来去买烧烤和蛋糕送到楼下的行为完全被比下去了。鉴于男朋友这么上道,哪怕被强按着陪他泡水,她也忍了。

周围的景致真的很好,令人心旷神怡。她在魔域住了这么些年,魔域的景色真是没什么好说的,大片的荒漠和荒林,少见繁茂的绿色植物,冬城里倒是长了些植物,可是魔域里的植物大多也和修真界的不同,怪模怪样的,颜色也不大新鲜。所以她好些年没看到这种美景,嗅到这种新鲜纯净的山林气息了。现在她整个人漂在水上,感觉自己化作了一片落叶。

放空的廖停雁漂在水面上,司马焦看她漂着,就将脑袋枕在她肚子上,也和她一样仰头望着天。红枫和竹林沙沙响,红色的枫叶落下来,被廖停雁轻轻一吹,又慢悠悠地往上倒飞,在空中飘来荡去,像一只蝴蝶。两人搭在一起,眼睛都跟着那一片叶子懒散地转动。

"以前我们也这样吗?"廖停雁问。

"嗯。"司马焦从鼻子里嗯了一声,似乎是半梦半醒间的回答。

廖停雁瞅着他,他和刚见到那会儿相比,看上去越来越懒散了,倒是跟她很有点儿相似。

她以前就是这样，工作之余很喜欢瘫着什么也不干，朋友们都说跟她待久了很容易被感染懒病。看来这懒病连大魔王都无法免疫。她想着，手底下不自觉地绞着司马焦的头发，绞着绞着，顺口就塞嘴里嚼了嚼。

泡澡嘴里爱嚼东西这个坏习惯不记得是什么时候养成的，之前她在胭脂台工作，他们会准备员工宿舍和澡堂之类。虽然廖停雁是住家里，但她偶尔会在员工澡堂洗个澡，一边泡澡，一边嚼一种能美白牙齿、保持口腔清新的草梗。这些清洁用品澡堂配了很多，她就嚼着玩，然后习惯了。

意识到这不是牙草，而是大魔王男朋友的秀发，廖停雁僵了僵，在大魔王一言难尽的注视下，把他的头发拿了出来，在水里认真仔细地搓了搓，还拿出一把梳子给他梳顺了，好好地放回去。

"好吃吗？"司马焦问她。

廖停雁说："不好吃。"司马焦的神情不对，廖停雁立刻悟了，改了口，"好吃！"他的神情还是不对。

男朋友真的很难哄啊。

司马焦起身，随手把头发往后梳理了一下："你真就馋成这样，连头发都要吃。"

我不是，我没有！

"起身，去吃东西。"司马焦说。

小湖挺浅，旁边的木廊就架在小湖上。司马焦一脚踩上木廊，将那些雕花格推开一些，转身把手伸给站在水里的廖停雁，手上一用力，就把她也拉了上去。袖子一震，他整个人身上的水汽消失，又是个油光水滑的魔王了。

找了一件浴袍披上，还湿着身子正拧头发的廖停雁：您老就这样搞定了，不考虑换衣服吗？

讲真，廖停雁有点儿怀疑他一直没换过衣服，他每天穿的衣服怎么看都差不多呀。虽说他爱泡澡,还是修真人士,身上不生灰尘污垢,但也不能总不换衣服,心理上过不去哇。

她之前在自己的那个空间里发现了不少男装,各种样式、各种颜色的都有,可能是男朋友的衣服。她想了一下,拿了一套绣着白色仙鸟祥云花纹的衣袍出来。她把衣服在司马焦面前展开,问他:"换一套衣服吧,这套怎么样?"司马焦看她拿出来的衣服没说话,廖停雁就又翻出一套白色带着许多墨色花纹的,"这一套呢?要是想换个形象,这套也不错。"她还拿出了一套淡雅紫的,这一套的气质就比较富贵。

"社畜"的工作经验告诉她,想要让客户认可是需要技巧的,不要直接问问对方行不行,而应一次性拿出几套方案,这样对方自然就不会考虑行不行,而是直接进入挑选其中一套的流程。现在也一样,她都拿出三套了,司马焦很可能不会考虑不换,而是考虑换哪一套。

司马焦问:"你给我准备的?"

廖停雁说:"我的空间里很多,应该是你以前穿的。"

司马焦忽然笑了,凑近廖停雁耳边说:"我不知道你以前还为我准备了新衣。"

廖停雁:懂了。以前的那个自己给男朋友准备了衣服,但没拿出来过,大概就像那个准备了但没送出去的戒指一样,现在被失忆的自己直接戳破了。眼看着大魔王那翘起的嘴唇和一脸暗爽的表情,廖停雁也只能假装无事发生。

司马焦垂下头,在她唇上贴了贴。

他脱了外袍,丢在一边,廖停雁赶紧捞着衣服,把木窗格关上了。黄昏暧昧的光透过木窗格的花纹映照在室内,司马焦脱了衣袍,白皙的肌肤也覆上了一层朦胧的暖黄。他脱衣服的样子有点儿好看,拈过一件内衫套在身上的动作也很好看。敞着的胸膛被白色内衫掩住,黑色中衣和外衫又盖住了白色内衫,只留下一道白边。他随意地拉了一下前襟和领口,系带的时候,手上曲起的手指骨节尤其好看。

长发被衣服罩了进去，他又抬起手把长发从领口挽出来。他举手投足间，衣袖轻摆，长发浮动，和着这时候的光影，有种幼时记忆中旧电影的韵味，虽说她年幼时不太懂事，但对"美"的概念也有些明悟。

廖停雁揪着他的一根腰带，眼睛盯着他没有移开，她感觉自己可能中了迷魂术。司马焦一手拿过她手里那根腰带，一手扣着她的后颈把她拉过来，又亲了一下。这次不是贴一贴的那种亲，而是捏捏她的脖子示意她张开嘴的那种亲。

两人的影子在室内拉长，旁边还映着木窗上的花，像一幅才子佳人花灯的投影。

## 第十七章
## 路边遇到的人也可能是娘家人

廖停雁回过神,发现司马焦已经拿着腰带系好了。这腰带系在外袍里面,抽出手的时候,外袍就落下将那腰线遮住。他系好腰带往旁边一坐,看着她:"好了,到你了。"

廖停雁了:"到我?"

她看眼自己身上的衣服,心想:我是为美色所惑,才会站在这儿看完了大佬换衣服全程吗?礼尚往来,现在人家要看她换。

她没理会那坐姿里充满了大佬气息的男朋友,自己去一边的屏风后面换衣服。她在里面穿裙了,外面的司马焦大笑。廖停雁隔着屏风,朝着他那边悄悄夺拉眉眼,吐了一下舌头。司马焦的笑声渐渐消失,但他隔着屏风注视着她的影子,仍是带着笑的。或许是因为黄昏的光影太过温柔,他脸上的神情也是少见的缱绻,几乎不像是那个曾经独自徘徊在三圣山上影子一般的人了。

廖停雁打理好自己走出来。司马焦站在门边:"走吧。"廖停雁上前,抬起手把他的头发再理了一下。他打理自己很随意,还有几缕头发落在衣领里没拿出来。廖停雁帮他把头发打理好了才跟他一起往外走。

这是个别庄,占地极大。那个带着竹林、枫树和湖的院子是独属于他们的,出了一道门,外面是四通八达的宽道,墙边等待着代步的风轿,负责抬风轿的人非常殷勤地将两人请上去。风轿的速度不快不慢,刚好能让他们欣赏沿途景色。

"您二位可是去珍食楼?"得到肯定答案后,随行配备的导游兄弟就开始用热情又礼貌的语气给他们介绍这里的美食。

这处别庄的客人都能有单独的院子,吃食当然也能送去,但也有人爱热闹,于是珍食楼就是这一类客人必去的地方,大家吃饭时还能欣赏歌舞等各种表演。沿途过去,廖停雁还看到了其他坐风轿的客人。这风轿真的就像一阵风似的,悄无声息,几架风轿相遇,轻飘飘就掠过去了。

珍食楼灯火通明,流光溢彩,上百座独立的小阁楼围成一个圈,由空中长廊连接,中心则是一个湖心岛,有伶人在那儿表演节目。

风轿将廖停雁两人送到其中一座小阁楼,另有等候在阁楼上的侍从将他们迎上去,周到的服务让廖停雁感慨:这里的收费肯定超贵。她现在又有种嫁入豪门的感觉了。不管在哪里,司马大佬都不是缺钱用的角色,所以廖停雁没有客气,只要是菜单上有的,她都点了一份。

"慢慢上就行,不用一下子全部摆上来。"廖停雁嘱咐了一句,搓搓手,期待自己的大餐。

司马焦对吃的都没兴趣,倚在一边等待。

廖停雁真的很久没有吃过这么丰盛美味的食物了,魔域和这里毕竟还是有地域差异,口味不同,而且她这个修为,吃这么些灵气不浓郁的食物完全不会被撑着，所以她可以尽情品尝，满足嘴巴和舌头。除了菜肴，还有各色饮料任她取用，都用白玉壶装着，她自饮自酌，很有气氛。有丝竹绕耳，有曼妙歌舞，还有络绎不绝的美食，色香味俱全，眼耳口鼻都得到美妙的享受，幸福感爆棚。

就是在这种时候，外面打了起来。

听到喧闹声，廖停雁抬头往外看。和她隔湖相对的一座阁楼炸了，废墟里出来三个人，而那阁楼旁边的一个阁楼里，十几位紫衣人正指着变成废墟的阁楼大笑。

"真是许久未见了，没想到昔日清谷天的脉主洞阳真人也入了别门别派，看这样子，过得还挺不错呀。"紫衣人中的领头者大声地说，语气嘲讽中带着怨恨。

三人穿青色的衣服，当先一位看上去二十岁上下的年轻人说："夏道友如今不也是进了白帝山，还未恭喜。"

紫衣人冷笑："既然知道我入了白帝山，就该知道如今你的死期到了，区区一个谷雨坞可护不住你！"

年轻人万般无奈，拱了一拱手："无论如何，也曾是同门，如今大家道不同不相为谋，何必纠缠于前尘旧怨。"

一个咄咄逼人，一个语气虽软，态度不软，眼看着就要打起来。

廖停雁只看了两眼，就继续吃自己的，偏偏她这位置倒霉，被打架的人波及了。那嚣张的紫衣人比青衣人修为更高，将青衣人打得砸在廖停雁的阁楼里，还把她面前的桌子都掀了。廖停雁还举着筷子，筷子里一块酱肉摇摇欲坠。她看了一眼那吐了一口血站起来的青衣人，默默地吃掉了酱肉，放下筷子，一脚把那个追上来还要继续打的紫衣人踢飞了，砸回了他们自己的阁楼。

踢完这一脚，看到那位青衣人震惊地看着她，廖停雁才反应过来。糟糕，她忘记这不是魔域了。

在魔域鹤仙城住了那么久，她都形成条件反射了。一旦当面被欺负，她下意识地就要打回去，不然，在魔域认怂的话，可是会被得寸

371

进尺地欺负的。血的教训养成的习惯让她一时间没反应过来修真界和魔域不同。

她犹豫着去看躺在一旁的司马焦。

谁知这时候，那青衣年轻人捂着胸口，迟疑地喊她："你是……停雁徒儿？"

昔日的庚辰仙府清谷天支脉脉主洞阳真人，也就是这青衣人季无端，神色恍惚地看着眼前的廖停雁，不敢与她相认。

他在十一年前收了一个徒儿，那徒儿名为廖停雁，与他早夭的爱女长得一般模样。那时他收下那孩子为徒只是为了寄托哀思，想要好好照顾这有缘的弟子。但他没想到，那弟子最后竟然会卷入那样可怕的风云变幻中。那时候，他也只是个小小的支脉脉主。清谷天处于内外府的交界处，没什么引人注目的特点，所以徒儿被选去侍奉师祖，他虽心下不安，但也无法多做什么，只是前去打听了几次消息，然而，三圣山的消息又岂是他区区一个真人能打探到的。

他后来听闻她得了师祖慈藏道君的喜爱。她随师祖一同出了三圣山，百位高级内府弟子中，只有她一人侥幸留下性命。那时，连着清谷天也盛极一时，只是他感觉到一丝暗潮涌动，越发不安。他有心想去见见徒儿，宽慰一番，却无法相见。

再后来，他听闻她命灯被灭，似乎是死了，又有些消息说她还活着，季无端这个做师父的自觉没用，也打听不到虚实。那段时间，清谷天也着实不安生，他为了保护余下的弟子的安全，费尽了心力。

之后就是那一场导致庚辰仙府四分五裂的巨大灾难。他远在内府地域边缘都能看见中心处喷涌的冲天岩浆。浓黑滚滚的烟几乎覆盖了天际，天摇地动，地下的灵脉在一日内尽数萎缩破碎，各处灵园、药园被热气灼过，一夕间凋零败落，连离得近的灵泉和湖泊都蒸发殆尽……那是怎样的灾难！死的人那么多，内府几大宫的长老宫主和那几个家族的其他人，曾经高高在上的大人物面对那样恐怖的力量也无力抵抗，死的死，伤的伤，还活着的都仓皇逃了。他们这些边缘人物和外府的小修士、小家族则侥幸逃过一劫。

都说是慈藏道君在三圣山闭关时就已经入魔，所以才会屠杀如此多的人，毁去了庚辰仙府万万年的基业。

庚辰仙府就如同一座高塔，失去了顶梁柱，坍塌的速度之快远超所有人的预料，被庚辰仙府欺压了多年的其他修仙门派一拥而上，瓜分了还处在惶惶中的庚辰仙府残余势力。在这种时候，季无端这个清谷大脉主毅然放弃固守，带着一部分资源和一些愿意追随他的弟子前往挚友所在的谷雨坞，成为谷雨坞弟子，避开了那段最混乱的时间。

如今将近十年过去，他几乎要忘记当初那个昙花一现的可怜徒儿了，又怎么想得到会在今日突然见到原本以为早已离世的人？要说他与这个徒儿，他们相处不久，了解得也不是很多，如今久别重逢，他一时间也不知道该说些什么好，只是心里感慨万千。

季无端感慨着，廖停雁就茫然了。她不记得以前的事儿了。诸位，她根本不知道面前这个小哥哥是谁呀！听他叫自己徒弟……这是穿越前有的师父，还是穿越后有的师父？廖停雁不由得又去瞄司马焦。我需要一点儿帮助，男朋友你说句话呀！

司马焦从头到尾就倚在一边，坐在屋内的阴影处。司马焦收敛了气势，季无端本没有注意到他，发现徒儿使劲看那边，才一同看过去。

扑通——终于看到那边坐了一个什么人的季无端，腿一软，跪了下去。

季无端仿佛回到了庚辰仙府大难那一日，这位师祖屠杀那些化神、炼虚甚至合体修士就如砍瓜切菜一般，有不少庚辰仙府低级弟子那时才第一次见到师祖真容，却被司马焦身上的骇人杀气与戾气吓破了胆子。司马焦的威名甚至在他去往魔域之后，在修仙界传得更盛，导致这些年尽管大家都知晓庚辰仙府是他所毁，却也不敢光明正大地辱骂这魔王，不敢说他半句坏话，更不敢多提他的名字与道号。

现在，这个遥远的、可怕的大魔王竟然就出现在自己眼前，季无端只感觉自己的心脏仿佛被人捏紧,有些喘不过气。

就在这时,之前被廖停雁一脚踹飞的那个紫衣人又气势汹汹地冲回了这里,身后还跟着他的那些弟子和打手。紫衣人愤怒地喊道:"季无端,今日我非要让你死……"

廖停雁一看,正准备动手先把这个找事情的打发了,却发现那个领头的紫衣人和这位师父一样猛然僵住,接着扑通一下跪了下去。那人看着司马焦,眼睛都直了,似乎比所有人更害怕,身体都在不断颤抖。这紫衣人从前是主脉的一个弟子,身份比季无端更高,于是他也比季无端更清楚慈藏道君长什么样。他带来的人里面,有两位也曾是庚辰仙府弟子,他们同样在那场灾难里见过师祖追杀师氏众人,此时更是面色大变,都站立不稳,往前一跪。就是其余不知道发生了什么的,见到这个情景也慌了。

廖停雁:啊,你们要这么夸张吗?她男朋友没动,没说话,也没看他们哪。

紫衣人的表情就好像现代人见到了一只活生生的侏罗纪恐龙。廖停雁眼见他先是颤抖着,最后他惊恐地扭头就跑,跌跌撞撞的,还撞碎了阁楼的几扇门,本就破了的阁楼一下子更加寒碜了。人一下子跑了个干净,看他们那么惊惧的样子,廖停雁也不太好意思追着他们打,只能站在原地,瞅着还没有站起来的季无端。

司马焦也没动,没看那来了又跑的一群人,而是放下手,坐直了一点儿,看了一会儿季无端,把季无端看得浑身冷汗,脸色苍白。季无端忽然想起那个传闻,慈藏道君能看穿人心,看清一切内心阴暗。

廖停雁凑过去,用手捂着嘴,在司马焦耳边问道:"那真是我师父吗?"

司马焦顺手抱着她的腰,嗯了一声:"好像是。"

廖停雁又问:"那我跟他关系好不好?"

司马焦说:"不清楚。"看廖停雁写了满脸的"这下子事情麻烦了",司马焦添了一句,"不过,我看出来,他对你没恶意。"

廖停雁一听就明白了，鉴于这些年她了解到的修真界师徒关系一般都和亲子关系是一样的，当初她和这个师父应该关系也不错。她捏捏司马焦的手，让他放开，走到季无端面前，把他扶了起来，态度恭敬了一些。

眼睁睁地看着自己徒弟和大魔王亲亲密密地咬耳朵的季无端："……"

季无端恍惚地被廖停雁扶了起来，听到她带着点儿歉意地说："不好意思，师父，我出了点儿事儿，失忆了，不记得你了。"

季无端说："啊……如此呀。"季无端其实压根儿没明白廖停雁在说什么，他受的冲击太大，回不过神。

季无端这次出门带来的两个弟子一瘸一拐地找了上来。这两人的修为不是很高，他们被紫衣人打到了湖里。这会儿紫衣人走了，他们没了压制，连忙上来寻找师父。

"师父，您怎么了？"两个弟子是季无端后来在谷雨坞收的弟子，没见过司马焦，也没见过廖停雁，只觉得向来慈爱的师父不太对劲，十分担心。

季无端一个激灵，抓住了两个弟子的手，生怕他们哪句话说得不对，惹了心狠手辣的师祖。只要师祖一个动念，他们就不知道要死成什么样子了。

廖停雁看这个师父吓成这样，咳嗽一声说："师父刚才没受伤吧？"

一个小弟了好奇地看她："师父？这位师姐怎么喊您师父？方才是这位师姐帮忙赶走了那些白帝山的人吗？"

季无端看看没什么表情的司马焦，又看看露出笑容的廖停雁："这是为师……几年前失散的弟子，你们廖师姐。"说是师姐，他说完才发现这徒儿如今修为比自己还高，一时间觉得自己是不是介绍错了，但转念一想，她确实是自己徒儿。他未曾逐她出师门，不论她是什么身份，如今自然还是自己的弟子。他硬着头皮介绍了，准备看着廖停雁的态度，再随时改口。

结果廖停雁也没有要反驳的意思。她看向两个小弟子，和善地说："原来是师弟呀。"

两个小弟子纷纷乖巧地喊她师姐："师父、师姐能重逢，真是喜事一件！师父，师姐要回我们谷雨坞吗？"

季无端心脏都快停了，想把活泼小弟子的嘴巴捏上。这傻小子，话能随便说吗？他顾虑着廖停雁如今的身份，主要还是顾虑司马焦。虽然徒儿看着和师祖关系亲密，但他也不知道他们两人是什么关系。如今她好好地活在世上，还有了这样的修为和造化，而他这个师父以及一群师兄都已经不是一个世界的人了，该如何相处呢。

廖停雁也很犹豫，不知道该怎么和这个突然出现的师父相处。按照她的"社畜"习惯，这会儿寒暄一阵，接下来肯定就找个地方先叙叙旧，再吃吃喝喝，最后在联络了感情后分道扬镳，日后再约。可司马焦现在在这儿，她还没忘记他的身份呢。

廖停雁和季无端都不由得去看司马焦。

话痨小弟子又有话说了："咦，这位前辈是？"季无端想把自己的好奇话痨弟子的嘴捂上，但又不敢在师祖面前乱动。

司马焦走到廖停雁身边，终于说了一句话："你们师姐的道侣。"这是对那个小弟子说的。

"多年不见，不带徒儿回去叙叙旧？"这话是对季无端说的。

"去谷雨坞看看吧，那里景色好。"这话对廖停雁说的。

季无端腿一软，又想跪下了。师祖要去谷雨坞！可他能说不能吗？当然不能，这师祖一个不高兴，连庚辰仙府都能搞垮，更何况他们区区一个谷雨坞。唯一让他略感欣慰的就是，师祖与徒儿说话时的语气更加温和些，看样子，那句"道侣"应该不是虚的。

"师姐的道侣就是我们的师兄啦！"听着自己的傻徒弟喊师祖为师兄，季无端差点儿忍不住把这傻孩子糊到地里。他发觉师祖并没有要暴露身份的意思，只好勉强维持住了表面的镇静，小心地问："那您……你们如今便与我们一同去谷雨坞小住？"他称呼含糊，说得也小心。当然是小住，谁不知道慈藏道君如今在魔域呼风唤雨，就快一统魔域了，还能长住谷雨坞不成？

廖停雁听着师父这话，感觉自己像是带着丈夫回娘家，她应了一声："如果不麻烦的话，我们就去看看。"话说，"回娘家"是要带礼物的吧？

司马焦瞧了一眼廖停雁沉思的侧脸，笑了一下，拿出一个小瓶放到季无端面前："你身上有伤，服下这个。"

季无端一个腿软，差点儿又跪下了，紧紧抓着一个徒弟的手才勉强站住。他拿过那个药瓶，心中忽然升起受宠若惊之感。这可是慈藏道君哪，只听说过他收别人性命，没听过他送人东西的。

他们一行人往谷雨坞去，路上季无端就想开了。像慈藏道君这样的人物，若是真想做什么，整个修真界恐怕也没人挡得住，既然他没有表现出恶意，那自己也该大方些，也不好太给徒儿丢脸了。他是想开了，就是不知道谷雨坞的坞主和长老能不能想开。

谷雨坞在这诸多修仙门派里并不起眼，属于中流，大概就是现代各种大学里的农业大学，坞中弟子大多不擅长打架，就擅长养殖之类的技能。他们种植的灵谷、灵果、灵药等远销各大门派，因为这个特性，谷雨坞所在地域景色优美，地方也大——当然，和庚辰仙府还是绝对不能比的。谷雨坞弟子也不是很多，还大多沉迷种田，是少见的弟子关系比较和谐的修仙门派。

他们回到谷雨坞，首先看到的就是一亩亩绿油油的农田，与凡人的田地不同的就是那些泥土分为不同颜色，植株的颜色也有各种差异。

"这是一般的普通灵谷，在这里种植的都是些外门弟子。"季无端给她介绍。

廖停雁看见田间地头挽着袖了正在观察植物生长状态的谷雨坞弟子，觉得这门派画风真是别致，别人都是怎么仙怎么装怎么来，而他们一进山门就是大群人在种田。

"季长老,你们回来啦!"还有弟子和他们打招呼,打完招呼又钻进了田里。

季无端把徒儿和师祖送到自己的竹林幽圃,然后长长地吐出一口浊气,匆匆去找坞主和其他长老说明此事。

坞主和长老听闻此事,都跪了。大家跪成一片,面面相觑,都感觉腿软,一时站不起来,干脆就着这个姿势谈话。

"无端哪,你真的不是骗我们的?那个、就是那位,真的、真的现在就在我们谷雨坞?"坞主说到后面,声音低不可闻。

季无端苦笑:"我怎么敢拿这种事儿和大家开玩笑?"

"完了完了,我们现在召弟子赶紧跑,能不能逃走一半?"一个胖墩墩的长老说。

"可别,惹恼了那位,我们一个都跑不掉。"满脸桃花的风流长老愁眉苦脸。

季无端见好友这个模样,心中有些歉疚。他说:"其实,也不用如此焦虑。那位似乎对停雁徒儿不错,应当只是陪停雁徒儿四处走走,恰好过来看看罢了。只要我们不刻意去惹怒,应当没事儿。我只是觉得,大家应当约束一下弟子,不得让他们随意去那位面前放肆,以免惹怒了他老人家。"

"没错没错,我们还应当前去拜见一番,不然他老人家若是觉得我们不恭敬,迁怒我们怎么办?"

大家讨论了一阵,都去换上了自己最体面的衣裳,做了最正式的发型,带上最贵的宝贝当见面礼,然后互相壮胆,前去见传说中的慈藏道君。然后他们就见到谷雨坞内那些年纪小的弟子都围在了竹林幽圃,正在看季长老失散多年的徒儿。

"没骗你们吧,我说了我这位师姐长得好看极了。我师父只有这一位女弟子呢。等到大师兄他们都回来了,见到师姐,肯定也很开心。"

"廖师姐,你这个叫瓜子的东西真好吃,我怎么没见过呀?我们谷雨坞种了很多灵果,我还没种过这种呢。"

一群弟子自来熟地挤满了院子，季无端绝望地听着他们叽叽喳喳，还听到停雁徒儿说："这个呀，我给你一点儿，你试着种吧，说不定能种出来。"

"真的吗？谢谢师姐！"

"师弟师弟，分我几粒！"

"师姐，这个师兄是你的道侣，他怎么不说话？"

廖停雁跟他们开玩笑："他不喜欢说话。你们可别吵他，不然他生气了，就把你们抓去魔域卖了。"

一群小弟子哈哈哈地笑了起来，空气中充满了欢乐的气氛。只有人群后面的坞主和一群长老虚虚地扶住了身旁的竹子，抬袖子擦脸上的汗。

苏横林风尘仆仆地赶回了谷雨坞，在山门前遇到了同样赶回来的师弟杨树风，两人的神情都带着忧虑和一丝焦急。

"杨师弟，你可也是收到了师父的信？"

杨树风点头："是。只是师父如此急着让我们回来，不知是不是谷内发生了什么事儿。"

"我们尽快回去，拜见过师父便知晓了。"

二人进了山门，发现似乎并没有什么事儿，谷中的弟子们还是那样，各做各的事儿，面上也不见忧愁，还有人哈哈笑着对他们说恭喜。师兄弟两人满脑袋问号，恭喜什么？

一位年长些的师兄笑着对他们说："你们早年失散的廖师妹回来了，正住在季长老的竹林幽圃呢。"

苏横林和杨树风两人都大吃了一惊。他们两个是季无端的亲传弟子，当年也是见过廖停雁的，虽说相处不是很久，但总归记得这位可怜的师妹。二人对视一眼，眼中虽然有疑惑和惊愕，也有些喜色。

"师父，听说廖师妹回来了？"苏横林作为年长的二师兄，一身灰绿长衫，格外端庄温和，面容比季无端这个师父还要成熟些。他刚

献鱼
下册

带着师弟走到竹林幽圃,扬声问罢,就一眼看到了躺在竹椅上的两人。那是一男一女,女子自然是面容有些熟悉的廖师妹,而男人……

廖停雁听到声音,揭开眼罩,就看到两个男子扑通跪下。司马焦瞧了两人一眼,懒洋洋地翻了一个身。廖停雁觉得,可能大佬身上有这种"别人看到他就要跪下"的技能buff。

"两位……师兄?起来说话吧。"廖停雁扭头朝屋内喊了声,"师父,又有两个师兄回来了。"

"来了。"季无端从屋内出来,看到两个弟子的神情后,又是无奈又是想笑,只好上前把两人带进了屋,打算先好好解释一下。

慈藏道君在谷雨坞住了两日了,没有任何要动手的意思,一般只是在那里坐着或者躺着。虽然道君对人面无表情,也不爱搭理人,但从坞主到所有知晓他身份的长老,都感恩戴德。多么和善的态度哇,相比起被搞垮的庚辰仙府,他们简直幸运得不行!他们甚至都怀疑慈藏道君如今是不是放下屠刀,立地成佛了。

季无端现在有七个弟子,前五个都是在清谷天收下的,廖停雁是他的第六个弟子,第七和第八两位弟子则是到谷雨坞后收入门下的。先前有三位弟子已经回来,他们也曾在灾难之日见过慈藏道君的真容,刚回到谷雨坞就看到那位当初毁天灭地的慈藏道君竟然躺在他们家中睡觉,也吓得不行。因此,现在季无端安抚徒弟真是熟门熟路。

他安抚了两个弟子,又询问他们二人:"此次出去,你们可寻到了灵源?"

两个弟子都露出羞愧之色:"我们二人都未寻到。"灵源难得,他们在外两年都没能寻到相关消息。

季无端暗叹一口气,也没再多说什么,只说:"既然如此,也不要强求,你们一路奔波劳累,眼下还是先回去休息吧。还有,既然你们都回来了,明日要为你们廖师妹办一场宴会,可莫要忘记了。"

两人这才想起廖停雁。廖停雁入门三月余,即遇上师祖出关,离开了清谷天,彼此相处不久,要说感情,确实是有,但并不深厚,如今两位弟子心中难免忐忑。

"廖师妹她与……那位,究竟是?"

季无端说:"慈藏道君自称是停雁徒儿的道侣。"

两人再度震惊,道侣这个名分不是轻易能定下的,更何况以那位师祖的身份性情,他们怎么也想不到他会愿意给一个人道侣的身份。

"不用过多疑虑。"季无端调整好了心情,教导徒弟,"你们二人对停雁徒儿要亲厚,对慈藏道君要恭敬,等闲不要凑到道君面前便是。"

眼见两位师兄震惊又畏惧地和她打了招呼离开了,廖停雁戳了戳司马焦的肩膀,小声说:"他们都很怕你呀。"

司马焦说:"但凡知晓我的名字的,谁不怕我。"

好像也是,她当初以为自己是师雁的时候,魔域那么多人提起这个冬城大魔王时也是畏惧居多,现在到了修真界,更是如此。好像也就只有她一个人不怕?她还是师雁的时候,听了大魔王那么多恐怖事迹,可心里也不是很怕。只要听到司马焦这个名字,就觉得不可怕。或许这是潜意识的感觉?

她将自己的竹躺椅拉近了司马焦,脑袋钻进他脖子里。

司马焦闭着眼睛,按住她的脑袋,摸到她后脖子,捏了捏:"怎么样,怕了没有?"

廖停雁笑了:"咻咻咻咻咻咻!"

走出来准备询问徒儿要不要吃午饭的师父,又默默退了回去。看到徒儿和师祖亲亲密密地靠在一起,一对有情的小儿女在说悄悄话,季无端不好意思,也不敢凑过去。但季无端真的有些佩服这个从前不声不响的徒儿了,她敢偷亲慈藏道君,敢抱慈藏道君的腰,还敢把慈藏道君的头发编成辫子,这是何等的勇气!

谷雨坞不少弟子回来了,他们不比几个见过慈藏道君的师兄,大多不清楚司马焦的身份。明面上,知晓内情的长老是让他们过来见季长老找回来的徒弟,顺便一同饮宴,联络感情;私底下,师父长辈都对自家弟子耳提面命，让他们千万要表现出不卑不亢又温厚可靠的风范，要有同门之谊，但其余的，长辈都没说。

谷雨坞的宴会，之前都很是随意，但这次考虑到司马焦，众长老就决定好好办，要办出格调，照庚辰仙府从前的规格来，还是季无端觉得不太妥当，特地去问了一声廖停雁。

廖停雁一听，就说："既然这样，也不用折腾了，大家一起吃烧烤好了。我这里有很多烧烤架，听说大家都有各自擅长种植的蔬果和养殖的牲畜，也不必带什么见面礼了，就带点儿自己种出来、养出来的菜和肉就好。"

廖停雁也是怕了这些同门，之前一群长老说来送见面礼，看着那些东西，她差点儿以为司马大佬是恶名昭彰的强盗头子，这些人不得不上供最宝贵的东西以求破财消灾，真是让人哭笑不得。

如果不考虑慈藏道君的身份，廖停雁说的这种大家联络感情的宴会方式更符合谷雨坞的情况，季无端考虑再三，看到慈藏道君对徒儿的爱护迁就，最后决定按照廖停雁说的做。

于是谷雨坞召开了一场最大规模的烧烤晚会，并不是所有人都尝试过这种饮宴方式，所以他们还觉得挺新鲜，纷纷响应，还未开始就有不少人自带食材入场。

"廖师姐，你觉得我们的青灵瓜哪一个更好？"面容相似的两个年轻修士异口同声地问。

廖停雁两手各拿着一片瓜，她各吃了一口，细细品味，沉吟不语。

这两位师弟都是植物种植系的，两人种了同一种青灵瓜。这两人是双生兄弟，感情很好，但他们也喜欢种同一种东西，然后互相比较，谷雨坞内不知道多少人曾经被迫给他们做过裁判。今夜的宴会是为廖停雁办的，她自然也摊上了这事儿。

"廖师姐，你觉得我们谁种出来的青灵瓜才配被称为青灵瓜！"两个师弟又异口同声。

廖停雁举着左边那片瓜："这瓜甜。"她再举右边，"这瓜脆。

我觉得，分别叫青灵甜瓜和青灵脆瓜好了。"

两个师弟面面相觑，忽然哈哈大笑，喊了声谢谢师姐之后就跑走了，然后又送来了不少切好的瓜。

"廖师妹，还有你的道侣，来，尝尝师兄养的这小仙黄牛肉，方才我家的师妹仔细腌制炙烤了，滋味非常好。"一位师兄过来给他们送烤肉。那烤肉分量足够，香味浓郁。捧着另一份牛肉的师弟馋得不行："廖师姐快尝尝，我师兄轻易不肯杀他那些宝贝仙牛来吃的，这些牛肉我们自己也难吃到呢！"说着，他把手里那份往司马焦面前推，"师兄吃呀！"这一举动看得旁边那些假装喝酒的长老眼皮子不停抽搐。

这些长老担心不知道内情的弟子冒犯慈藏道君，只能坐在附近时时注意，看到这一幕，真恨不得上去把那小弟子扯开，把肉迅速端走。弟子们可知道慈藏道君不碰那些食物哇，惹怒了道君可怎么办？

这时候，廖停雁一把将司马焦面前的那份也拉到自己面前："他这份也是我的。"反正大佬男朋友基本上不吃东西，就是个不染红尘烟火的、吃风喝露就能活的小仙男。

长老们暗吁一口气。

小弟子哇一声，羡慕地说："真好哇，有道侣的话，就能吃双份，我也想有道侣呀。廖师姐，道侣很难找吗？"

廖停雁想了想，说："应该不难找吧。"她都没找，道侣自己就出现了，简直就是送的。

司马焦笑了一声，那种意味不明的笑声惹得廖停雁奇怪地看了他一眼。

小弟子说："真的吗，为什么师兄们大都找不到道侣呢？"

烧烤场地顿时响起一片咳嗽声，单身的师兄成群结队地守着烧烤架，各自处理带来的食物，闻言都有淡淡的心酸。谷雨坞的女弟子真的很少。外面门派的女弟子更喜欢那些用剑的剑修和法修之类的，对他们这一类的并不青睐，而且谷雨坞的男弟子大多沉迷种田，没有时间去认识女弟子。

"廖师妹,来尝尝这谷酒吧。这是我与师妹自己酿的,用来酿酒的灵谷也不同于外面普通的灵谷,是我种出来的变异种。这酒不仅滋味很好,而且喝多了也不醉,还对身体有些好处。"一位温柔的师姐来送饮品。跟着就来了七八位师姐师妹,她们送了很多花蜜、花膏之类滋补、养生、美容、养颜的饮品,还有个师妹送了许多手工制作的纯天然灵草化妆品,分享使用心得都分享了很久。旁边时不时偷看他们的一位长老也过来给了一大罐蜂蜜。

"这蜂蜜可难得,都是纯粹的杞灵花蜜呢。当初我师父要了许久都没讨到几勺,还是廖师妹招人疼,师伯这才舍得。"一个弟子不明所以,只当自家师伯难得大方一回,笑着说了两句,就被那长老瞪着眼睛掐着脖子抢走了。

在烧烤架旁边的几个师兄师弟招呼她:"这些素菜也别有一番风味,师妹要不要?"廖停雁过去拿了不少素菜回来,一个师弟说:"师姐,这是我种的甜瓜,你要试着烤一烤吃吗?很好吃的!"几个师兄把这个师弟按到了一边,纷纷对廖停雁露出笑容:"这小子口味与我们不同,你别听他的。"

"师侄,来,尝尝这烤鸭。我们坞内养了许多绿花鸭,肉质鲜嫩,那都是上好的灵鸭,就连酱香记都找我们供货呢。"又有一位师叔来送鸭子。

廖停雁一听,诧异地说:"酱香记的酱鸭是坞内养的?我很喜欢吃那个酱鸭!"

对,她在魔域鹤仙城经常光顾的酱鸭,就是从修真界进口的,酱香记出品的。在那个黑暗料理横行的魔域,她靠着酱鸭吊了那么久的命。没想到,她和师门缘分深厚至此!她突然就因为这个酱鸭对谷雨坞产生了非常多的好感和归属感。那可是她吃了多年的酱鸭呀,竟然是师叔养的!

司马焦感觉到她内心的激动,眉毛微微动了动。她的归属感产生得是不是太轻易了?

廖停雁：呵，这里有这么多好吃的，无机纯天然培育、养殖的蔬菜、瓜果、肉类，我超喜欢的。

师叔听她这么说，顿时开心地大笑："既然喜欢吃，我多给你抓一些，下回要是想吃，自己去后山的云湖抓便是了。"说到这里，他脸上的笑容微微收敛，"只是可惜，近年后山灵气没有从前浓郁了，绿花鸭的滋味比不上从前。"

廖停雁啃鸭子的动作一停："师叔，这是怎么回事儿呢？"

这师叔并不知晓司马焦的身份，听新师侄问起，就解释说："灵气消退都是正常现象，或许是被地脉影响，或许只是灵气枯竭，云湖也不知道还能养多久的绿花鸭。若是灵气再度减少，我就要给那些鸭子找其他的地方了。可是这样的好地方哪里是那么好找的，说不好那些绿花鸭吃上几年，也就没有啦。"

长老们给这位师叔使劲儿使眼色，想让他闭嘴快滚，然而这位师叔压根儿没注意到自己的师父和一群长老在后面眼角抽搐。师叔最近为了这事儿操碎了心，被问起，难免多说几句。

"不过，坞主与长老都在想办法，等找到灵源，把灵源埋进后山那一片，日子久了，或许能生出新的灵脉，就能暂缓灵气消减。可惜这灵源珍贵，哪有那么容易得到，一群弟子长老轮流外出寻访都没能寻到。"

廖停雁神情严肃。这不是一件小事儿呀，要是吃了多年的酱鸭停产了，她想想就觉得难受。

司马焦抚了抚额。

师叔又摆了摆手："不过这事儿跟你们这些小辈没关系，既然回来了，就好好吃吃喝喝！来，多吃点儿！"

这天晚上，廖停雁吃了很多，那些食物积攒下来的灵气也让她觉得有点儿饱了。饱暖思……思考人生。

廖停雁抓着司马焦的手．"大佬，你觉得，那些好吃的鸭……后山灵气有救吗？"

司马焦说:"有。"

廖停雁说:"真的?要解决这事儿是不是很困难?"

司马焦让她拿出妆盒,随手打开一个抽屉,从里面拿出了一条白色的圆珠项链。在廖停雁疑惑的目光中,他指着那条用八十八颗珠子串成的项链说:"这就是他们找了好几年都没找到一颗的灵源。拿两颗就足够了。"

廖停雁:她之前还嫌弃这条项链丑来着。


"诸位,如何?这可是一个天大的好机会!"白帝山的主人风帝语气激昂地说,"如果真的如我门下弟子夏衍所说,那慈藏道君孤身来到修真界,如今不正是我们联手围剿他的好机会吗?"

风帝说到激动处,从那镶赤金嵌灵玉的位置上站起来,一副领导者大演讲的模样。可是在场的大小仙门的首领里没人应声,一时间气氛有些尴尬。

风帝不快,看向与白帝山地位相当的赤水渊的首领:"虞渊主意下如何?"

那穿着火红长袍的虞渊主吹着自己的指甲,仿佛指甲上长出了什么稀罕的花,眼睛都不移开,嘴里含蓄又敷衍地应了两声:"哦,嗯,我觉得此事不简单哪,再议,再议吧。"

见他这般没个正经模样,风帝又去看旁边的拜天宫宫主:"宫主觉得呢?"

拜天宫宫主眼神迷茫,风帝喊了两声,才见他慢吞吞地动了动。宫主啊了一声,很是茫然地问:"何事呀?会议结束了?"

风帝差点儿被他们气死,可拜天宫、赤水渊与白帝山势力相差不大,他不能与这两个闹翻,只得暂时忍了。风帝去问五个主位里剩下的两个:"瑞老和商城主呢,你二位应当有些气魄吧!"

瑞鹤乡的老头不知道什么时候在身旁摆上了星棋盘,正在沉迷下星棋,也不理会他。只有琵琶城的城主商琴音耍着一根钗,撩起眼皮看他一眼，撇撇嘴："当我们傻子呢。你把我们叫来，随便说两句话，然后让我们去给你卖命，成全你，让你当老大，哪有这么好的事情。"

风帝被她刺得脸色忽红忽白，表情难看地环顾其他中小门派的掌门。所有人都没和他对视，低头的低头，扭头的扭头，还有假装看着袖子上的花纹出神的，一群人都是死猪不怕开水烫的调调。风帝心中觉得这些人实在没用，被庚辰仙府压了多年，这些人现在半点儿气性都没有了。

他重重地哼一声："看来你们仍是不相信，我的弟子夏衍从前乃庚辰仙府弟子，能确定那是慈藏道君，我也派了人前往谷雨坞查看，那位的确什么魔将都没带。"

"当年庚辰仙府之事大家都知晓，他受到那般重创，恐怕几十年内都难以复原。他如今只在魔域休养了几年，恐怕只是强撑出来的架子，不然他回归修仙界不会如此平静。我们也不用如此惧怕他。"

"当年他无端入魔杀了庚辰仙府诸多家族，血债如此深厚，我们作为修仙正道，难道不该为惨死同道伸张正义？更别说如今他是魔域半主，谁知道他日他会不会带领魔域魔修进攻我们修仙界？说不定他此回就是悄悄潜入修仙界打探消息，为日后的大战做准备！如此，我们更该早日灭了这灾祸之源！"风帝振振有词。他说完，满室皆惊，他见到众人用惊讶甚至是惊恐的眼神看向他……身后。

啪啪啪的鼓掌声在极静的室内响起。

风帝方才说话，已经往前走出几步，如今便见到自己之前的位置上坐着一个黑袍的年轻男人。

这男人肤色白皙，黑发披垂。他放下了鼓掌的手："说得好。"

在座众人几乎没人亲眼见过慈藏道君的真容。他在修仙界昙花一现，又着实浓墨重彩，让所有人都不得不畏惧又向往。如今见到这悄无声息出现的男人，所有人心里都同时出现了这个名字。如果不是慈藏道君司马焦，又有何人能在众多大能齐聚一堂时，不引起任何注意地潜入，又安坐上首？

"第一仙府压在你们头上太久了。如今这座大山没了，你吞了些残羹剩饭就迫不及待地想要取代曾经的第一。"司马焦的声音里虽然没什么情绪，却莫名令人觉得充满了讽刺与不屑。

风帝方才说得头头是道，义正词严，如今见了司马焦，却不敢多说一个字，只退后几步，额头冷汗直流。

司马焦注视着他："你准备如何对付我，联合这些人围剿谷雨坞？"

风帝只觉得脑子一疼，仿佛有一只手毫不留情地在他的灵府和脑子里翻搅，他不想开口，却抗拒不了，他如实地回答："先抓那个廖停雁……"

噗——

在场所有人的脸色都白了。风帝的修为是在场的领主里最高的，如果不是这样，众人也不会看在他的面子上前来参与这一场私会。可是，这样修为的风帝连反抗都没能反抗一下，在他们眼皮子底下就被慈藏道君捏开了脑子，连魂魄都发出一声尖啸，被慈藏道君手中升腾的火烧了个干净，神魂俱灭。

司马焦究竟是什么修为？

虞渊主等人面色大变，满眼警惕又恐惧地盯着那突然发难的慈藏道君。慈藏道君该不会一怒之下把他们全灭了吧？这位连庚辰仙府都说灭就灭，更何况他们。不少人心底就免不得埋怨那个风帝，自从白帝山吞并了庚辰仙府许多势力和地盘后，风帝就越发膨胀，如今可好，不仅自己死了，还要连累他人。

司马焦坐回去，场中无一人乱动，也没人敢走神或窃窃私语。他们都坐在原地，不敢看他。

"我想要一块地方。"司马焦平静地开口，"魔域出口往外八千八百里，到孤群山脉止，日后都属于我，所有修仙门派外迁。"

众人一听，都愣住了，几个聪明的已经明白了这大佬的意思，顿时心中大喜。不怕大佬有要求，就怕他没要求哇！毕竟大佬如果愿意，完全可以搞死他们全部，想要什么直接拿，如今愿意跟他们交流，就表示不会撕破脸。而大佬要求的那一片地方虽有些灵山宝地，但与大多数修仙门派都离得比较远，因为临近魔域，风气也比较彪悍，如果能拿这一块地方和大佬交换他们的安稳生活，他们当然求之不得。

司马焦出门，廖停雁并不知道。他们也不是每时每刻都在一起的。她被司马焦指点了灵源，一大早就去找师父了。

虽然她觉得自己只是付出了一条项链——还是她不太喜欢的一条，但这事儿对谷雨坞来说是大事儿，所以季无端又带着她去找坞主和一群长老开会。听说她愿意拿出那么多灵源帮坞内渡过难关，众多长老热泪盈眶，一下子都忘记了对慈藏道君的恐惧，纷纷对着廖停雁一顿好夸，然后一群人簇拥着她前去后山实地勘察，告诉她灵源都会用在哪里，还准备给她单独划一块地作为小小的奖励。

"日后这一块山谷都分给你了！"坞主划出一大块地方。

廖停雁说："不了不了，给我师父吧，我不会种田。"

季无端说："也行，放在你名下，让你几位师兄帮你种，想种些什么与为师说就是。"

因为这件天大的喜事，谷雨坞又搞了一次大宴会。这次廖停雁提议改吃火锅，还是自带食材。廖停雁的那一桌上，各色各样的食材都摆不下了，养鸭子的师叔尤其大方，嫩嫩的鸭子堆了一堆。司马焦在宴会开始前往廖停雁面前晃了一圈，随后就回了幽圃泡水，廖停雁一个人吃吃吃。没了司马焦，所有人都莫名放松了，一直吃到了半夜才散场。师姐们拿出了许多自酿的烈酒，不知道喝倒了多少的师兄弟。廖停雁也多喝了点儿，有点儿晕乎乎的。

廖停雁走到幽圃后面的石潭边，见到了泡在水中的男人。司马焦睁开眼睛，看到她抱着脑袋坐在潭边看自己，她的眼神有些迷蒙。他伸出手，袖子带起的水化哗啦啦地响了几声，沾着水的冰冷手指在廖停雁脸上抚了抚。

"玩得开心吗？"

## 献鱼

### 下册

廖停雁清醒了点儿，点了点头，笑了一下："师兄他们种的菜、煮的肉都好吃。"

司马焦每次在水里泡着，见到廖停雁，总喜欢把她拉下水，但这会儿他没有这么做，而是用手描摹着她的眼睛。廖停雁觉得他的手凉凉的，十分舒适，用手摸了摸他的手背，把脸贴了上去，无意识地将鼻子往他掌心埋。

"醉了？"司马焦问。

廖停雁摇头："没有，喝得不多，师姐们没让我喝烈酒。"她说完，把捧着的司马焦的右手丢回水里，又去捞他的左手，"这手不冰了，换一只手。"

司马焦把手给她："嗯，醉了。"她不记得从前的事儿之后，很少这样主动地与他亲近。

廖停雁没有醉，只是夜色这样好，天上的明月那样圆，映在潭中，靠在水里朝她露出淡淡笑容的男人令人怦然心动，她想要更亲近一点儿。有时候，人不愿意承认是某个人撩人，便借口月色撩人。廖停雁摇晃了一下，踩进了潭水里，伸手搂住了司马焦的脖子，把脸埋在他冰冷湿润的怀里。司马焦反手搂着她，一手习惯地捏了一下她的后脖子，又去顺她的头发。

潭中的月亮在他们脚边，天上的月亮挂在潭边的桂树梢头。

潭水里有掉下来的桂花，廖停雁摸到几朵零星掉在手背上的小花，塞进嘴里嚼了嚼。

"你吃桂花吗？"

司马焦懒散地回答她："嗯……不吃。"

廖停雁拉着他的衣襟，凑上去亲他。

过了一会儿，司马焦捏着她的脖子把她捏开："太香了，这股味儿。"廖停雁噗噗地笑。

"你为什么总是看着我看一会儿就笑？以前也这样吗？"廖停雁忽然问。

司马焦挑眉："我有总是笑？"

廖停雁说："有哇。"

司马焦摇摇头，似乎是不太相信，但不想和她争执，于是只哦了一声："那就有吧。"

其实真的有。有时候廖停雁就很寻常地在那儿嗑瓜子，不小心掉了一粒，嗑开的瓜子仁落在地上，不能吃了，她露出一个有点儿丧气的表情，一转眼睛，就看到司马焦正在看她，他仿佛被她的神情逗笑了，露出一个短暂的笑来。有时候廖停雁跷着腿在看直播，忽然来了兴致，数大厨房里炖了几个蹄，不自觉地噘起嘴，就见到旁边的司马焦看着她笑了一下。有时候她只是换了一条裙子，转个圈，观察裙子飘起来的样子，也会发现司马焦在看着她微笑。可她以前只听人说司马焦是个心狠手辣的主，没听说过他爱笑。可能只有她知道这个秘密。

## 第十八章
## 如果严冬即将到来，他会给我留下火焰

两人在谷雨坞住了一段时间，日子平静极了。谷雨坞里没有什么纷争，不像其他地方。一群弟子总是聚在一起吃吃吃，廖停雁偶尔会听那些弟子提起外面很乱，说白帝山弟子争权搞得乌烟瘴气，被其他修仙门派占了便宜什么的。谷雨坞是修仙界最大的灵食原料供应地，一般不参与这些。廖停雁每天身在粮仓，都差点儿忘记自己的道侣其实是个魔域的魔主了。

"该回去了。"司马焦说。

廖停雁想了一下，恍然大悟："哦，对！红螺应该快要出生了！"

司马焦不是指这个，不过也没说什么，带着廖停雁回了魔域。在那之前，他还带她去了另一个地方。

"这里是?"

"秋叶岱山,寒沙萦水,岱萦山。日后,这里会建起宫殿,你可以住在这里。"

"可这里是魔域外面。"他这么随便就划了地盘吗?

"所以?"

"这块地盘?"

"属于你了。"司马焦点了点那望不到边际的山,"八千八百里,到孤群山脉止。"

廖停雁:想她在原本的世界,一套房都买不起,现在呢,这么大的地盘要用来干吗?她回到魔域了还在思考这个问题。

回到魔域,大黑蛇先来迎接。它跟着其他魔将去打南方三城,谁知道打下来回来邀功时,却发现祖宗不在,祖宗不知道去哪儿了,连带着新找回来的廖停雁也不见了,它待在禁宫简直待出了抑郁症。然后廖停雁拖着变小的犬系黑蛇,见到了红螺。红螺在孕体里就得到了各种灵药的浇灌,出生后没几天就已经长成了三四岁幼童的模样。

廖停雁最开始还没反应过来这小女娃是谁,被这孩子一把抱住腿,听见孩子喊:"天哪,天哪,天哪,我没想到姐妹你竟然这么厉害!我都没想到我还能复活,还是这么厉害的复活。天哪,我这是鸡犬升天了,哈哈哈!我简直爱死你了,再生父母,以后我认你当爹都行哪!"廖停雁依靠这语气认出了红螺。

廖停雁:这调调倒是和司马焦那簇童音火苗很有点儿相似,你认那火苗当爹可能更合适。


苟富贵,勿相忘。

这句话是从前廖停雁对红螺说的。那时候廖停雁还化名吕雁,在胭脂台当保安。红螺收入比她高,混得也比她好。两人交上朋友后,红螺就常请她吃饭,有时候见到了,红螺就会随手给她去个果子什么的让廖停雁尝鲜。在胭脂台那种地方工作,难免会遇到些危险。廖停

## 献鱼 下册

雁曾受过工伤，魔域没有员工保障或工伤赔偿，人情淡漠，还是红螺将她拖离战场。后来红螺还帮忙弄到了一枚不错的丹药给她治伤。廖停雁把这些都记得清清楚楚，如今见到这个活蹦乱跳、狂喜乱舞的红螺，也感到很高兴。

两人说起一些近况。听廖停雁说完自己和冬城大佬司马焦的故事，红螺拍着大腿："这是什么神仙爱情？老娘好羡慕哦！"

红螺说起自己的事儿，又气得拍桌："你不知道当时那两个弄死我的浑蛋技术有多差，想我修炼风月多年，御男无数，那两个能蝉联倒数第一。我都想着就是变成怨灵也要弄死那两个了。我没想到，你真的会帮我报仇。"红螺抿抿嘴，扑上去，抱了抱自己的这个朋友，"谢谢你。"

"好，不用谢。"廖停雁在红螺的背上拍了一下，抱着她站起来，"走，我带你出去逛逛。"

红螺立刻兴奋起来，坐在廖停雁怀里嚣张地大笑："哈哈哈哈，其实我死这一次也不亏嘛，你知道我现在的资质有多棒吗？你看我这张脸，真是天生的美人胚子，嘿嘿嘿，而且我现在还有个当魔域王后的亲爹！"

廖停雁说："你还真认我当爹呀，那司马大佬不就是你娘了？"

红螺一把捂住了廖停雁的嘴，紧张地左右看："嘘，被魔主听到这话，我会死的！"

廖停雁哈哈笑："哪有这么夸张，虽然外面都传他凶残，但他不怎么爱杀人。"她在他身边这么久了，就没见他动过一次手。还杀人呢，他连荤腥都不吃，去哪里找这么热爱和平的大魔王。

红螺感到一言难尽："娘啊，我的亲娘啊，你觉得魔主不可怕，那是因为你们是道侣。他对你没有恶意，你当然感觉不到他身上可怕的气息。我们都是后娘养的！他看不顺眼，说杀就杀了！还有什么'不杀人'，你傻呀，他杀了不让你看到呗。啧啧啧，不是我说，他也太讲究了。你又不是没杀过人，他老人家还怕吓着你了是怎么着？你当初跟我一起玩耍的时候可没有这么'娇弱'的。"

廖停雁说:"讲道理,朋友,如果身边有人替你动脑子,你还想自己动脑子吗?要是有人事事都帮你动手,你还想自己做?不存在的。"

红螺:好羡慕这厮躺着就能赢。

廖停雁带着红螺和绕在脚边转圈圈的黑蛇在禁宫里晃悠。

红螺说:"这就是传说中的魔主禁宫啊,外面传得可玄乎了,这样看,好像也没什么可怕的地方。"

廖停雁问:"感觉爽吗?"

红螺说:"爽啊!别人都不能来,我能来,看看这殊荣,我都能横着走了!不过你也太懒了,发达了竟然什么都不干,要换成我,我能带着大群魔将凶兽和魔主大摇大摆地回鹤仙城,让那些家伙看看老娘现在发达了,后悔死那些曾经看不起老娘的浑蛋!"

廖停雁刚想说什么,张开嘴,又闭上了。

她们不知道怎么走到了一处有两个魔将守卫的外围宫殿,那两人看了一眼怀里抱着小孩儿、身后跟着蛇的廖停雁,完全没敢阻拦,后退一步请她随便进。其实没准备进去的廖停雁看着他们迎宾的样子,就顺势走进去了。

司马焦竟然坐在殿内,他的面前有好些魔将在火焰里挣扎扭曲,最后那些魔将被烧成一片黑灰,而这样的黑灰在他面前的地面已经铺了厚厚一层。

廖停雁:哇。

司马焦在旁边站着的一群魔将里看了几眼,又点出了几人。那被点出的几人神情难看,有一人直接跪下哭着求饶,但还是被司马焦连着另外几人一起烧了。

很快,地面上的灰又厚了一层。

红螺看得汗毛直竖,不由得更紧地抱住廖停雁的胳膊,小声说:"娘呀,那些都是冬城的魔将吧?魔主说杀就杀了?瞧见没,你还说他不杀人,这叫不杀人哪?"

廖停雁说:"嗯……"

她们的声音虽然小,但司马焦很快将目光投了过来:"怎么到这里来了?"

廖停雁作势转身:"那我先回去了?"

司马焦朝廖停雁伸手:"过来吧。"

廖停雁只得拖家带口地带着黑蛇和见到司马焦后就抖成一团的干女儿一起走向司马焦。

那一群魔将和准魔将都看着她,又不敢多看她。

廖停雁坐在司马焦旁边,让红螺坐在自己腿上,这位刚才还指点江山的朋友这会儿一声不吭。

司马焦继续点魔将出列,看他那漫不经心的模样,廖停雁怀疑他是随机选的人,还可能是那种"小公鸡点到谁就是谁"的点法。她看到诸位魔将强撑着保持镇定的样子,忽然觉得这好像从前课堂上数学老师点名让人上黑板做题的场景,每一个没被点到的人都不敢大意,神情严肃,被点到的则如丧考妣。

没人试图挣扎反杀,被点到的都乖乖上前送死,廖停雁感觉有点儿奇怪,魔域的凶残魔将什么时候这么纯良了?她来得太晚,所以不知道,那一层厚厚的灰烬里,就有不少是绝望下试图反抗的,可结果如何呢?他们不还是成了一撮灰。

司马焦好像杀得差不多了,摆摆手,所有人又退了下去。这时候,幸存的人脸上都充斥着逃出生天的激动。

"那些是?"廖停雁看着地上的灰。

司马焦说:"我不在的这段时间里生出了异心的东西,我处理了一下。"

廖停雁感觉怀里抱着的红螺抖了抖,只好安慰地拍了拍红螺。

司马焦总算注意到了红螺,瞧了这小女童一眼:"这是什么?"

廖停雁举起红螺:"红螺,我之前想复活的那个朋友。"廖停雁想让红螺先在大佬这里露个脸、挂个号,免得哪天不小心被大佬顺手杀了。

红螺抽了抽小短腿:朋友,求你放下我,别让我直面魔主。讲真的,我现在有点儿怕。

司马焦没说什么,拉着廖停雁起身。红螺见机跳下去,跟在黑蛇后面自己走,再也不敢待在朋友怀里了。廖停雁被他抓着手,感觉他手心有些烫。这不太正常,因为他的身体总是凉凉的。她动了动手指,司马焦抓紧了些,扣住她的手指,不让她乱动。

廖停雁瞧他:"你杀人都是直接用火烧的?"可她以前听说,冬城大魔工司马焦最爱用手杀人,搞得鲜血淋漓才开心。

司马焦没回答这个问题,而是笑了一声:"他们对这奉山灵火的畏惧已经慢慢地被我刻在了骨子里。"

廖停雁说:"嗯?"

司马焦用拇指摸了摸她的额角,换了个话题:"我抓到了师真绪。"

廖停雁下意识地啊了一声。

司马焦问:"你想去看他吗?"

这个问题……一般来说,正确答案肯定是不想。但是想到这些年这个假哥哥经常接济自己,她觉得有必要去看一眼。

她清清嗓子:"我能回答'我想'吗?"

司马焦说:"想就去吧。"他说得很随意,并不在意,撩了一下廖停雁的头发让她去了。

看看他这强大的自信,她感叹他不愧是世界第一的大佬。

廖停雁果真去见了被关起来的师真绪。而在廖停雁离开后,司马焦冷漠地注视着红螺。红螺紧张地抱紧了旁边的黑蛇,心里忍不住想:娘呀,这个老祖宗不会是觉得我缠着他的道侣,很碍眼,想让我消失吧!

司马焦问:"会杀人吗?"

红螺说:"会的会的。"

司马焦又审视了红螺片刻:"我可以给你想要的一切,日后,我要你帮她做一些事儿。"

红螺点头如捣蒜:"可以,可以,可以,我可以!"

廖停雁不知朋友遭遇了什么,去见师真绪时发现他的情况还好,就是神情憔悴了点儿。

"哥?"看在师真绪曾借自己钱的分儿上,廖停雁还是这么喊他。

师真绪神情复杂,他带着一丝厌恶和警惕看着她,说:"既然你已经想起来了,为什么还这么喊我?你是在羞辱我?"

错了,她没想起来。廖停雁挠了挠脸。

也许从她脸上的神情中看出了什么,师真绪诧异地睁大了眼睛:"莫非你还未恢复记忆?既然如此,你怎么会投入司马焦的怀抱?"

廖停雁说:"因为爱情?"

师真绪一噎,这话真的没法接。师真绪脑中一转,忽而笑出来:"虽然要恢复你的记忆并不简单,但司马焦一定能做到。他不为你恢复记忆,你猜这是为什么?因为他有不想让你记起的东西,甚至他这段时间对你所说的都是谎言!他在骗你!"师真绪如今已经没有了任何办法,既然被司马焦抓住,总归只有一死。就算是死,他也要让司马焦不好受,如果自己能挑拨这两人的感情自然最好。

廖停雁没再说多什么,叹了一口气,离开了这里。她想起与师千缕、师真绪生活在一起的日子。他们总是试图说服她,生为师家人就要为了家族而牺牲,个人的喜恶与未来是没有意义的,只有一族一姓的永恒才有意义,所以她总不相信,还一度怀疑自己是不是身陷什么传销组织。可是,在一起生活了几年,他们对彼此真的没有一丝感情吗?她是有的,只是这种亲情不合时宜,也不能说,说了对谁都不好。

司马焦在外面等她。

廖停雁走过去,听到司马焦说:"我不杀他,但他将被永远囚禁在这里。"看在廖停雁的分儿上,司马焦可以不处置这个师家人的魂魄,让师真绪能正常地投入魂池转世。司马焦说完,用拇指擦了一下廖停雁的眼角。

"只有这一个,师千缕必须死,明白吗?"

廖停雁吸吸鼻子点头。她主动牵起司马焦的手:"我不能恢复以前的记忆吗?"

司马焦说:"你自己如果能想起来,就自己想。"

廖停雁又说:"我相信你。"

司马焦说:"不相信也没关系。"司马焦并不在乎这些。若是他喜欢的人,怎么样都没关系,他愿意做什么只因为他愿意。她信也好,不信也好,爱也罢,不爱也罢。

廖停雁静了一会儿,组织了一下语言:"道侣,双修吗?开灵府的那种?"她以为司马焦不会答应的,因为这段时间他从来没说过要灵府双修。她总觉得他好像在回避此事,可能是因为她失忆,他觉得不太安全?

司马焦却答应了:"如果你想,自然可以。"

廖停雁终于明白司马焦为什么不搞灵府双修了。她看到了司马焦的灵府,大地消失了,变成一片翻涌的赤红岩浆,火焰布满天空,灼人的焰火流浆铺天盖地。这是一个令她窒息的灵府,她甚至不能触碰那些火焰,她的神魂唯一能立足的只有一小块开着花的地面。

廖停雁失神地躺着,眼睛慢慢恢复清明。

她翻了一个身,哽咽了一下:"你的灵府糟糕成这样,换成一般人,是不是早就疼死了?"

司马焦将她转过来:"我是一般人吗?"

魔域最近的谈资就是冬城魔主司马焦的道侣,对于这位很少出现在众人眼中的女子,有人说她是魔修,也有人说她是从前修真界的弟子,各种小道消息传得满天飞。

原本的廖停雁是原冬城魔主麾下的细作,冬城内知晓她身份的人虽然不多，但也有那么几个，司马焦来到冬城后就找出了所有知道廖停雁身份的人进行询问。这位祖宗想知道些什么，用的向来都是简单粗暴的方法，所以等他一个个"询问"完，所有人就都报废了，包括原来那个冬城城主。这就导致有心人怎么查都只能查到廖停雁在鹤仙城的几年，还有一点儿对她从前在修真界的身份猜测，其余的像是无从查起的秘密，令人不由自主地对这神秘女子多了几分敬畏。

"神秘女子"廖停雁每日带着一个三头身的小女童红螺和一条人见人怕的大黑蛇在禁宫内外或者冬城里人少的地方溜达。她溜达了几回，城内又出现了一个谣言，说她为魔主司马焦生了一个女儿，先前有段时间她和司马焦都不在魔域就是司马焦因为不放心而带着她去了某个秘密的地方待产。

廖停雁："……"

红螺说："那个传说中的女儿是我吗？"红螺对那个让自己死、又给了自己新生的支浑族并不喜欢，于是跟他们恩怨了结后，就没有在他们族中生活，而是跟在廖停雁身边。她现在的身体是个刚出生没多久的小孩子，在这个世界上，红螺只相信自己唯一的朋友，当然是留在这个朋友身边比较安心。

让廖停雁觉得奇怪的是，司马焦听到这个谣言，竟然也没反驳，还反问："你不想要个女儿？"

廖停雁老实说："不太想。"虽然红螺往常管自己叫爹叫得很顺口，但那都是开玩笑，哪有真当父子的。

廖停雁不知道司马焦是怎么理解的，过了两天他就带了个看上去五六岁的男童过来。男童也是雪白的脸，黑色的眼睛和头发，穿着黑色的袍子，脸和司马焦起码有七分相似，像是个小一号的白雪公主。

廖停雁：你怎么回事儿？这是你的私生子？

司马焦对疑似他私生子的小男童没什么好脸，还是那张后爹一般的面孔，倒是小男童非常熟练地跑到廖停雁的脚边绕了一圈。看着他这熟练的动作，廖停雁心里有种诡异的熟悉感，她脱口而出："蛇蛇？"

事情很清楚了，司马大佬不知道怎么把他那个大杀器黑蛇弄出了个人身。但也就只有个人身，这小孩子好像不太会说话，只会哒哒叫。孩子仰着脸朝她露出个笑容——讲真的，那张和司马焦相似的小脸上露出这种无辜的笑容，给人的震撼太大了，有种莫名的可怕，比狰狞的蛇脸还恐怖。

"不要女儿，这个儿子如何？"司马焦问她。

廖停雁难以置信地看着他。请问您这脑回路是怎么长的？

司马焦按了一下她的脑门："带他出去转一圈。"

廖停雁赶鸭子上架，带着新出现的小男孩儿招摇过市，果不其然，立刻就有传言说她早年为司马焦生下长子，因为仇敌太多，孩子一直被司马焦秘密藏起来教导。

廖停雁：明明没有怀孕，却一下子成了二胎母亲。

黑蛇不能一直保持人身，他才刚掌握化形能力不久，还是被外力催熟的，经常克制不住变回蛇。他是蛇的时候，廖停雁还能只把他当个宠物蛇，可一旦什么东西变成人样，她就不由自主地把他当人，投注感情。

司马焦这几日不爱动弹，躺在一张玉床上，长发瀑布一样挂在床边，露在外面的手腕和脚踝几乎能和玉床的玉色融成一片。廖停雁去找他，看到他的样子，下意识地屏息，抱着变成小孩子的黑蛇蹲在床前看他。

司马焦闭着眼睛，伸手放在她脑袋上："干什么？"

廖停雁问："你是不是又偷偷搞什么事儿了？"她分不太清楚这个男人难受和不难受的样子，因为他疼死了也是这个死样子，心情平静也是这个死样子。

司马焦说："是做了点儿事儿。"他睁开眼，侧身看她，"怎么？"

听他说得非常随便，廖停雁摸了一下他的手，发现是冰凉的，稍微放心了点儿。她隐约明白，他身体冰凉的时候基本上是状态还行，要是热了，那就不太妙。

她放了心，想起自己的来意，把小孩的两只小爪子搭在床边，问他："你不给他取个名字吗？我以前好像就没听过你叫他名字？"

司马焦终于看了黑蛇一眼，这原本只是一条普通的小蛇，如今变成这样，几乎可以说就是司马焦在特殊情况下的造物。这蛇在司马焦身边许多年，一直很害怕这个主人，最开始并不敢在主人面前多待。对司马焦来说，黑蛇和死物唯一的区别就是黑蛇会动、会喘气，只是什么东西在身边待久了，都难免会有一点儿特殊。

"他没有名字。"司马焦说，"你可以给他取一个。"

廖停雁说："跟你姓还是跟我姓？"

司马焦说："你还真准备把他当儿子？"

廖停雁说："不是你自己说的吗？你之前是不是又在逗我玩？"

男人的嘴，骗人的鬼。

司马焦说："算了，随便取一个就行。"

廖停雁觉得有必要询问孩子的意见，于是低头问黑蛇："你想叫什么？"

黑蛇说："咝咝——"

廖停雁特别民主地说："行，那就叫丝丝吧。"

司马焦按了一下额头，又在床上笑得整个人都抽搐起来。

廖停雁看他笑，靠上去，将脑袋枕在他的头发上："双修吗？灵府那种？"

司马焦的笑声一停，他问："怎么，还没疼够？"司马焦的神情有点儿不对了，他看着廖停雁，"你以前也没主动要过，难道你就喜欢这种疼的感觉？"

廖停雁说："你为什么说得我好像一个变态？我很怕疼的，我这辈子最怕疼。"

司马焦说："那你就消停点儿。"

廖停雁有口难言。她可能是与司马焦有什么特殊的感应，最近总觉得他好像不太对劲，于是有点儿慌。他什么都不说，她就想：灵府双修的时候，或许我能自己找到答案。结果她被堵了回来。

廖停雁想了一下，把儿子捞起来走到殿外，推推他："去找红螺玩去。"然后她把殿门一关，自己嗒嗒嗒地走回去。她脑子里想着自己拍着床大喊"你到底修不修"的情景，走回去一看，发现司马焦坐起来了，他正在解衣带。他把外衣随手扔到了床边，然后躺回去。

"我不想动，你要来就自己来。"

廖停雁：大佬你怎么回事儿？别人家的霸道总裁都是"坐上来自己动"，你就这么疲惫吗？看你这么疲惫，我也好疲惫呀！

她走过去，扳着司马焦的肩摇晃两下："那你告诉我，你到底有没有事儿呀？你灵府里的火怎么回事儿，为什么会越烧越旺了？我觉得不太好，你是不是瞒了我什么？"

司马焦说："确实有点儿事儿没告诉你。"他满脸写着"你能拿我怎么样呢"，眼神就是那种大佬式的睥睨。廖停雁抓狂了，可能是上次被他灵府里的火焰影响了，有点儿暴躁上火。她狠狠心，直接开始扯司马焦的腰带。

什么"不想动"，他骗鬼呢？

廖停雁觉得要是下次再信了这厮的鬼话，自己就是傻子。

虽然司马焦有些异样，但他麾下的魔将为他建功立业的心仍没有减退。三个月后，魔域全版图被他们收集全了，整个魔域归于司马焦名下，他真正实现了魔域共主。同时，他追捕了许久的师千缕也被抓住了。

这一次廖停雁没去看，师千缕被抓来的第一天就由司马焦亲手处决，连人带魂消散得干干净净。窃取了庚辰仙府的统治权许多年，又在司马焦的追杀下流亡了近十年的师氏一族终于迎来终结。

但是师千缕死时，怨毒的诅咒之声有许多人听见了。师千缕说司马焦也终会死于火焰，会落得和自己一样魂飞魄散的下场。师千缕垂死挣扎，用一枚仙器刺穿了司马焦的腹部，司马焦的身体从伤口处开始燃烧，一时竟然无法停下，就仿佛他整个人都变成了一根易燃物，被师千缕的那枚仙器点燃了。这场景令所有的冬城魔将和新归附的魔将、魔主勃然色变。最终司马焦还是暂时控制住了火焰，只是神情难看，仿佛坚持不住。司马焦很快就关闭禁宫，闭门不出，将所有的事务都丢给了底下的魔将。

廖停雁听到消息，匆匆跑到殿内，看见司马焦手中沾着一点儿血，他靠在床上，面无表情地注视窗外。她扑过去要看他身上的伤，司马焦也没拦着，拿开手，任她随便翻。结果掀开他的衣服，她看到的是光洁的腹部，并没有伤口。

廖停雁问："伤口呢？"

司马焦说："没有伤口，师千缕早已废了，他伤不了我。"

廖停雁：好了，我知道了。这厮是故意的，要搞事了。

司马焦一个月没有出禁宫，廖停雁也是。被关闭的禁宫就好像一个牢笼，隔绝了外界的一切。

直到某日，外面喧哗大作。背叛者被钓出来了。

司马焦终于站起身。廖停雁正在嗑瓜子看直播，见状，也拿出了自己早早准备好的一把直刀，跟着站起来。司马焦有些温热的手搭在她的手腕上，捏了捏她满是瓜子味的手指，将她按了回去。他低声说："今夜你就坐在这里，看着冬城烧起来的样子。"他的语气有些古怪，仿佛带着嗜血的杀意和一些挥不去的兴奋。简单来讲，一般的反派 Boss 要干坏事时都爱用这语气说话，怪变态的。廖停雁看他没有要改变主意的意思，当真坐了回去。她看着外面一处又一处烧起来，冲天的火光将这一座雪白的城在夜色里映照成红色。

大火一直烧到天明。

廖停雁是在事后才从红螺那里听说那天晚上究竟死了多少人，光是魔将就死了几乎一半。那些刚打下来的城里，不少城主并不服气，现在他们也不用服气了，毕竟命都没了。

魔域是个很奇怪的地方，司马焦越暴虐，他收服的魔将就越对他忠心耿耿。他来到魔域后,已经杀了太多的魔修,这一次是最大规模的,好像是为了庆祝将魔域整个收入囊中所以才搞了个热闹的焰火晚会一般。也就是这一次,他才终于将那些人彻底震慑住了。廖停雁感觉他像在驯兽。她跟着他出门巡游了一次,所有的魔将看到司马焦出现或看到他的火焰,都下意识地感到恐惧,不自觉地臣服。

"人太多了,就不好管,现在总算差不多。"司马焦对廖停雁这么解释。

廖停雁指出:"可是你压根儿就没管过他们。"你只是不顺心就杀杀杀,把所有人都吓成了听话的小羊羔。

如果他一直在,自然不需要特地去管。司马焦揉着眉心笑了一下。

魔域外面那属于廖停雁的大片地盘很快建起了一座座城池,廖停雁更喜欢那边,于是司马焦带她去外面住,冬城的禁宫则空了下来。廖停雁感觉他们像是国家迁都,如今的都城是以她的名字命名,叫作雁城。不少魔修从魔域迁了过来,填充了这座城,而在这座城里生活的魔修按照魔域习俗,自动成为她的附属,要遵守她的规则。廖停雁都不知道自己怎么就莫名其妙地成了一个城主。

不知不觉,他们就在雁城过了七年。

廖停雁觉得自己好像和道侣遭遇了七年之痒。

司马焦最近对她有点儿冷淡,不拉着她一起泡水了,也不和她双修了。哪怕他每夜睡不着,眼睛里都是血丝,他也不愿意和她双修缓解。更夸张的是,他还在半个月前把自己关在了殿里,从那时起谁都不见。这个"谁"也包括了廖停雁。这些年来,廖停雁什么时候想见司马焦都可以去见,不管司马焦在做什么。可是这一回不行了,司马焦连她都拒绝见。

"你觉得这是感情问题?"红螺修炼的是特殊功法,几年时间她就已经长大不少,看上去像个十二三岁的初中小姑娘——当然说话的语气、神态还是老油条式的,"男人都这样,你管他想什么,'睡服'

他就是了，道侣嘛，有什么是双修不能解决的呀？"

廖停雁说："你这话有本事去司马焦面前说。"

红螺立刻一缩脖子："不了不了，你自己去吧，现在谁还敢去见他呀，会被杀的吧？他老人家越来越喜欢烧人了。"

前几天有个魔将从魔域过来，押着几个意图闯入禁宫的奸细准备交给魔主，结果那些人走到司马焦闭关的宫殿前面就烧起来了。那火焰无色，被烧的人都没反应过来。他们往前走了几步，身上的血肉就变成灰一直往下掉，走到台阶前时，被烧得就剩下一点点的人干砸在地上，瞬间变成白灰，场面又诡异又凶残。

能靠近那台阶的唯有黑蛇和廖停雁，但黑蛇到了台阶也不能继续上前，而廖停雁是唯一还能走到门口的人。

廖停雁坐在一根巨大的树枝上，望着司马焦闭关的那座宫殿，轻轻地蹙起眉，连红螺特意的插科打诨都没能让她展颜一笑。

红螺打量了廖停雁两眼，拍了拍手掌："你保持这个表情，最好再忧郁一点儿，嗯，带着清愁的忧郁女子。然后你可以去殿门前站着摆个造型，我敢保证，很快魔主就会从门里出来哄你。"

廖停雁：什么玩意儿？

红螺说："不行，这个表情不行，要刚才那个。"

廖停雁翻了一个白眼，躺了下去："算了，他想做什么就做吧。他那个性格，想做什么别人都阻止不了，这个一意孤行的暴君。我得等着他搞完了，他自己告诉我。"

今日的雁城风和日丽，天蓝得又干净又纯粹，白云堆成一团落在远处的山头，绿色的山林前段时间才谢了大片粉红的赤樱花，如今的新绿特别鲜嫩。赤樱果原本是魔域特产的，因为廖停雁喜欢吃，几年前司马焦令人将那些赤樱树搬到了雁城，因为长势不好，还请了谷雨坞的人前来帮忙种树。于是这些年每年春季，山上都是大片的粉色，再到了七月最炎热的时候，满山的赤樱果就能吃了。

雁城里住了很多魔修，也住了不少的仙修，都是这些年搬过来的。

因为廖停雁喜欢吃各种食物，城内最大的特产就是美食。前后左右十几条街分布着具有各地特色的美食店，尤其是廖停雁住的行宫外面，那里有最出名的美食一条街。

前些年，司马焦还常陪着廖停雁一起去街上吃东西。廖停雁吃，他就坐在旁边看着。他们偶尔会带上红螺或者黑蛇丝丝，带黑蛇的次数比较多。因为黑蛇在吃东西这方面和廖停雁像是亲生的，一个咕嘟咕嘟，一个就咕咚咕咚。

街上那些老板又害怕又激动，但后来习惯了，还敢和廖停雁搭几句话。他们发现传说中杀人如麻的魔主并不会随便杀他们——如果他们能做出廖停雁喜欢的食物，还能得到很多好处，要是特别满意，甚至会有稀有物品掉落，像高级丹药、术法、灵器之类的。这搞得不仅是魔修，很多仙修正道也跟着过来开店。正所谓富贵险中求，他们把店开到这里，令人送来最棒的厨子。廖停雁一度觉得自己像个能掉落稀有物的 Boss，招得各路人马一起过来刷。

这段时间司马焦闭关，廖停雁去美食街的次数少了很多。她大部分时间就躺在行宫后面的一棵树上。这棵巨树格外高大，这里的视野很不错，她能将整个行宫尽收眼底，能看到下面一格一格的坊市街道和那些种满了赤樱树的山。

这棵大树叫作香沉青木，不是普通的树。它会在阳光下散发出一种淡淡的香气，这香气能解郁清心，令人心情舒缓放松。那会儿他们刚搬来雁城行宫没多久，有段时间，可能是双修太频繁，廖停雁被司马焦灵府里的灼热火焰影响，总是感觉胸口闷闷的，所以司马焦让人找了这树种下。从那之后，每到天晴的日子，廖停雁就爱躺在这巨木之上，寻个视野很好的位置搭个窝睡觉。黑蛇丝丝也爱缠在树枝上。这家伙虽然能变成人身，但几年来丝毫没有要长大的意思，仍是那个小娃娃的模样。司马焦没看着的时候，黑蛇就更爱用蛇身，廖停雁也随他。

远处的天边飞来了一行巨翼鸟，它们飞成人字形，翅膀像云一样

# 献鱼
下册

白，翩翩落在雁城里。那是很多修仙门派喜欢驯养的一种灵兽，一般用来送货。比如这些，廖停雁就能认出来，它们是谷雨坞驯养出来的鸟，因为它们带着的都是蔬菜、瓜果和新鲜肉类，是那些师兄弟送来给她的。也只有谷雨坞的货才能直接飞进城里，不需要落在城外再从城门进入。

这几年，谷雨坞的不少人也终于知道了她的身份，魔域魔主的道侣。出乎意料地，大家都很和谐，没人敢闹事，至少明面上没人敢，还发展出了一个颇具特色的交换集市。

司马焦给她营造了一个舒适的、无忧无虑的环境。外物都无须忧虑后，她唯一需要担忧的就只剩下了司马焦这个人。她有时候甚至觉得这人是故意的，这个"心机男"。

廖停雁在树枝上睡了一天，晚上也没下去。她在半夜里迷迷糊糊地感觉到了什么，像是有一根细线轻轻地拉了拉她的心，让她从睡梦中自然地醒来了。她很熟悉的那个人影站在不远处。他在看远处的山和一片波光粼粼的湖。他背着手，长发和衣摆偶尔会拂过香沉青木的椭圆树叶。

他是吸血鬼吗，怎么老是半夜突然冒出来？廖停雁的脑子里忽然冒出这么个念头，她动了一下，突兀地回忆起了一个场景。

那时仿佛也是半夜，她被人从睡梦中唤醒，看到床边一盏雕花的灯在轻轻晃动。司马焦在她床边，整个人一半沉在夜色里，一半浸在暧昧昏黄的灯光里。

"行行好，祖宗，您别半夜叫醒我成吗？你回来了直接睡好吗？我给你留了位置。"她痛苦地瘫在那儿说。

司马焦说："不行。"她就顶着一张睡眠不足的脸卷着被子滚到了床内侧。

廖停雁愣了一下，不记得这事儿是在哪里发生的……这是她遗忘的那段记忆吗？

这时候，站在那里的司马焦回头看了她一眼："半个月没见我而已，认不出来了？"

廖停雁盘腿坐起来，看着他。他从树梢那边走过来，就像一只悄无声息的黑猫。

"你闭关完了？"

司马焦说："没有，出来看看你。"

廖停雁抓住他的手，他的手是温暖的，散发着正常人的热度。他正常了才是不正常。

"你不要泡水吗？"

"不了。"司马焦说着，捏着她的手腕，用另一只手顺着她的脸颊摸到耳后，最后停在后颈，将她拉得凑近了自己一些，"不高兴？为什么？"

你还有脸问为什么。廖停雁说："我感觉你在做危险的事儿。"

司马焦说："所以你担心我担心得不得了？想跟我闹脾气？"

廖停雁：这话她说不出口，脾气也闹不起来。

司马焦就笑，拉着她的手跳下去，两人像两只夜猫子一样在行宫的屋顶上散步。

黎明时分，司马焦准备回去闭关。他拉着廖停雁的手，在她戴着戒指的手指上亲了一下，随即放开她："让人给你找了一只漂亮的白毛灵兽，今天就会送到雁城。待会儿你自己去玩，玩得开心点儿。"他话音刚落，人影就消散了。

廖停雁在屋顶上站着，背后是刚露出一线明光的天。

"谁想要玩白毛，你这个臭黑毛。"她自言自语，觉得这日子没法过了。

今天雁城里又很热闹，魔将送来了一只异常珍稀的雪灵狐。这东西出于一些原因已经快要灭绝，不知道他们从哪里找来了一只，魔主特地让送来陪道侣玩耍解闷。

巴掌大的雪灵狐有又柔软又长的白色毛毛，黑葡萄一样水灵灵、湿漉漉的眼睛，又大又软的耳朵，一团蓬松如云的大尾巴和粉嫩的肉球爪子。毛绒小可爱简直是治愈良药，摸狐狸令人身心舒畅，就连黑蛇也沉迷摸毛团，甚至愿意为了更好地摸毛团每天保持半天的人身。这么一只瘦弱的雪灵狐，跟着廖停雁吃吃喝喝半个月，就从巴掌大胖成了篮球大，尖尖的小脸都变圆了不少。因为它的叫声是"昂"，它的名字就叫了"昂昂"。

廖停雁身边有红螺，有黑蛇，现在又多了一只雪灵狐昂昂，越发热闹。都说鸡飞狗跳，"狗"这个任务归了黑蛇，雪灵狐就只能充当飞起来的"鸡"，这两位的智商半斤八两，于是很有些棋逢对手的味道，每天在廖停雁身边上演追逐戏。

司马焦隔上十天半个月从那个宫殿里出来一次。他出来就会来找廖停雁，都是在半夜把她强行喊醒之后，陪她一晚，然后在早上消失。廖停雁都快怀疑他是不是把自己弄死了，现在他已经变成了无法在白天出现的幽灵之类的。

"让人给你驯养了一些逗趣儿的鸟儿，等会儿运到了，去看吧。"像露水一样消失之前，司马焦留下这么一句话。

这个白天，雁城就飞来了很多的白鸟。这是一群体态优美的鸟儿，最大的特色是能短暂地幻化成人形，披着羽衣在天空中跳舞。

廖停雁：这不是个歌舞团吗？

司马焦不知道什么时候让人给她搞了这么一个歌舞团，只要摇晃铃铛，这群栖息在附近的幻鸟就会从山林中飞起，来给她跳舞、唱歌，哄她开心。

第三次出关看廖停雁的时候，司马焦忽然问她："把谷雨坞搬到雁城附近如何？"

廖停雁捏住了他的嘴："你是觉得我过得不够热闹吗？"

司马焦拉下她的手，把她的手握在手里："过得热闹不好？你不是挺喜欢的。"

廖停雁看着他半响，伸手抱住他的腰："我能进你的灵府看一眼吗？"

司马焦把她抱起来，抵住她的脑门敲了两下："不行，你现在进来，神魂会被烧。"

那怎么可能？他们两个互进灵府那么多次了，她怎么都不会被烧的，除非臭大佬疯到去烧他自己的神魂，才会连带着她的也会被烧……不是吧。

廖停雁扑上去磕司马焦的脑门，张牙舞爪："让我进去！"

司马焦用一手扣住她的手，又绊住她的腿，顺势压着她的脑袋，把她埋进自己怀里。廖停雁挣扎半晌都挣扎不起来，瘫在他身上，听到司马焦胸口笑声振动，顿觉悲从中来。真的，这日子过不下去了，司马大佬不知道出于什么原因似乎在找死，她怀疑自己要变成寡妇了。司马焦倒是挺开心的，笑了半晌都没停。就他这个态度，实在不像是会发生什么了不起的大事的样子，廖停雁有些迷惑，不知道他究竟在做什么。

这年冬天，最冷的时候，司马焦彻底出关了。他在廖停雁身边待着，和以前似乎没什么不同。一场大雪下了三天四夜，雁城都变成了白色，有些像魔域里面那个白色的冬城。

司马焦在夜里把廖停雁摇醒了。

"干吗？"廖停雁迷糊地问。

司马焦点头："可。"

可什么可？廖停雁感到莫名其妙，然后衣服被解了。

廖停雁：等一下，请问这因何而起呀？

司马焦抱着她走进那一潭碧色的潭水里。这里曾经开着血凝花，养了一簇火焰，但廖停雁很久没看到那簇火焰了，也不明白为什么要来这里。她来不及想，只下意识地抱着司马焦的脖子，试着将额头贴在他的前额，半途中被司马焦用一只手捂住了。

"不行。"他的手心炽热，先是捂着她的额头，然后往下移，遮住了她的眼睛。廖停雁一边抽气，一边抓他的胳膊，感觉唇被堵住，温热的液体被渡过来。那像是什么香甜浓郁的汁水，一进到身体里，温暖的感觉就涌上四肢百骸。廖停雁在沉沉浮浮间感觉自己的修为突然一节一节地拔高，正在以令她惊恐的速度突破。

廖停雁说："等……等一下，你……给我……喝、喝什么……"

司马焦只是在她耳边笑，牢牢地捂着她的眼睛，也不说话。廖停雁有点儿怒了，心说：这厮又搞什么幺蛾子？她扭头不想喝，可是司马焦的手紧紧地钳着她的脑袋，她根本无法动弹。只要他想控制住什么人，没人能挣脱。但廖停雁还是第一次受到这种待遇，往常她不愿意的，司马焦从不逼她。

她被迫咽下嘴里渡过来的液体。如果不是没有血腥气，她都要觉得这是血了。随着这些液体涌进喉咙，她感觉好像整个人被抛进了火海，连脑子都被烧成一团糨糊。明明身在水池里，那些水却没有给她带来一丝凉意，相反，它们都像是变成了火焰，在往她身体里钻。

外面响起雷声，非常响亮的雷声几乎炸在头顶。廖停雁一个恍惚，感觉神识挣脱了司马焦的控制，飞了起来。外面狂风卷雪，雷云堆卷，电光乱舞，她还听到了不少嘈杂的喊叫声。雷迅速而愤怒地砸了下来，廖停雁感觉到了这雷中的恐怖力量，带着某种不可言说的意味，她借由现在这个状态感应到了一些，不由自主地瑟瑟发抖。

司马焦将她按进怀里，放了捂着她的眼睛的手。廖停雁抱着他的脖子，睁开眼就看到他的胸膛破开了一个大口子，里面流动着的血是金色的，没有血腥气，只有一点点花香一样的香气。那是她刚才喝的东西。廖停雁一时间气得想揍这男人一顿，同时又为他身上的这个伤口心惊，伸手就堵了上去。

"不用。"司马焦亲昵地在她头发上亲了亲，"马上开始了。"

"马上开始什么，你这浑蛋倒是跟我说呀！"廖停雁实在忍不住尖叫。这人究竟在做什么天打雷劈的事儿？那雷里带着的气息已经异常可怖，她要被这男的逼疯了。

看着她气急的表情，司马焦却大笑起来，勾起她的下巴，又给她渡了变异的血。廖停雁咬他的舌。她逮到什么咬什么，想一脚把他踢到十万八千里外。司马焦按着她的后颈,寸步不退。

"我从生下来就承受着各种疼痛,你给我的这一点儿,不疼不痒,知道吗?"他放开廖停雁,用拇指擦擦她的唇,低声说。

廖停雁感觉自己身体里的血沸腾起来,快要烧着了。她痛苦地问:"你究竟……在做什么呀?"

司马焦凝视她,眼神很温柔——又温柔又疯狂。他说:"我把奉山灵火炼化了,炼进了我的血肉神魂,再过一会儿,这些就都属于你。"

奉山灵火是神火,它在司马一族一共被炼了六次。上一次是司马萼,为了将灵火炼成纯净之火让司马焦能融合,她献出了身体和神魂,被火吞噬得什么都不剩。而司马焦是这一族中唯一将灵火炼进身体里的,也是唯一用自己的身体再生生把这火炼化的疯子。

"放心,不会疼。我把这火留给你,以后这世间再没有什么能伤害你。我的仇敌都被我杀完了,我留给你的都是你喜欢的东西和人。"

"为什么呀?你好好的,干吗要这么做?我又不想要……"廖停雁感觉自己流下了眼泪,但是眼泪刚落在脸颊上就被高温蒸发了。都这么烫了,她怎么还没熟呢?她怎么没烫死面前这个自以为是的大猪蹄子?

司马焦捂着她的脸:"我本来就不能长久,不能长久的人才会像我这样疯。你最清楚,我的灵府里有终年不熄灭的火,它给了我超越一切的力量,也会夺走我其他的东西。"

当初在庚辰仙府,他吞噬了师氏一族多年炼出来的一簇新火,又几乎透支了自己所有的灵火,烧毁了庚辰仙府的内核和师氏一族大半的修士。从那之后,他的身体就产生了崩溃之兆。

强大是有代价的。司马一族注定灭亡,他会死。他死了,身体里的火也会跟着熄灭。可他不甘心,也不放心。所以他尝试了很多年,现在终于成功地把自己炼成了一根"烛"。当他的身体燃尽,神魂烧灭,他就可以将这火改头换面送给廖停雁。从今以后,她就是第二个他,能拥有超过一切生灵的力量,而不用承受火焰带来的痛苦。这是一簇真正新生的火，不再是奉山灵火。

"天要我死，可我不想把这条命给它，这世间我唯独爱你，自然要给你。"

廖停雁只觉得浑身难受，眼睛都红了。她难受地咬住了司马焦的手，想狠狠地咬掉他一块肉。他身上的灵气疯狂地涌进她的身体里，碧绿的潭水里闪烁起红色的光，这是一个复杂的阵法，这阵法将他们两个相连。

雷落下来，落在潭边，却怎么都砸不到两人。

廖停雁在这火烧般的痛苦中忽然记起一个陌生的场景。那也是漫天的雷和电，她仰望着司马焦的背影，看他挡在自己身前撕开了落下的雷，像个顶天立地的英雄，就是紫霞仙子说的那种，会踩着七色云彩的盖世英雄。

呸，什么盖世英雄！她气哭了，抓着司马焦的手，不停颤抖。她说："你等着，等你死了，我就是继承了无数遗产的富婆。你一死，我就养几百个野男人！"

司马焦在雷声中大笑，捏着她的后颈，靠在她耳边说："不会有别人了，你这辈子都忘不了我。"

是呀，她一辈子都忘不了司马焦。可这世上怎么会有这么让人又爱又恨的男人？

"你想得美，你想怎样就怎样吗？我偏不让你如意！"

## 第十九章
## 我把你留下，我把你找回

雁城的一天从宫城外面那条街道散发出的各种食物香味开始。这些年，雁城里的美食店铺与酒楼越来越多，所有人都以取得廖停雁的青睐为荣。雁城城主兼魔域魔主廖停雁是个和前任魔主司马焦完全不同的主儿。她没有神鬼莫测的脾气，也不暴躁易怒，很多情况下她非常好说话。

可是谁都不敢小看这个好说话的魔主，只要她还拥有灵火——那个曾为司马焦所有，令人闻风丧胆的灵火——就没人敢挑战她的权威。

司马焦死了这么些年，有一些风言风语传出来。比如说，关于当年魔主司马焦不明不白的突然死亡，所有人都觉得那样的人物不会轻易死去，除非是他身边最亲密的人对他下手，所以一度有传言说是廖停雁为了夺取灵火杀死了司马焦。这个传言传得有模有样，兼之廖停雁使用那火杀了几个有异心要闹事的魔将，魔域上下就理所当然地将对司马焦的畏惧转移到了廖停雁身上。

这样心狠手辣又有手腕的，甚至能依靠心机杀死了司马焦，夺取权力的女人，绝不可小觑。

被认定为魔域最有城府和心机的女人的廖停雁，此时正泡在池子里消暑，满脸郁闷地发出"我要死了"的声音。

红螺穿过一条林荫路，转过一片一人高的花墙，来到一处半露天的灵池边。她看见泡在水里的廖停雁，上前趴在玉栏杆上喊："你今天泡够了没有，早餐要不要吃啦？"

"要，要吃，等我一下。"廖停雁挣扎着从水池里爬出来，拖着浸透了水的一头长发和一身睡裙，脸白得像个水鬼。

廖停雁在屏风后换了衣服，梳了头发，一边给自己涂口红，一边抱怨："这破火我真的服了，又疼了我一天。"

红螺坐在一边感叹："这，就是拥有力量的代价。"

廖停雁愤愤地一砸梳妆台，想起如今不知道在哪个犄角旮旯里的司马焦，更是气不打一处来。

想当年司马焦因为过度使用自己的血脉灵火，还随便融合了师氏养出来的新火，把自己的身体搞崩溃了。然后他突发奇想把自己炼成了一根蜡烛，想要燃烧自己的血肉和灵魂，将炼化的灵火传给她。

廖停雁当时被他气得脑子发热，顺势夺取了他的力量，然后主动结束灵火传导，把他才燃了一点儿的神魂强行从引渡的灵火里揪了起来。火最后还是传递成功了，但是没有了司马焦大部分的神魂做引，差点儿把廖停雁给活活疼死。虽然后来她不会每时每刻都疼了，但也留下了后遗症。廖停雁每月总要疼上一次，每次疼那么几天。除了其间不流血，这简直就是标准的"大姨妈"周期。

她来到修真界，好不容易当上了没有经期的女修士，原以为"大姨妈"就永久性地离开了，没想到还被司马焦这个大猪蹄子活生生地搞出了个新的"姨妈期"。这些年里，每月到了这几天，廖停雁就疼得死去活来。那种被烧灼的疼让她非得泡在水里面才感觉好一些。每次漂在水里，她都觉得自己已经是条死鱼。

至于那个被她突然爆发要死要活地强留下来的司马焦的神魂，因为之前被那大猪蹄子作死用来炼化灵火，变得有些脆弱。廖停雁不得不立刻动用寄魂托生之法，选个适合的孕者送他重新去投生。当初司马焦为红螺寄魂托生，廖停雁围观了全程，因此也知道该怎么做。

只是这寄魂托生还有个问题，若想成功，最好要托生在有血缘关系的孕者身上，可司马一族的其他血脉被司马焦自己杀了个干干净净。另一种方法就是和红螺一样，抽选与他的神魂能最大程度融合的胎体。当初红螺能迅速挑出适合的身体是因为红螺的神魂并不强大，合适的人有不少。换了司马焦就不一样了，他的神魂哪怕有损伤也不是随便什么胎体就能融合的。廖停雁根本找不到适合他的孕体，无奈之下，只得把他的神魂用秘法裹住投了出去，让他能有所感应而自动寻找适合的孕者和胎体。

可是也因为这样，廖停雁如今根本找不到司马焦，不知道他到底投身在世界的哪个角落。她不知道生下他的孕者在哪里，所以也没有趁着孕者生下他之前让人吃还魂丹。没了这个外力帮助备份记忆，廖停雁都不知道靠他自己能想起来多少东西。

十七年过去，廖停雁派出了无数魔域修士寻找司马焦的下落。这是个大工程，她找了十七年仍旧没找到。庚辰仙府里曾经有过很稀薄的司马氏血统的人首先被廖停雁筛了一遍，然后就是那些大门派里出生的很有资质的孩子，她把魔域和修仙界翻了个遍也没寻到。她的网越撒越广，司马焦仍然没有消息。

红螺知道廖停雁的心病，看见廖停雁露出这种神情，就知道廖停雁肯定又想起了司马焦的事儿。

"急什么？反正急也急不来。这都多少年过去了，人肯定早生下来了，没有找回来就说明他没有想起来，或者离得太远回不来。现在我们都开始翻找那些遥远的凡人世界的乡村角落了,估计很快能找到的。"红螺照常安慰廖停雁。

他们搜索的范围越来越广,已经到了大陆最边缘的凡人世界。

廖停雁之前还做梦,梦见司马焦变成了一个乡村里的黑脸农夫。农夫皮肤黝黑,身材粗壮,说着一嘴土味情话。她还梦见过司马焦变成了一个到处流浪的乞丐,被其他的乞丐欺负,他那个破脾气忍不了,他和人发生肢体冲突,一怒之下打死了对方,最后被关进了牢里,不见天日。

如果真是这种状态,她要怎么才能找到这祖宗?这也太惨了吧。

廖停雁和红螺一起带着在外面玩耍刚回来的黑蛇和雪灵狐去吃早餐。

虽然司马焦让人糟心,但就如他离去前所说的,他留给她的东西都是她最喜欢的。所以在没有他的这些年里,她的生活依旧过得非常平静,也并不缺人陪伴。总而言之,她所有的苦恼和不顺心都只因为司马焦这个历史遗留问题。

廖停雁去吃早餐的时候受到了所有食铺老板的热烈欢迎,她习惯了那些殷切的注视,随便选了一家最常吃的食肆。于是这些老板就像争宠的妃子一样,被选中的老板得意非常地将她们迎了进去,其余人或唉声叹气,或重整旗鼓,准备明天再战。这是雁城每日都会上演的一出戏码。

廖停雁吃到一半,外面忽然响起一阵喧哗。一个风尘仆仆的魔修找了过来,停在食肆门口。

"魔主,在南大陆搜寻的魔将大人送来最新的消息。"魔修异常兴奋地来到廖停雁身前行礼,"魔将大人说,这次绝对就是那位的托生了。不仅您做的魂灯有反应,非常巧合地,那位还是从前的名字,据说连容貌也相似!"

廖停雁听到这里,手一抖,一枚皮薄馅大、晶莹剔透的水晶小笼包掉在了桌上。她忍不住骂了一声,霍然站起:"带上人,我们走!"

人在南大陆的扈国。南大陆那边灵气甚少，因此也很少有修仙门派在那附近。那边几乎都是凡人，修仙者在那边变成了传说中的存在，普通人都没听说过。那祖宗真的跑到那种偏僻的地方去了？

廖停雁也顾不得其他，心潮澎湃地立刻出发，到了扈国境内了才想起来细问："人究竟在哪里，现在是什么身份？"

来报信的那个魔修也是才想起来，好像魔将大人的信中都没有详细说。

"算了。"廖停雁摆手，"先就近找个地方停下休息，然后将祈氏魔将召来询问便是。"

为了避免在扈国这个普通人的国度里引起恐慌，廖停雁一行人伪装成普通人，坐着寻常的马车，进入了最近的城镇。

恰逢扈国的端夏节，整个溧阳郡都非常热闹，城外的河上还有人在赛龙舟。廖停雁看着人群，见人人手拿艾草，头上插着类似菖蒲的花，手上系着彩绳，顿时觉得很是亲切，这个节日就跟原来世界的端午节一样。她在修仙界不知多少年了，都没见过人们过端午节，不由得停下来多看了几眼。

只看了几眼，她便放下了车帘。算了，还是先找司马焦要紧。

湖边的一条游船内，溧阳郡守魏显瑜弓着腰，小心地对面前的人说："陛下，这里人如此多，您万金之躯，又只带了这么些侍卫，可不能在此久留。为防意外，您还是早些回臣下府内歇息吧。"魏显瑜说着，不断去偷瞄那位陛下的神色，生怕自己的话惹怒了陛下。

他们这位陛下名为司马焦，十六岁的年纪，残暴之名无人不知、无人不晓。若不是先王只留下这一个子嗣，司马焦无论如何也坐不上这王位。也不怪朝中几位老臣暗中叹息，说这位君主有亡国之相，必是亡国之君。

这位陛下不喜朝政事务，又且小患有头疾，十分不耐听人讲书。十二岁时，陛下还提剑杀了他的一位老师，很为朝臣诟病，结果敢于

# 献鱼
### 下册

诟病他的朝臣都被他杀了个痛快。

自古便是仁善之君易被朝臣拿捏,反而是昏君暴君之流一意孤行,为所欲为,更令朝臣惶恐。

陛下年岁渐长,越发不喜欢长留宫中,时常带着护卫随心前往各郡。名为私访民情,实则谁都知道这位陛下只是嫌无聊,才会如此兴师动众,不顾朝中反对之声,离宫游玩。这次他干脆抛下春祭来到溧阳。

魏显瑜这个溧阳郡守做了好些年,心中想什么,面上不显,这些时日尽心尽力地照顾陛下玩乐。今日城外热闹,陛下要看龙舟,魏显瑜也安排妥当,还特地准备了些美人在湖岸边表演歌舞。只是到了地方,也不见陛下对龙舟有多么感兴趣。陛下坐在船边,百无聊赖地摆弄着腰间一块玉珏。

眼看陛下这一坐就是大半日,魏显瑜一直站着伺候,有些受不住,背后汗湿,腿脚酸疼。魏显瑜养尊处优惯了,怎么受得住这个?只好试探着开口,想着先把这位陛下劝回去歇息,自己也好松快松快。

十六岁的陛下,面若好女,脸若粉敷,黑发乌眼,端的是一副好相貌。只是面上莫名带着一股戾气,看人时总有种仿佛能看透人心的沉郁森然。陛下似乎没有听见魏显瑜说的话,不知在想些什么,神情波澜不惊。

"陛下……"魏显瑜长居溧阳,与这位传言中的暴君相处不多,见陛下不理会自己,忍不住试着再劝。

那好好坐着的司马焦毫无预兆地忽然一拂袖,看也不看,将桌上一盏茶甩在了魏显瑜身上。茶杯砸了他的脑门,还淋了他一身的茶叶,魏显瑜连眼角都在抽搐,却什么都没敢说,低下头去,掩饰神情。

就在这时,魏显瑜看到司马焦站了起来。陛下一把撕开挂在窗上的半透明绣花锦帘,往外看去,目光仿佛在追寻着什么。挂帘子的玉钩和流苏掉在地上,玉珠在地上弹动,滚到了一边的茶几下。

不只是魏显瑜,连伺候在陛下身边的几个宦者见状,都面露诧异之色。

其中一人紧张地咽了咽口水，上前轻声说："陛下，您怎么了，可是在找什么？"

司马焦忽然按了按额心："方才路边有一个坐着华丽马车的女子，去为孤找到她。"

"什么？他现在是扈国的陛下？"廖停雁先是惊讶，随后又觉得理所当然。她早觉得这祖宗像个暴君，如今可算是实至名归了。

可是现在她要怎么办？她是直接把司马焦抢回魔域，还是先接近他，试试他的记忆有没有恢复，再慢慢告诉他以前的事儿？

黑蛇留在魔域震慑下属，没有跟来。廖停雁身边只带了红螺和一群魔将魔修。

红螺说："当然是先把他带回去再说。现在他就是个凡人，又不能反抗，你不是正好将他带回去，想怎么样就怎么样。还有，得再让他修炼。哪怕身体资质不好，以那位祖宗的悟性，也一定能修出个样子。"

廖停雁听着，却久久没有说话，有些出神。

她们暂时落脚的这个庭院，长了大丛的栀子树，浓绿的叶和白的花正好就在窗外。廖停雁看着窗外的花发了一阵呆，忽然说："不，就让他留在这里，我不把他带回魔域，也不要他修炼。"我想让他当一世普通的凡人，也只能这么做。

红螺很不能理解，睁大了眼睛："不让他修炼？凡人短短几十年，难不成你还真的要看他过完这几十年，然后就这么死了？到时候你怎么办？"

廖停雁想说：我从前也是凡人，我也没想过自己有一天会拥有更长久的生命，我其实是并不想活得那么久的，久得令人害怕。只是这十几年，她就已经觉得十分疲累了。

凡人很好，几十年的人生也足够了。也许对司马焦来说，身为普通人才是他最幸运的事。他本来是要神魂俱灭的,是她强行把他留了下来,如果她还一定要追求长久,似乎太过贪心。

她没说话,但看了一眼红螺,红螺就明白,廖停雁不会改变主意了。在固执这一点上,廖停雁和司马焦很有夫妻相。

红螺虽然仍不能理解廖停雁在想些什么,但也没法劝,只能指出目前的问题:"既然你不想把他带走,那你就要留在这里陪他了。可你要用什么身份接近他?之后要怎么做,你想好了吗?你找了他这么多年,总不是偷偷在一边看看他就够了的。"

那肯定不行。这确实是个问题。

廖停雁思考片刻后说:"不然这样,你看,我用术法给他做一个梦,然后入梦。"不是常有那种做梦梦见漂亮的姐姐然后就一见倾心的故事吗?廖停雁又想起了《洛神赋》,临时发挥,准备套个流传千古的模板:"梦里的场景就是他在水边游玩,突然看到一个凌波仙子站在河边,他一见之下,惊为天人。"这样让他做几次梦,廖停雁再找个机会在现实中重现这个场景。这对廖停雁来说还是很简单的。出场就是神女,格调这么高,以后要是廖停雁显现出什么特殊的地方就能直接解释了,赞。廖停雁满意地点了点头,觉得这个方案非常有神话特色。

红螺说:"我感觉这不太靠谱,姐妹,你真的要这么玩吗?"

廖停雁说:"这种属于基本路数,能有什么问题?"

两人细细讨论了一阵如何假装仙女下凡,怎样切实有效地迷住一个暴君,忽听外面有魔将传声说:"魔主,外面来了一队凡人士兵。"

什么士兵?他们可是刚来这里,还什么坏事都没来得及做,怎么会被士兵找上门来?莫非是因为他们没有办入城许可,或者还没做好假身份,结果被查了?可是,现在的这些凡人国家户籍管理这么严格的吗?

廖停雁见到那一队带着卫兵的人之后,更加茫然了。因为那带着士兵的人是个细声细气的小白脸,而他不是来查黑户的。小白脸带着笑对坐在主位的廖停雁说:"我家郎君在河边见到女郎一面,心中牵挂,于是令我等前来寻找女郎踪迹，还望女郎随我前去见过我家郎君。"

女郎是扈国专对未婚年轻女子的称呼，郎君则用以称呼男子。

廖停雁：明白了，原来她是走在街上碰到了色狼。人家看中了她的相貌，所以才让人找上门来，想要强抢民女。看这些士兵，对方可能还有点儿来头。她竟然还能在有生之年碰上这种剧情？老实讲，廖停雁都快忘记自己还是个大美人的设定了。

红螺和其他充作下人护卫的魔将和魔修闻言，也是面面相觑。这个……廖停雁从前是世界第一大魔王司马焦的道侣，后来她自己就成了魔域魔主，谁敢看上她呀？就是看上了也不敢说呀，他们哪里晓得会生出这种事儿。

可能因为实在太离谱，廖停雁竟然都没觉得愤怒，只有旁边一伙儿身材高大又长得凶神恶煞的魔将露出被冒犯的凶狠神情。哪里来的小浑蛋，敢觊觎他们老大？抽筋！扒皮！炼魂！

也许是察觉到了他们的不善，那先前还有着高傲姿态的白脸男人，这会儿腿发颤，说话都不自觉地哆嗦起来："我们郎君，并非普通人，若是女郎愿意，通天富贵唾手可得……"

廖停雁想笑："哦，多大的富贵？"

白脸男人又稍稍挺直了一下腰板："我家郎君，姓司马，来自燕城。"

燕城是王都，司马是国姓，能用这个姓氏的人现在只有一个，就是扈国国君司马焦。

廖停雁：谁？你跟我说谁？

"司马焦？"

白脸男人的面色一变，他喝了一句："大胆，不可直呼君王名姓！"

红螺和魔将都陷入了沉默，这回没人发怒了，他们都觉得不太真实。

廖停雁：我确实还没来得及造梦搞人设吧？

在奇怪的沉默中，红螺拍了拍廖停雁的肩，小声说："嗯，那什么，千里姻缘一线牵，珍惜这段缘？"

廖停雁突然反应过来：司马焦！他变成了一个在路边看到漂亮女人就要让人上门强抢的浑球了！他这么熟练，说不定不是第一次干！司马焦！你死了！我跟你讲，你要死了！

廖停雁上了来接人的马车，沉默地前往溧阳郡守魏显瑜的府邸。她想着见到司马焦后要怎么出气，是照着他的小白脸呼一掌，还是一脚先踢飞他，或者先说几句再动手……

等到真正再见到他那张熟悉的脸时，廖停雁却觉得自己无法动弹。她只定定地看着他，心里涌起很多没什么头绪的情绪。她想起一句诗：人间别久不成悲。

人间别久不成悲，乍相逢才悲。千言万语，一时不知从何处说起，廖停雁望着坐在那里漫不经心地看过来的男人，看到他的眼睛，她的眼泪瞬间下来了。她想说：我找你好久。她还想说：我常常做梦，梦见你却很少。她还想骂他，狠狠地骂他，更想过去抱抱这个好不容易找到的人。可是不管是亲是骂，她都没办法做到，只能像被定在原地一样看着他，泪流满面。

司马焦原本坐在那儿，没什么表情地看人哭。后来手里把玩的玉盏掉在地上碎了，他站起来，走到廖停雁面前，略显粗鲁地用拇指擦去她的眼泪："你哭什么？"他烦躁地看了一眼旁边带人来的侍从："我让你们去找人，没让你们抢人。"

内侍被他那一眼看得惶恐不已："陛下，这位女郎真的是自愿来的！"

自愿来的？自愿来的会哭成这个死了夫郎的样子？

司马焦简直被哭得头疼，迟疑了一下，捻了一下手指上残留的泪痕，觉得自己的头疾好像要发作了，眉心一跳一跳地疼。

廖停雁哭着哭着，找了一个位置，扶着榻上的一座小几坐下。

按着眉心准备爆发的司马焦：你怎么那么熟练？

扈国国君司马焦从幼年开始就少眠多梦。

他常有许多乱梦。那些梦大多没什么具体意象，只有大片的红色天空，鲜血和火焰，偶尔还有黑黢黢的宫殿和压在头顶的锁链，令人备觉压抑，就如同曾经那些教训他的老师一般——他们给他的只有冗长的说教和带着轻蔑与排斥的眼神，令人感到不快。

只是，偶尔，他也会梦见一个人，一个女人。

有时她坐在山溪边，赤脚踩着水，伸手折下头顶一枝鲜嫩的绿叶，随意地让绿叶在清澈的溪水中拂动。阳光落在她的脚踝上，落在她的长睫和面颊上，落在她挑起水花的手指上。他在梦中感觉到非常平静，甚至带着柔软的情绪注视着这一切，仿佛也通过这个梦感觉到了那溪水的冰凉。

有时，她躺在一团柔软的锦绣被褥中，陷入软绵绵的包裹里，像是一枚裹在糕糖里的蜜枣，带着点儿香甜的气息。她偶尔会翻一个身，将手伸出来，搭在床边，而他在梦中会抬起她的手，一一捏过她的手指。

还有的时候，她在梦中对他流泪，仿佛他伤了她的心，令她在梦中都不得欢趣，她非得对他垂泪，逼得他无处发泄心中痛楚才够。

梦中那个人的脸随着他的年纪增长而越发清晰，也越发生动，只是，她究竟是谁，这个问题困扰了他好些年。

"你是谁？"

"廖停雁，我是廖停雁。"与他相遇的时候，她就是廖停雁了。

司马焦站在廖停雁身前，伸手摩挲她的下巴和脸颊，手指带着微微凉意，看着她的目光中也有许多探究。廖停雁已经哭够了，终于从久别重逢的情绪里恢复了过来。她坐在那儿，仰头看司马焦，像是注视着时隔多年再次开放的花，澎湃的心潮退下后，海浪仍然一下又一下地拍在沙滩上，激起小朵的浪花。

如果不是旁边还有许多人在看着，她可能会忍不住也去摸一把他的脸。

嗯……是这样的，她仔细地看了一下，目前这位陛下还是位小

**献鱼 下册**

陛下,十六岁的模样和她从前熟悉的样子不太一样,这位少年显得更青涩些。以前的司马焦是个青年模样,毕竟活了那么多岁,平时的神情、神态和动作都带着成人的气质,可现在这个司马焦……真的很嫩。

眼睛还是那个眼睛,但因为没有了几百年的记忆,显得清澈许多,还有一点儿圆;脸部轮廓也比长大后的模样柔和,没那么锋利;鼻子和嘴唇也是,很是可爱。

不行,这个感觉就好像突然回到十几岁的少年时期,她看到年少恋人的模样,都快要被可爱死了!哪怕对方从前是个自我的老浑蛋,也无法影响他现在的可爱。

这小脸可真水嫩哪。廖停雁没忍住,还是伸手摸了一把陛下的脸。

司马焦:嗯?

面前这个刚才还在哀哀哭泣的美人算是被他抢回来的,他当然想摸人家的脸就能摸。可她又是怎么回事儿?她这么自然地反过来摸他的脸,那个吓人的坏名声暴君到底是他,还是她?

司马焦用古怪的目光看她:"你摸孤的脸?"

廖停雁:实不相瞒,陛下,其实你的屁股我都摸过,脸又算得了什么呢?

司马焦发现自己被冒犯了竟然也不觉得生气,只是感到有些奇怪:"你似乎并不怕孤?"

廖停雁:啊?我现在还要表现出怕你才行吗?

但是她刚来贵地,连前道侣的新人设都没补完。她也不知道这暴君做了些什么令人害怕的事情,所以现在要从哪里开始害怕?老实讲,这么多年她的演技完全没进步,不知道能不能应付这个司马焦。

司马焦说:"你莫非没听说过孤杀人如麻?"

廖停雁说:"哇哦?"

司马焦对她懵懂的样子很不满意,觉得这女郎大抵是年纪太小,又在家中被养得太好了,不知人间疾苦。连他的名声都没听说过,恐怕她也没法想象他杀人是怎么回事儿。于是司马焦大摇大摆地坐在她旁边，往几上一靠，挥手让那些站在一边的侍从都下去，然后眼神放肆地上下打量廖停雁，用一种很变态的语气说："孤曾将一个对我破口大骂的人剥了皮，挂在宫门口，等到他被风吹雨淋，变成了一具白骨。"

廖停雁：嗯，那还真的是好可怕——如果没有以前那个动不动要灭人家一族，一动手就搞死整个庚辰仙府内府人员，烧掉大半魔域魔将用来做花肥的司马焦做对比的话。

司马焦看得出面前这美人没有觉得害怕。他低低地笑了两声，挑了一下她的下巴："你就不怕若是惹怒了孤，也会被孤如此料理？孤可并非什么怜香惜玉的人。"

当然，这男的和怜香惜玉这个词生来无缘。她记得，当初刚入庚辰仙府时，她被选进他的三圣山高塔，就看着他弄死了一堆堆的大美人。他想杀人就杀了，从来不分男女。对，当初的记忆她想起了一小部分，是在司马焦把自己当蜡烛烧了之后想起来的，可能是当时把她刺激大发了。

十六岁的司马焦凑近她，故意吓唬人似的说自己的"丰功伟绩"，廖停雁不仅不怕，甚至还想笑。算了，还是给陛下一点儿面子吧，毕竟也是好可怕的陛下呢。

"好……好怕哦。"她的嗓音有点儿颤抖，忍着笑的那种抖。

司马焦：他总感觉面前这女人怪怪的。

司马焦说："看样子你还没有意识到自己的命运。孤乃国君司马焦，而你，会随我前往燕城王都。"从今以后，你就要离开家乡，被关进那个宫城牢笼。

廖停雁矜持地点点头："好，我答应了。"

司马焦说："孤不是在询问你。孤是要告诉你，从今以后，你就是孤的女人。"他用意味深长的目光掠过她的身体，等着看她仓皇失措的模样。

## 献鱼
### 下册

仓皇失措什么的是不可能的。廖停雁犹豫地看着小陛下水嫩的脸蛋，心说：年轻真好，就算是说这种屁话，我看到他的嫩脸也不生气了。不过，做他的女人……这不太好吧？现在就考虑这种事实在太早了。

虽然这不是现代，但司马焦现在这身体才十六岁，毛可能都没长齐，他又很可能还没想起以前的事儿，心智还是个十六岁的叛逆少年，她真的下不去手。

不行，我的良心不允许我睡未成年的小男孩儿，至少再等两年。

"陛下，我们两年后再说好吗？或者一年后？"廖停雁委婉地把下一句话的主语从"你"变成"我"，"我还小呢，有些害怕。"

这人到底在说什么屁话？司马焦沉下一张小白脸："你以为你能选择？只要孤想，你立刻就能属于我。"

廖停雁：别，别逼我犯罪，我的意志力可是很薄弱的，道德感也越来越少了，一个不注意我就真的动手了。

也许是因为她现在是个比司马焦强很多的强者，十六岁的小男孩儿怎么拱火她听着都觉得想笑。廖停雁自觉如今自己是个成年人，还是个一根手指就能把司马焦摁在床上让他动不了的大魔头，所以很是包容。

呵，你说什么我都不会跟你这个小屁孩儿生气。

她被"抢"到宽敞的马车上，被"押"回王都燕城。路上，司马焦看她理所当然地躺在自己旁边安安稳稳地准备休息的样子，冷不丁地对她说："你是不是傻，怎么都没反应？你这样的要是入了孤的后宫，能被孤后宫那些女人生吃了。"

自诩为成熟大人而号称绝不生气的廖停雁：后宫那些女人？什么女人？司马焦你要死了，你十几年的生命现在就要提前结束了！

看廖停雁终于变了脸色，司马焦感觉十分舒爽，心说：怕了吧？他略带得意地说："你若能得孤欢心，孤自会保你无忧。"他盘算着自己的后宫现在的情况，回想着近来最出风头的几个是长什么样的。他出来一趟，有点儿记不太清了。

作为一个皇帝,他当然有个后宫。里面的美人有按照规矩采选上来的,也有别人送的。各地的王侯都爱互送美人,扈国风气如此,司马焦这个国君尤其爱给别人送美人姬妾。他看哪位臣子不顺眼,就会送哪位臣子美人。他送出去的都是在后宫的争斗里名列前茅的佼佼者,随便拉一个出去都不是省油的灯。他养着各方送来的美人就好像是养一群蟋蟀,让她们斗,谁有手腕、有心计能胜出,谁就是他眼中能用得上的东西。

令人糟心的陛下每回送出一个美人,都美其名曰君臣相和,可人家扈文王送自己的将军后宫美姬是因为人家兄弟感情好,不分你我,他呢,都是打着搞那些他看不顺眼的朝臣的想法去的。他送一个美人,能把一个臣子家里搞得翻天覆地,鸡飞狗跳,他都不知道搞散了多少个大臣和谐的家庭,搞得那些臣子现在最怕的就是逢年过节陛下心血来潮开宴会,在宴会上陛下总要送出几个美人。那哪里是送美人,简直就是送丧神。

廖停雁不知道这些内情。她磨了磨牙,看着大爷似的坐在那儿的司马焦,忽然抬手挥了一下。司马焦眨眨眼,慢慢地闭上了眼睛。他的眼皮盖了下来,只是眼珠仍然在转动,好像想挣扎着醒过来。廖停雁的手臂揽在他的脖子上,她轻声安抚了一句:"你困了,睡吧。"司马焦这才没有再试图挣扎,慢慢地睡了过去。

廖停雁把人弄睡着了才捏着他的手腕按了按,旋即撇嘴。呸,这个童子鸡。

不过,他这个身体是真的很不好。廖停雁仔仔细细地给他检查,发现他的神魂还是在当午受了损,与现在这具身体也融合得不是很好,他大概会时常觉得头疼。眼下有乌青,他这么一闭眼她就看出来了,睡眠估计也不好。他是祖传的睡眠不好吗?怎么换了具肉体,他还是睡不好?身体太弱了,有神魂受损的影响,也有胎里带的病的影响,他自己可能也不大在意。年纪轻轻的就这个样子,如果是普通人,没有灵药来治,他可能最多活个三十多岁。

她刚才还有点儿生他的气，可现在看到他这具破身体，又开始觉得心疼。还好她是修仙人士。

"你怎么到哪里都能把自己折腾得这么难受？"廖停雁低声说，啄了一口陛下的脸颊。

她摸出一个玉壶。这是谷雨坞的师兄送的参露，灵气不是很多，修仙之人大概就喝个味道，但对普通人的身体来说，这就是顶尖的滋补良品。她这里有很多更好的，但现在这个最合适。

她抿了一口，低头吻住司马焦的唇，给他喂了一小口。他现在连这个也不能多喝，以后她可以每天给他喝一点儿。司马焦拧起眉，手指弹动了一下，睡得不太安稳的样子。廖停雁揽着他的脖子，一手在他脑门和额心拂过，让他平静下来，然后她靠在他的胸膛上。

他的感觉很敏锐，哪怕身体是个普通人，神魂也还是那个司马焦。如今他的胸膛有点儿单薄，毕竟他是个十几岁的少年。胸口不像从前那么冷了，带着少年人特有的暖意，只有手是微凉的。他的心脏在缓慢跳动，这代表着他进入了沉睡。

廖停雁注视着他的下巴出了一会儿神，也蹭了蹭他的胸膛，一起睡了过去。

司马焦醒来，发现自己在马车上睡着了。他很少能安稳地睡着，更别说是在行驶的马车上。他回想睡着之前的事情，竟然发现记忆有些模糊。他仿佛是与廖停雁说着话，说着说着就感到了困倦——这个女人不对劲儿，他立刻察觉到这点。

不对劲儿的女人抱着他的脖子，靠着他的胸口，睡得很香。司马焦刚醒过来那会儿，脑子还不太清醒，下意识地抱着她的腰，捏了捏她的后脖子。做完了这些动作，他才清醒过来，看着自己的手，表情神秘莫测。这女人究竟是何方神圣？

毕竟司马焦是个"卧榻之侧，不容他人鼾睡"的典型暴躁皇帝，还没有活物能在他旁边安生地睡着。一般来讲，旁边有人，司马焦也绝对睡不着。

"醒醒。"司马焦摇晃怀里一睡不起的女人。

廖停雁心神放松，睡得正好，感觉到了这频率熟悉的摇晃叫醒服务，自然而然地就有了条件反射——这是司马焦又闹她了。于是她条件反射地抱紧司马焦的脖子，把脸往人家颈窝里埋，含糊着说了两声："嗯嗯，不吵。"她压根儿就没睁开眼。

司马焦感觉她的鼻子和唇都凑在自己的脖子边上，她的呼吸簌簌地扫着他的颈，让他浑身都不对劲儿——是那种理智察觉到不对，但反应不过来，警惕心和对危险的预估都没能用出来的奇怪感觉。

这个廖停雁有一张常在他梦中出现的脸，莫非就因为这样，他能容忍她至此？司马焦不甚明白，拧眉深思了半日。回过神后，他发现自己还把人抱在怀里没扔开，手还仿佛有自己的意识一般摸着人家的肚子。

陛下满面思虑之色，心说：还挺好摸的。

他搓了搓手指想：也罢，便放在身边观察一番，若有不对，她迟早会露出马脚。既然这女子这般亲近讨好自己，待回宫之后，他给她高一些的份位便是了。

他想着，掀开车帘往外看了一眼，灿烂的阳光落进车内，照在廖停雁的脸上。

廖停雁说："热。"

司马焦屈指敲了敲车壁，马车立刻缓了下来。

内侍拉开纱门和锦帘，跪在车门前："陛下——"他一眼瞧见司马焦抱着廖停雁的样子，面上露出愕然之色，又在司马焦骤然沉下的脸色里迅速惶恐地垂下头去。

司马焦说："取冰过来。"

为了时刻准备着满足陛下的各种需求，车队里带了大量的奢侈享受物品，内侍应声下去后，很快就令人端了冒着寒气的冰鉴上来。

廖停雁其实在喊完那声热之后就醒了。她睡迷糊了没防备，差

# 献鱼
### 下册

点儿准备直接用术法降温,幸好想起了现在是个什么情况。才和凡人帝王司马焦第一天见面,她就来这么一场大的,可别吓到他了。万一被他误认为是妖怪怎么办?比如意图祸乱朝纲的狐狸精什么的,她可不太想走这个剧本。她在他身边还是太放松了,不能这样,得注意一点儿。

司马焦说:"醒了就起来,孤的腿都被你压麻了。"

廖停雁慢吞吞地坐到一边,看着他的腿。凡人的身体真的太脆弱了。她一个恍惚,眼前忽然浮光掠影般出现某些片段。

穿着黑色长袍的司马焦坐在巨蛇背上,低头看坐在怀里的她,似乎有些嫌弃:"你这么点儿修为,太弱了,岂不是我稍稍用力你就要没命。"转眼又是这个司马焦,他毫不犹豫地刺破了自己的手掌,将血喂给了她。

她也曾是这样脆弱的普通人,是他把她变成现在这样的。

马车里十六岁的陛下没注意廖停雁的神情,他让人打开冰鉴,取出里面冰过的水果,示意廖停雁吃。

"吃吧。"他靠在那儿,敲敲自己的膝盖,忽然想:我为何这么自然要让她吃?

廖停雁眨眨眼,抱着散发寒气的大桃子,凑到司马焦旁边,作势给他捏麻木的腿,实则给他拍进去几道灵力,让他的身体能血脉畅通。正想让内侍过来捶腿的陛下鼻子里哼哼两声,又大爷似的靠了回去,觉得这个美人还是很爱慕自己的,又是投怀送抱,又是暗送秋波,还主动给他捶腿。陛下有点儿膨胀。

廖停雁只捶了三下,就收手吃桃。怎么讲呢?果然是由奢入俭难,她吃过太多修仙界的灵食灵果,这个的滋味就不太够了。

司马焦说:"你不会讨好人?"只捶三下是什么意思?

廖停雁说:"陛下的腿还麻?"不是腿麻了吗?她都用上灵力了,捶三下足够了。

司马焦:确实不麻了,但是,你对孤的讨好,仅此而已吗?

他用威严而有压迫感的眼神凝视廖停雁。一般而言，只要他露出这样的神色，不管是那些大臣，还是内侍宫人，或者后宫美人，就都会被吓得不行。

廖停雁：不是，你非要这样看我吗？你是司马撒娇吗？

算了。她想：他才十六岁，叛逆期都没过，她满足一下他又能怎么样？老草不跟嫩牛计较，捏腿就捏腿。

虽然目的达到了，但是陛下不知为何，觉得廖停雁想的好像和他自己想的不太一样，他甚至觉得自己听到廖停雁在心里怜爱地喊他小陛下。

司马焦：错觉吧。

他看着窗外的河流，忽然想起来一件事儿，又敲了敲车壁。

"陛下。"马车外骑着马的一人凑近低声道。

司马焦问："魏显瑜如何？"

侍从回答："魏郡守已经回转了。"

司马焦揉了揉自己的额心。他忘记料理魏显瑜了。他到溧阳当然不是随便来的，魏显瑜这人先前与南堰侯勾勾搭搭，暗地里做了不少小动作，司马焦本来准备这回过来顺便把魏显瑜解决了，只是——司马焦看了眼旁边的廖停雁，只是出了点儿事儿，一时间竟然忘记了这事儿。

司马焦在"暂时放过魏显瑜"和"趁着现在还没走远，直接叫人回去料理魏显瑜"两个选项中犹豫了片刻，选了后者。来都来了，司马焦肯定不能放过这人，当即派了几人去解决这件事儿。那几人在几天后追上了队伍，带回了令司马焦满意的结果。

司马焦手底下有一群听话好用的内侍，他们对他忠心耿耿，和他后宫那些蛇蝎美人齐名，在诸位大臣眼中，都不是些什么好东西。蛇蝎美人毁家，手狠内侍要命，一内一外，添堵杀人都齐了。这些年来，凡是让司马焦不痛快的人，都会落得可怕的下场。

如果不是因为都被司马焦整怕了，他这样随意出宫闲逛，一走一

## 献鱼 下册

两个月，朝中还不早闹翻天了，怎么会这样平静。也亏得他不理朝中事务，朝政基本上都是由几位老臣代理。几位分别代表着不同势力的老臣在朝中就能支起一台大戏，司马焦这个本该是主角的君王反而沦为了看客，一个令人畏惧又讨厌的看客。

司马焦的仪仗刚进王都燕城，就有不少等在城门的人飞奔回去报知各方。司马焦回来了代表着大家的好日子又要结束了。

廖停雁觉得挺新鲜的。她和司马焦在一起也有很长一段时间了，他那会儿虽然很厉害，所有人都害怕他，但他基本上不愿意搞什么很夸张的派头，出行时只带着她和黑蛇，被人打扰了就会不高兴，但现在他这个前呼后拥的架势真的是很"皇帝"了。

车队沿着宽阔的主街直达宫门，沿路有重兵把守，隔绝了其他人。

燕城皇宫是一片宽广的宫殿，与廖停雁见过的那些修仙界和魔域的建筑都不相同。这座宫殿有些历史，建筑大气，青色的砖墙有一种质朴厚重的气息，或许这就是独属于凡人的时光痕迹，与修仙界那些永远保持着崭新的华美不太一样。

她当了很多年的"修仙人士"了，几乎快忘记自己曾经也是个普通人。

司马焦见她望着窗外的表情有些落寞出神，心里就不太高兴。莫非她不愿意入宫？都到这时候了，她才意识到今后会有什么样的生活？她这表情什么意思？司马焦一不高兴，就决定把之前给廖停雁的位份再升高一点儿。这样她总该高兴了。若是这样还不高兴，那就太过恃宠而骄了，他是不会一直容忍的。

完全没发现陛下脑补了些什么东西的廖停雁，被带到了司马焦居住的宸殿，洗澡更衣，打理好了之后去参加晚宴。

司马焦每次在外面游荡回来都要开个宴会，和久别的臣子增进一下感情——以送大家美人的方式。

他的后宫美人坐在相隔一道屏障的内殿，能影影绰绰地看到一个个婀娜的人影，外殿的大臣一个个神情沉重得好像在参加丧宴。

司马焦带着廖停雁最后到场，廖停雁感觉自己走在司马焦身边，所有人都在看自己，看她的人比看司马焦的还多。司马焦坐在主位，也没让廖停雁去内殿坐，直接就让她坐在了自己身边，这一举动又引起一片哗然。廖停雁耳尖地听到内殿那一群美人都瞬间骚动了。

"开宴。"

司马焦声音一出，就有络绎不绝的侍从送上热菜酒水，撤走原本的糕点等物，翩然的舞姬也扭动腰肢，从殿外飘然而至，眨眼就是歌舞升平。

廖停雁瞧瞧面前的菜色，挺有食欲地准备开吃。她自顾自地吃了一口，听到旁边奉酒的内侍发出一声倒抽气的声音，顿时想到现在不比从前，不由得筷子一顿。

司马焦语气随意，对廖停雁说："想吃什么就吃。"他扭头，语带不快地对那内侍说，"滚下去。"

那内侍赶紧擦着额上冷汗下去了。陛下的性格好像比从前好了一些，这回真是捡回一条命。

廖停雁吃了几口尝鲜，见司马焦只撑着下巴看自己吃，都不动筷，她忍不住问："陛下不吃？"

这段时间在路上也是，他都很少吃东西。他以前就是这样，什么都不爱吃，可现在他是凡人了，要是不吃东西，他怎么活？难怪把身体搞成这样，这人的坏毛病也实在太多了。廖停雁心里盘算着什么时候给他开个小灶滋补一下，随手给他舀了一个丸子："陛下，这个好吃，你尝一尝吗？"

来送酒的内侍见状，吓得手里的托盘都摔了。

廖停雁：不是，你们干吗这么一惊一乍的？

司马焦厌烦地看一眼碗中的丸子，一边挥手让那个吓得跪在一边的内侍滚蛋，一边回答她："不吃。"

他这挑食的基因难不成是写在神魂里的吗？廖停雁无奈，夹回来自己吃了。

# 献鱼

下册

也许是因为今晚的陛下实在太无害,大臣没等到他作妖,就纷纷放松下来,享受歌舞盛宴。酒过三巡,不少人就醉了。

按习惯,臣子出列祝酒,然后是赏赐环节。司马焦照例赏下去两个美人。

有一位大臣姓赵,这两年来风头很盛。这位赵大人算是司马焦的嫡系,很得司马焦重用——司马焦看重这人够无耻够心狠,这人才二十来岁司马焦就把他升为九卿之一的少府。这位本就飘了好几个月,今天又喝了不少酒,有些上头,这会儿为了表示亲近,便用半开玩笑的语气说:"陛下新得的美人臣下看着倒是喜欢,不知可能割爱?"

场中突兀地安静下来。司马焦没有说话,将目光转向了赵少府,脸上一丝表情都没有。殿中的歌舞声乐停了下来,原本嘈杂的祝酒的声音也没了,众人都察觉到什么,自发安静下来,只剩下一片压抑的死寂。

"你想要孤的贵妃?"司马焦探身,轻声问。

这声音轻飘飘的,却如同炸雷,把所有人都炸得一阵心惊肉跳。

贵妃?这位陛下的后宫里,所有的美人都没有位份,只是最低阶的美人。皇后、一品三夫人、九嫔这些头衔都还空置着,他从未给哪个美人提位份。如今他不声不响地忽然带出一个贵妃?一个来历不明的女子突然就成了贵妃?

若说司马焦会为美色所迷,所有人都不会信,可现在,他们又都不太肯定了。

赵少府终于有些清醒了,他愕然望向司马焦阴沉的脸,哆哆嗦嗦地跪下去,结结巴巴地说:"臣、臣下喝多了,一时、一时糊涂……"

司马焦轻飘飘地点了点桌案:"拔了他的舌头,吊死在宫门口。"

先前一直影子般地站在附近的内侍出列四个,凶神恶煞地扑上前,当着众人的面,两人按住手脚,一人掰开嘴,一人拔舌头。

"呃啊，不——哕——"

廖停雁还举着筷子，看着两个人拖着抽搐的一具身体越走越远，殿中长长一条红色的拖痕无人清理。殿内外一片寂静。

司马焦这时又看向廖停雁，微微笑起来，一张少年的面上丝毫看不出方才的阴沉戾气。他语气和缓地说："怎么不继续吃了？来尝尝这道牛舌。"好像他杀了个人，终于舒爽了，对面前的菜色也有了兴趣。

廖停雁："……"

## 第二十章
## 如果仍然坚信相爱，失忆就是情趣

廖停雁这个半路贵妃就这么莫名其妙地，堪称轻率地成了司马焦的后宫之主。鉴于司马焦还没有皇后，如今她就是最高等级的妃子了。

司马焦可能是对带人升级这事儿有着天然的爱好，动不动就让人大跳级。不仅跳级，司马焦还大袖一挥，让廖停雁住进了梓泉宫——皇后的宫殿。

陛下向来任性，谁都奈何不得。他都这么决定了，也没人敢出来说个不字，那殿前的血还没擦干净呢。

廖停雁住进梓泉宫，心想：不和司马焦住一起也好，晚上我能召下属来问些事情，顺便让红螺带人回魔域去看着那边。

虽然梓泉宫只住着她这么一个主人,但里面人不少,来来往往的人愣是把一个这么大的宫殿烘托出热闹无比的气氛来。

负责伺候她的宫人、侍女一大堆,粗粗一看,起码有百人,包括内殿里贴身伺候照顾的、负责头发的、负责珠宝首饰的、负责衣服的、负责熏香的、负责鞋子的……从头到脚一个不缺,连她的指甲染色也有专人负责。除此之外,还有负责她的库房财务的、负责管茶水的、管饮食用膳的、管夏天用冰冬天用炭的、管庭院花木的、管灯火窗户的、管殿内扫洒的……半天之内,他们就已经全部到位,分工细致得廖停雁都有些记不清。

怎么凡人皇帝这日子过得比修仙人士还要奢侈堕落?当然,修仙那会儿,司马焦是个喜欢太多人在身边转悠的。他那时候的感觉太敏锐了,但凡有人在身边就容易受影响,会特别烦躁。而且那会儿很多事儿他能直接用术法高效地完成。相比起来,凡人皇帝的阵仗真的是太夸张了。

廖停雁几乎是被一堆人像菩萨一样供着收拾好,再被簇拥着移送到了宽大的床榻上。点熏香,放帘子,侍女有序地退下。

廖停雁抖被子躺下,睡到半夜,被人吵醒了。能靠近还不惊醒她的,这世界上就一个,司马焦。

我说你怎么又半夜出现?

廖停雁看到床边那个黑影,竟然一点儿都不觉得奇怪。他这个半夜出没的毛病,可能和不爱吃东西一样,是写在人物初始设定里的。

她又想起一点儿从前的片段。那是在庚辰仙府,三圣山上,她半夜醒来,看见黑衣的师祖在奇怪的花丛里徘徊,他还随手杀了一个很漂亮的姑娘。那花是日月幽昙,她脑子里突兀地冒出这个念头。至于姑娘是什么身份,廖停雁就不太记得了,那好像是哪个惨遭淘汰的参赛队员。

他不在的这些年,她回想起了不少东西,这几天想起来的格外多,虽然都是碎片一样的记忆,但都让她觉得既新奇又感慨——我以前是脑子抽了,才跟这种臭毛病贼多的变态谈恋爱吧?

司马焦坐在床头看她,不点灯也不说话,要是普通人,能被他吓出个好歹来。但廖停雁无所畏惧,瞧着这个黑眼圈有点儿重的陛下,主动朝他伸出手:"陛下,你要一起睡吗?"

司马焦一早就发现这人不怕自己,但听她这么说,还是顿了一顿:"你不是很怕孤对你出手?怎么如今改变主意了?"

不,我是怕自己对你出手。廖停雁说:"要不要睡呀?很晚啦,你不休息呀?"普通人熬夜不仅会有黑眼圈,还会脱发,甚至肾亏,她心有戚戚地摸了一把自己一头乌黑亮丽的头发,还是修仙好。

司马焦没理会她的话,一手撑在枕边,居高临下地注视她:"你是什么?"他仔细地看着廖停雁,凑得很近,好像要将她完全看透。

他凑得太近了,呼吸相闻的距离,廖停雁忽然就很想笑,仰头在他脸颊上亲了一下。他真是可爱呀。

司马焦缓缓坐直身体。半响,他才说:"你是妖物?迷惑君王,你的目的是什么,使孤亡国?"

这都是什么跟什么,你干吗疯狂给我加戏?廖停雁说:"我不是,我没有,你别胡说。"

司马焦说:"那你是精怪之流,想借由王朝运势修炼?"

廖停雁说:"我真的不是,真的没有。"不是,我这张脸有那么像坏蛋吗?

司马焦压根儿不好好听人说话:"你是用什么办法进入孤的梦中的?"

咦?梦中?她坐起来:"你梦见过我?"

司马焦皱眉:"不是你用了什么方法令我梦见的吗?"

嘿,你还挺理直气壮呢。你自己惦记着我,还怪我?廖停雁正色说:"实不相瞒,陛下,其实我是天上的仙女下凡,我们缘定三生,所以我才会前来找你再续前缘。"

司马焦嗤笑:"你以为孤是三岁孩童,连这种鬼话都信?"

廖停雁说:"你是不相信仙女下凡,还是不相信缘定三生?"

司马焦毫不犹豫地说:"不相信仙女下凡。"

廖停雁:我这份美貌难道还称不上仙女吗?

司马焦站起来:"算了,看你这么努力编瞎话逗孤开心,今夜就不为难你了。"陛下心情不错,站起身甩着袖子走了,显然没把她的话放在心里。

行吧。啪的一下,廖停雁倒回了床上。

第二日,廖停雁见到了司马焦的后宫——一群活色生香的大美人跑到她眼皮子底下,说是要请安。她们看上去都是一片乖顺,但各人眼中的妒忌、排斥、算计等种种恶意都快溢出来了。

看着她们,廖停雁又想起三圣山上那一群开局就死,最后除了自己以外全灭的美人。历史总是惊人相似。在司马焦的后宫平安活到现在很不容易吧,这都是些依靠自己的努力和实力活下来的人。

贵妃是一品三夫人之一,美人们都喊她夫人。

"夫人家乡是在何处?"

"夫人初来皇宫,若是不嫌弃,尽可召我们前来陪伴解闷。"

司马焦走过来时,正见到廖停雁被一群美人围在中间,在他看来,这画面就如同一群食人妖花围着一朵瑟瑟发抖的小白花,所有人都对廖停雁不怀好意。

"贵妃。"廖停雁正体会着左拥右抱的感觉,忽然听司马焦语气沉沉地叫她。他大步走过来,脸上的神情明明白白地写着他准备发脾气。这很正常,一年三百六十五天,他有三百六十四天在发脾气。

"贵妃喜欢什么花?"司马焦先是这么一问。

为什么问这个?廖停雁莫名其妙,但还是回答他:"芍药。"特别是粉色的芍药,晶莹剔透,格外轻灵。

司马焦朝她笑笑,似乎也觉得芍药不错。然后他点了两个美人,翻脸说："将她们两人埋进芍药花丛里，想必明年的芍药能开得更好。"

廖停雁：虽然这两位刚才对我的恶意有点儿明显，但你这个陛下主动帮我搞定后宫美人是不是搞错了什么？我记得你在回宫的马车上还一副准备看我吃瘪的样子。

把其余那些吓得面无人色的美人赶走之后，司马焦说："你不是妖怪吗，难道察觉不到她们在瞪你？被冒犯了也没反应，若是她们害你，你又当如何？方才那两人，有一个善用毒草，你离她那么近，竟没有半点儿防备。"他眼里写满了怒其不争。

魔域大佬廖停雁：说来你可能不信，我真的不怕这个，而且，请问您给我发挥的空间了吗？没有。

"我真不是妖怪。"她说。

"罢了，不与你说这些。"他拉着廖停雁往自己来时的方向走，"你还是跟着孤，不要乱跑了。"

廖停雁终于发现了，这位陛下病得挺严重的。

她被带到前朝大臣议事的地方，司马焦把她带过去，让人给她搬了一个座位和小桌子，放上零食，让她打发时间。大臣们沉默片刻，看到坐在主位没说话的司马焦，也一同装作没看到廖停雁，继续之前的讨论。

司马焦之前在这里坐得好好的，听他们吵了一阵后，忽然站起身走了，他们还以为陛下是不耐烦他们的争吵，一走了之，谁知道他是去把那位不知来历的贵妃接来了。

真是个昏君！原来还以为他是不好美色，现在看来当初是没到年纪。瞧瞧如今，这不就初露端倪了！个别大臣痛心疾首。

廖停雁听了一阵，发现他们是在争吵修建运河之事。这事似乎吵了许久，现在还没能定下。

朝中一方说要修，修运河能造福后世，还能把澜河分流，避免每年澜河的洪水灾害。一方说不能修，不可为黎民百姓再添负担。修运河不是个简单的工程，那么长的距离，不知要征多少役夫，到时劳民伤财，定会惹得天怒人怨。还有一方是墙头草，这边站一会儿，那边站一会儿。

司马焦听着，也不说一句话，随便他们吵。最后，他只轻飘飘地说了一句："既然大司空说要修，那便修。"

美髯中年闻言，露出自得的神色，一拱手，赞道："陛下圣明！"

"陛下三思，陛下不可呀！"另一个刚才舌战群雄的胡子老头快要哭出来了，心中满是绝望。如今国内情况不稳，诸方王侯虎视眈眈，朝中又怨声载道，在这样的境况下，应当维稳才是，可陛下……陛下他分明清楚，却半点儿不在意。老头给司马焦当过几年老师，因为还算识相，平安升官。可老头如今真是忧虑极了，在殿中就老泪纵横。没有什么比辅佐的帝王明明有能力当个明君却非要做个昏君更痛苦的事儿了。

廖停雁在一边被胡子老头哭得吃不下去零食。

这天夜里，她坐在窗边，发了一个信号，召来了两个魔将。

"魔主！"两个魔将齐声说。然后他们收到了这辈子收到过的最奇怪的命令。

廖停雁问："会修运河吗？"

魔将："啊？"

修仙人士，修为到了一定程度，移山填海也不是难事儿。廖停雁没有亲自去办，把这事交给了手下几个魔将。

没过两天，一个消息传得沸沸扬扬——

上天显灵！一夜之间凭空出现了一条长长的运河！那运河直通燕城王都旁边的庆县！

新出现的运河连通澜河与蠕江，解决了澜河的水患问题，又顺便搞定了北部四郡的水源问题，还连通南部几个繁华郡县，造出了一条便捷的河上商道。

朝中所有大臣都差点儿疯了，廖停雁看到三天前那个哭得一把鼻涕一把泪的老爷子差点儿当场跳老年迪斯科。老爷子热情洋溢地吹了一大堆"彩虹屁",直夸司马焦这个陛下得上天眷顾。这一天,廖停雁可算是见识到了什么叫作睁眼说瞎话,反正就是闭眼吹,所有人都在吹司马焦。一夜之间,大家都忘了他是个暴君。

司马焦:"……"

当天晚上,一群挖完了河沟的魔将前来复命:"魔主,属下已经造完了运河!"

廖停雁满意地夸奖他们:"不错。"

没说两句,司马焦忽然闯了进来,脚步声就在帘外。

廖停雁一惊。她下意识地觉得司马焦如今是个普通人,好对付得很,就没怎么防备。眼看人就要进来了,廖停雁条件反射,手中一动,把两个魔将变成了两只猫。这是她这些年学到的有趣术法之一——把人变猫、变狗、变老鼠、变鸟,都行。廖停雁动完手才反应过来。她看着面前两只愣住的魔将猫,心说:我是傻了吗?我直接让他们用法力隐身不就好了,反正现在的司马焦也看不出来。

司马焦已经走了进来,看到两只站得别别扭扭的丑猫:"这是什么?"

廖停雁说:"啊……野猫吧,哈哈。"

两位倒霉魔将:魔主,为什么要营造出一种仿佛背着前魔主偷情的感觉呀,我们可是无辜的。

司马焦欺近廖停雁,把她压在榻上:"运河之事是你做的吧,嗯?你还说自己不是妖怪?"

眼看要朝着不能描述的剧情发展了,缩在一边的两个魔将猫:我们要不要走哇?留在这里看的话,会被杀的吧?

廖停雁给他们打手势——赶紧走!

天降福泽,忽现运河这个神迹传开的时候,南堰侯正在准备传扬当今陛下司马焦的暴君行径,打算以此作为引线,点爆北方六郡。南堰侯都准备好了，下一步就是以北六郡今夏大干旱进一步论证司马焦不得天命，借此散播流言，动摇民心。

南堰侯身边有个老道人，老道人很有几分能力。这位老神仙断言司马焦的王朝不能长久，还说司马焦是个短命鬼，而南堰侯就是真正的天命之子，只要顺应天命造个反，就一定能得到最后的胜利。老神仙除了算出今夏干旱，还算出南部几郡今冬的大雪灾和明年春天的瘟疫，这些都是南堰侯准备利用的造反大事件。

可是，他正准备大干一场，就出现了这种事。

出师不利，南堰侯愁得早饭都吃不下去，摸着自己的发际线找来老神仙询问："如今怎么办？不是说司马焦不得天命吗？"

老神仙眉眼耷拉，一张泥胎雕塑的木然脸。他捏着手指，羊癫风一般地抖动片刻道："我夜观天象，发现司马焦身边出现了妖星！正是这个妖星阻碍了你的大事，你得除掉她！"

"我在这边可能还要住些年，办个魔域驻燕城办事处吧，万一下回还有修运河这种工程，也好有人做。"廖停雁终于找了个空隙和红螺说上了话，"魔域那边你帮我多看着点儿，要是有人闹事……嗯，应该没人敢闹事，闹事的这些年都烧得差不多了。"

红螺蹲在窗台上跟她说话，那是个随时能往外撤退的姿势。红螺说："这个我倒是不担心，就是这旮旯半点儿灵气都没有，让人来这边常驻肯定不方便，外派人员一年一换怎么样？还有，你一个人在这边我也不放心，过段时间把你儿子和宠物都送过来。"

廖停雁说："不是，你把他们送过来，让我怎么跟司马焦讲？我难道跟他讲：这个蛇蛇叫丝丝，是你的遗孤，虽然能变成和你长得很像的小男孩儿，但其实不是你亲生的；这个狐狸叫昂昂，是你以前送我的珍稀宠物，但是因为它吃太多，被我养成了狐狸猪？"

红螺。"管他呢，你撒个娇不就行了。我看你把他迷得晕头转向的，还不是你说什么他都好好好？"

廖停雁：讲道理，好像是他把我迷得晕头转向的，我上回差点儿就没把持住。唉，少年人，就是容易冲动。

红螺一边跟她说些废话，一边用眼睛瞟门。虽然她也能感觉到有人过来的气息，能提前避开，但要她面对一个不再是魔主的司马焦，她还是有点儿下意识的敬畏……反正就有点儿怕。

红螺说："好了，差不多了，我先走，你自己注意。"

红螺走了没多久，司马焦就来了。他每天都要花很多时间和廖停雁待在一起，而廖停雁最近为他的饮食和睡眠操碎了心。她想让这祖宗吃点儿东西比从前让她几岁的小侄子乖乖吃饭更难。没有办法，她只能在他每晚睡着之后借助法力让他睡得更沉，然后趁机给他喂些灵露之类的为他滋补身体，再用自己的神魂稍稍安抚他受损的神魂，减少他头疾发作的次数。

这一切在司马焦看来就是：每到夜里，他睡在廖停雁身边就会陷入异常的昏迷，而醒来后就会发现自己神清气爽，精力充沛，连头疾都没再犯了，日日都睡得很沉。他为此还思考过：什么样的妖怪才会不吸人精气，反而有益？

他不知道为什么和妖这个设定杠上了。

过了几日，魔域驻燕城办事处搞定了，十个魔将带领上千名魔修正式入驻，他们来了这里，当然要先来拜见魔主。恰巧廖停雁坐在花园里赏花吃茶。只见天降黑云，一群魔修下饺子一样哗啦啦地落下来，一下子站满了这一片花园，如果不是都隐藏了自身，恐怕会引发骚乱。廖停雁面色不变，让周围毫无察觉的宫人都站远一点儿，她自己假装欣赏风景，实则听着面前的魔将向她回禀。魔将正说到他们就近住在了城外，说到一半卡住了。

廖停雁一看，发现是司马焦面无表情地走了过来。看着魔将们默默退后了一步，并且下意识安静起来的样子，廖停雁心说：祖宗真是积威深重，哪怕变成这个样子，还是令人心里畏惧的。

反正司马焦看不见这一大堆凶神恶煞的魔将、魔修，廖停雁很淡定,当作他们不存在,对他说:"陛下怎么过来了?"司马焦这时候应该是在前朝听大臣吹"彩虹屁"的。

司马焦刚才确实是在听大臣说废话,但见到天边黑云笼罩到宫殿上,心中觉得有些不对,便直接过来看看。结果他看到了什么?上千个装扮奇怪,一看就不像好东西的人包围了廖停雁。他原本以为廖停雁遇到了危险,但仔细观察后却发现这些人仿佛对她很恭敬,更像是她的下属。从远处那些宫人毫无异样的反应来看,其他人似乎并不能看见这些人。司马焦迅速弄清楚了现在的状况,他也仿佛没看见这些人,从他们之间穿过,直接向着廖停雁走过去。

廖停雁见司马焦毫无异色地穿过人群,魔修们自觉地大退步给他让路,而他走到她身边坐下,就开始用一种奇怪的眼神打量她。

廖停雁:你又怎么了?

她借着喝水的动作给旁边的魔将打个眼色,让他继续。魔将原地平移一米,离司马焦远一点儿后才压低声音继续说:"还有小殿下,他比属下稍慢一步,很快也会到了。"

小殿下就是黑蛇。廖停雁扶了一下额,感觉有点儿头疼。她现在就希望丝丝来的时候不要变成巨蛇的形态,不然不好遮掩。

司马焦听着旁边的人说话,再看看廖停雁的表演,眯了一下眼睛。

廖停雁真的觉得司马焦在这里怪怪的。她莫名觉得压力很大,于是也不多说,直接让属下撤。她哪里知道,这样普通的障眼法能瞒得过普通凡人,却瞒不过司马焦。他就算是凡人了,也不是一般人。

一群魔修又像来时那样乘着黑云走了。不知道是不是错觉,廖停雁觉得他们走得有点儿快,好像屁股后面有凶兽在追。

司马焦无动于衷地坐在那里,看着一群人飞走了。

他们会飞,果然是妖。司马焦重新审视了一下廖停雁。她看上去很懒,不太像什么有出息的角色,可是以方才的情形来看,她或许还是个地位不低的妖王。司马焦不动声色地想,有些出乎意料。

半夜里,廖停雁照样把旁边的司马焦盘了一遍,让他陷入沉睡中。

她刚准备继续睡觉，就听到了窗户外面有声音。

笃笃笃，有人在敲窗。

不会是丝丝来了吧？廖停雁从床上坐起来，一抬手，远程打开了拴上的窗。果然，窗外冒出来一个圆圆的黑脑袋。黑蛇竟然是用小屁孩儿的形态来的，虽然这些年没长个子和智商，但多少还是有进步了。

丝丝从窗外爬了进来，怀里还抱着一只很胖的雪灵狐。雪灵狐哼哼两声，像只小野猪一样向着廖停雁冲过来，被廖停雁抱在了怀里摸毛。黑蛇先在廖停雁脚边转了一圈，然后很快找到了床边，趴在那里看着司马焦。黑蛇认出主人的气息，兴奋得原地转了两圈，用脑袋使劲钻了钻司马焦的胳膊。

廖停雁抱着狐狸猪小声喊："哎，别太用力，万一被你拱醒了……"话音未落，她就见司马焦睁开了眼睛。

廖停雁：他是怎么醒的？

司马焦：她果然想瞒着我。

司马焦看了一眼廖停雁僵硬的表情，又看了一眼靠在自己旁边满眼亲近仰慕的小男孩儿。这小男孩儿有一张和自己特别像的脸，要说不是亲生的司马焦都不信。在这一刻，司马焦心里终于相信了之前廖停雁说的缘定三生的屁话。

这大概是我从前和她生的孩子。司马焦在一片僵硬的气氛中，拎起床边的黑蛇，捏着小男孩儿的脸仔细看了一阵，然后很淡定地说："既然来了，就住下吧。"

廖停雁满头问号，她问："呃……他是……你记起来他是谁了？"

司马焦说："猜到了。"

廖停雁：但我感觉你没有猜到。

司马焦不给她解释的机会："我都知道了，你也不必隐瞒。"

廖停雁问："你都知道什么了？"

司马焦说："知道你很爱我。"不然她为什么要带着孩子找过来？

她连妖都不当了，跑来给他当贵妃，果然是很爱他。

廖停雁：他脑补了些什么东西？她怎么就没有以前司马焦的读心术呢？

第二天，司马焦带着黑蛇去上朝了，吓坏了一大批大臣。

这小男孩儿是谁？看脸的话绝对是陛下亲生的，可是这孩子怎么看都有五岁了，陛下才十六岁，也就是说，陛下十一岁就……哟，虽说也有十二岁成家生孩子的，但十一岁就能让人生孩子，陛下还真是……天赋异禀。

司马焦把黑蛇领到臣了面前，也不管他们能不能接受，用一种听上去不太在意但实际上非常微妙的语气说："孤的孩子。"

大臣们：果然是亲生的！不愧是搞出神迹的陛下呀！

他们面面相觑一阵，决定还是先夸了再说，而且这位小殿下乖巧地坐着一句话不说的样子，真的和他亲爹完全不一样，真的好令人感动！先皇死得早，司马焦年幼继位，不少大臣是看着他从小屁孩儿长大的。司马焦从小就是那个暴躁嗜杀的死样子，哪里比得上小殿下的乖巧。真好，小殿下看起来是个好控制的继任者，只要能坚持过司马焦这一朝，到了下一朝，他们的好日子就来了！

众位大臣并不知道，乖巧的小殿下的原形是一条比宫殿还大的巨蛇，一嘴能把他们全部吞进肚子里——还不够塞牙缝的。

"不知道小殿下的生母是？"

司马焦说："贵妃。"他想到昨晚廖停雁很不好意思承认的嘴硬横样，笑了一下，觉得这个哑巴孩子也顺眼了不少。算了，这孩子毕竟是她生的，她还特地带过来给他这个父亲看，他好好养着，让她高兴点儿就是了。

众人恍然大悟。就说呢，陛下怎么会突然无缘无故带回个贵妃，原来二人是早有前缘，还珠胎暗结！那位贵妃也是个狠人哪，瞧着不声不响，年纪也不大，没想到这么敢做。

流言像风一样传进后宫，贵妃的瓜子都掉了：风评又被害了！

# 献鱼
### 下册

司马焦,一个走到哪里都要造谣抹黑她的道侣。

"好吧,我必须告诉你,这孩子其实不是我生的。"廖停雁尝试心平气和地和十六岁的陛下讲道理。

陛下坐在她对面,闻言,冷冷一笑:"不要骗人了,这孩子脸长得和我相似,一双眼睛却像极了你,你抵赖有什么用,抵赖这事儿就不存在吗?"

廖停雁:我不抵赖这事儿也是不存在的!

黑蛇丝丝坐在这对道侣中间,趴在桌子上晃腿,像个惨遭爹妈离婚、对未来不知何去何从的迷茫小男孩儿。

廖停雁也陷入迷茫,对着黑蛇的脸仔细看,心想:这眼睛跟我长得像吗?我怎么没感觉呀?她从前过年回老家,总听说家里哪个表妹长得和自己哪里像,可廖停雁每回都看不出来。此时此刻,她不禁怀疑自己的眼神是不是不太好。难道别人都看出来了,只有我没看出来?她想起这些年来对她和黑蛇的母子关系毫不怀疑的魔域众人。

廖停雁说:"他确实是你一个人搞出来的。"司马焦喂了太多血,把黑蛇喂成了变异蛇,最后也不知道做了些什么让黑蛇能变成人形。

司马焦说:"越说越离谱了。"他用一张掌握着全世界的真理的脸对着廖停雁,完全不相信她的真话。

也对,这世界上就是真话比较难以令人相信。

其实不管是十六岁的陛下,还是几百岁的师祖,他们都是一模一样的,又固执又自我,觉得全世界自己最厉害,其他人都是傻子。司马焦只相信自己认定的东西,从前认定了爱她,就要把一切都给她,现在认定了她是妖,就任凭她怎么解释都不听。

她真是头疼。凑合过呗,还能离咋地。

"行吧,是我生的,你的孩子,行了吧。"廖停雁不想解释了。

司马焦早有预料般:"我就说你骗不了我。"小伙子还挺得意呢。

嘿，这家伙怎么这么欠揍呢？廖停雁看着道侣不知天高地厚的嫩脸，心中冷笑：行，祖宗，你就这么认着吧，等到你自己恢复记忆，看看你再想起来这一段时是何感受。听到自己打脸的声音了吗？听到自己久远之前发出的"真香"呼唤了吗？好，我等着。

司马焦接受了忽然出现的儿子，也顺便接受了廖停雁那只养成了猪的宠物狐狸，偶尔跟她躺在一起的时候，也会顺手摸两把狐狸猪的毛毛，但最爱摸的还是廖停雁的腰。

廖停雁转眼来了一个月，每月的灵火暴躁期如期而至，疼得她面色惨白，瘫在床上不动。

司马焦发现她的异状，让人去唤医者过来，被廖停雁一把抓住了手。"没用的，他们看不出来什么，也没办法缓解。"她半阖着眼睛说，声音虚弱。

司马焦看她这个样子，心里就有掩不住的暴躁和怒火。他说："究竟是怎么回事儿，你这样是因为什么？"

廖停雁终于看了他一眼："以前受过伤。"

司马焦神色阴沉，语气里带着风雨欲来的怒气："是谁，谁伤了你？"

廖停雁忽然用力捏他的手："就是你。"

司马焦断然说："不可能。"他想都没想就反驳了。他有一种盲目的自信，觉得这个世界上再没人会像他一样护着面前这个女人。

廖停雁疼得难受了，想起这些年来每月的痛苦，又想起当初抓出司马焦神魂那一刻心里的惊怒，吸了一口气："你以前特别厉害，有你保护我，没人能伤我，所以唯一能伤我的就是你自己了。"廖停雁的语气平静又缥缈，不像平时说话那么随意，"你杀了我一次。"

"不可能。"司马焦仍是这么说。

廖停雁说："你那时候要死了，你想要我跟你一起死。"

司马焦陷入了沉默，看着廖停雁苍白的脸不吭声。他迟疑了，因为他想了想那种情况,不确定自己会不会这么做。从某种程度上来说,他现在就是一个比从前更易解读的司马焦,所以他的迟疑代表着他可能真的想过杀她。廖停雁发现自己竟然都不觉得害怕。对呀,这才是司马焦。可他那会儿怎么偏偏要牺牲自己给她留下一切呢?

司马焦俯身,托起廖停雁的脸:"你没有骗我?"

廖停雁说:"你在十七年前,确实杀了我一次。"他在她面前湮灭,就像也杀了她一回。

司马焦这个人,真话不相信,她现在说的假话,他却好像信了。他颦眉抱着她,一时不知道该说些什么,只缓缓地抚摸她的头发。他凝视廖停雁此刻的脸,眼前忽然出现一幕短暂的画面:他抱着她坐在碧色的潭中,浑身仿佛燃烧起来一般,而她望着他,眼里都是泪,她摇头朝他大喊什么,看上去好像要崩溃了。比起平时随便瘫着的人,那时的她好像有什么在她眼睛里碎了。司马焦一愣,按了按闷闷的胸口。那是什么,他从前的记忆?

廖停雁抓住司马焦的手,司马焦回神,握住她的手。他的语气放缓了许多,这可能是他这辈子最温柔的语气:"真的很疼?"

廖停雁吸气:"真的很疼。我好疼啊,司马焦,我好疼。"

以前没有这么疼的,之前的十七年,司马焦不在的时候,到了那几天她就找个池子泡着,疼狠了就大声骂司马焦,觉得好像也没什么难熬的。可现在罪魁祸首司马焦就在身边,她忽然觉得格外疼,特别想让司马焦跟自己一起疼。

她做到了。当她用虚弱的语气说自己很疼的时候,她看到司马焦的神情,一瞬间觉得他好像也很疼,他竟然难以忍耐地微微抿起了唇。这时候她又心软了。

算了,她故意闹他干什么?司马焦就是这样的人,而且这样的疼,或许在他有生以来的几百年中,日日夜夜都在承受着。他不像她这么怕疼,何尝不是因为他已经习惯了。

廖停雁不说话了。司马焦却好像更加不能忍受:"做些什么才能缓解?"

廖停雁说:"泡在水里会好一点儿。"其实不会,她需要泡在冰冷的灵池里才行,但那样的灵池这里没有,而且普通人的身体在这种灵池旁边是会被寒气入侵的,现在的司马焦受不住这个。

听到她这么说,司马焦将她抱到了梓泉宫后的一汪泉池里。他抱着廖停雁走进去,自己一起泡在里面,用唇蹭了蹭她的额头:"有没有觉得好一点儿?"

廖停雁靠在少年的怀里,吸了吸鼻子,继续骗他:"好点儿了。"

泉水清澈,他们的衣袍在水中纠缠在一起。廖停雁在身体细密的疼痛里,回想起了许多从前的事儿。好像只有疼痛的刺激才能让她的记忆一点点失而复得,她如今恢复的许多记忆是在受灵火烧灼的这几天的疼痛中想起来的。

她想起在庚辰仙府里的时候,司马焦也爱浸泡在水中。她记得最开始,他浸泡的是寒池,那是那么冷的,连她也受不了的寒池,可是后来,不知不觉地,他就开始随便找个水池泡着了。为什么?好像是因为那会儿司马焦不管在哪儿泡着都想让她陪伴,是因为她受不了寒池,所以他只随意找了个普通的水池泡着吗?

廖停雁在时隔多年后,猛然明白了当年那个在夏日山溪边凝望她的司马焦。他那时的心情是否和她现在的一样?或许他那时承受的痛甚于如今的她承受的百倍,只是他还能靠在那儿不露出丝毫异色,朝她伸手让她过去。他平静得让她觉得,那只是惬意又慵懒的午后小憩,一段寻常又舒适的时光。那时候他们的痛苦并不是互通的。

回忆里的司马焦猛然消失,如今这个什么都不记得的少年司马焦正沉默地为她擦拭脸颊上不知何时落下的泪水。

"真的这么疼?"他的眉头始终蹙着。他仔细擦完她的眼泪,又亲吻她的眼睛,动作里充满了怜爱的味道。他明明才是个少年而已,明明是个不知道什么是怜惜的暴君,此刻的温柔却仿佛从熟悉的神魂之中延续而来。

廖停雁抽着气，仰头去找他的唇。司马焦拨开她脸颊边上贴着的湿发，托着她的脑袋亲她。廖停雁抱住了司马焦的脖子，又用双手抱着他的背。他抱着她靠在池壁上，他的头发漂在水中，他抱着她的手慢慢地抚着她的背脊。

廖停雁忽然觉得身体里灵火造成的刺痛有所缓解。她离开司马焦的唇，将脑袋靠在他的肩膀上喘气："我好点儿了。"

"嗯。"司马焦侧头亲吻她的脖子，用鼻子蹭着她的耳垂。

廖停雁说："好像亲一下之后没刚才那么痛了。"

司马焦思考片刻，动手解她的衣服。

廖停雁说："等一下……我正疼着呢，你松手。"

司马焦说："我试试，你乖点儿，不要吵。"

廖停雁说："我不试！我廖停雁今天就是痛死，死在这里，也不要这么做！"

…………

廖停雁问："你是不是觉得疼？"

司马焦："……"

廖停雁说："不然还是算了？我们以前……那时候也没见你疼啊，还是你现在年纪太小了……"

司马焦捏她的后脖子："住嘴。"

廖停雁笑："噗哈哈哈……"

司马焦却没有被她笑得恼羞成怒。他看着她笑，眉头稍稍一松，脸上也露出一点儿笑意。他紧紧地抱着她，换了个姿势，用拇指擦了擦她的眼角："是不是没有之前那么疼了？"

好像真的有效，灵火被司马焦安抚下来了。廖停雁想起自己刚才为美色所惑，没能把持住，忽然觉得有点儿羞耻。她捂住了脸，又干脆地把脑门搁在司马焦的肩上，司马焦就在她耳边笑，笑得酥酥的。他们就像是两株在水中招摇的水草，无声而温柔地纠缠。

"你真的很爱我。"廖停雁在迷糊中听到司马焦这么说。他按着她的脑袋，压着她让她紧紧贴在自己怀里。

廖停雁闭着眼睛，同样抱着他，轻轻嗯了一声。

如果我不爱你，不管在哪里我都会过得快乐。可如果我不爱你，在哪里我都不会过得这么快乐。

大臣们在下面争论了半天都没听见坐在上首的陛下说一句话，不约而同地停下来，往上望去，发现陛下完全没有听他们的话。

虽然陛下从前也不太听他们说什么，表现得非常随便，但今天他竟然在发呆。他的一只手放在鼻端轻轻捻动，不知想起了什么，脸上露出一点儿罕见的真实笑容，不像那个会因为心情不好就要杀人的陛下，而像一个想起心上人的少年。

大臣们：惊！

司马焦注意到了他们见鬼般的神情，干脆站了起来："你们自己看着办，孤要去夏宫避暑。"

他带着怕热又爱泡水的贵妃去夏宫避暑了。之前吹了他好长一段时间"彩虹屁"的大臣又开始痛心疾首：陛下为美色所惑，没救了！肯定要亡国了！

夏宫是先皇所造，是夏日消暑的行宫。先皇虽说没有司马焦这么暴戾爱杀人，但好享乐，还爱女色，令大臣头疼的程度和儿子是相差不大的。先皇下令建造的行宫异常精致华美，和燕城皇宫的质朴大气完全不同。这座夏宫并不大，但处处都是景致。它坐落在郦云山下，靠山环水，夏日清凉，着实是个避暑的好去处。

往年司马焦也曾来过这里，只是他在哪里都待不长久，平常在这里住个几日也就罢了。这回要带贵妃过来住，他早早便令宫人将夏宫清扫一遍，使得长久没被人好好使用过的夏宫焕然一新。

廖停雁第一眼看到夏宫就觉得不错，感觉这里比起灼热的雁城王都清幽多了。而且这夏宫后山也有山溪，除了没有灵气，其他地方都特别像当年在庚辰仙府里他们泡过的小溪。

廖停雁每月疼那么一次,一次几天。这回剩下的几日她都在夏宫后山的山溪里待着。

其他都还好,就是要注意不能让宫人待在附近,否则让人不小心撞上什么她就尴尬了。毕竟司马焦前两天才通了人事,这两天时常会帮她止痛。他毕竟是个少年人,贪欢一些,廖停雁也很能理解。她唯一不理解的是,以前的老祖宗司马焦到底是怎么装得那么人模人样的。当时那祖宗表现得好像完全不在乎这些事儿,换成小陛下,他就直接多了。廖停雁发现他没有从前那么"矜持",猛然明白过来,从前那个成熟版的司马焦还背着几百岁的师祖形象包袱,那包袱可能有一吨重。

人间的山水与修仙界的山水也没什么不一样。廖停雁躺在清凉的溪水里,看着头顶的绿叶,伸手折了一枝,在水中拍了拍,顺手就挑起水花泼到司马焦身上。他坐在旁边,披着一件黑色的外袍,懒洋洋地一歪脑袋,躲过那两点水珠。

见到他看着自己的神情,廖停雁忽然认可了红螺说过的一句话——"他被你迷得神魂颠倒。"以前廖停雁对这话嗤之以鼻,司马焦这人在别人看来是疯狂,可在她看来,这个男人永远理智,连去死都安排得清清楚楚,这样的人怎么会"神魂颠倒"?可是现在,看他注视自己的目光,廖停雁忽然地就明白了——他确实迷恋着我。

她和司马焦在一起的时间其实并不多,两人若说恋爱,也不像普通人那般恋爱,好像就是水到渠成,或许少了几分年轻男女情热时的激情。廖停雁那时甚至很少会觉得羞涩,因为司马焦表现得太理所当然了。那时候的司马焦实在太聪明、太敏锐,能察觉到她的每一分情绪,所有会令她感到尴尬不适的事情在他那里都能被轻描淡写地化去。他就像个善于营造安全场所等待猎物自己进入,然后把猎物圈养起来的猎手。

可是,现在的司马焦忘记那些了,他现在的身体里流动着不会让他疼痛的血，他也不用再背负几百年的沉重枷锁，不记得司马这个姓氏让他经历了多少的血腥。在他所记得的这十六年里，她占了一个特殊的部分。他无法那么熟练地对她摆出"一切尽在掌握"的姿态，还会用这样的眼神追逐她——看心上人的眼神。

对着这个隔世的情人，廖停雁破天荒地觉出一点儿羞涩来。

她侧了侧头，看向一边的蓝天。司马焦走过来，坐在她身边，一手撑在水里，低头凝视她，有些不讲道理地占据了廖停雁大半的视野。

廖停雁问："干吗呀？"

司马焦不说话。他笑了一下，是那种少年人狡黠的笑。他弹了两滴水在她脸上。廖停雁下意识地闭了一下眼，就感觉一根手指点在自己的面颊上，追逐着水珠落下的痕迹划动。

幼稚——廖停雁在心里说。她用手忽然浇起一捧水拍到司马焦脸上，然后以完全不符合自己平时懒散形象的敏捷身姿蹿起来，跑到岸上，避开司马焦可能会有的反击。

她站在岸边的大石上笑。司马焦就坐在水中，单手拂去脸上的水珠，用手指一点她，扬唇嘲笑："幼稚。"

廖停雁：你是个小陛下，你说我幼稚？

她默默地泡回了水里，结果司马焦立马朝她泼了一大捧水，劈头盖脸的。

廖停雁：她就知道这货不是好东西。

司马焦撑在水里大笑："哈哈哈哈哈哈哈！"

在夏宫，日子是过得很悠闲的，廖停雁熬过了那痛苦的几天，也不多愁善感了，每天就是瘫着。她不太想承认司马焦是跟自己学坏了，他以前偶尔也会像她一样瘫着，但现在他有时候瘫得比她还彻底，这可能就是放下负担后的放飞自我。

不过，作为一个"狗皇帝"，他的日子也不能一直如此悠闲平静。

这一天晚上，廖停雁察觉到不对劲，缓缓地从沉睡中醒来。她连

**献鱼** 下册

眼睛都不用睁开,就用神识看到了夏宫各处混进来的陌生人,这些人应该叫作刺客。她的神识视角是俯视的,在她看来,那些动作敏捷、藏在树影里的人影就好像是游戏地图里标得非常清楚的移动红点,一目了然。

她半撑起身体,在司马焦耳边说:"醒醒,有人来刺杀你啦。"她说了三遍司马焦才睁开眼睛,廖停雁看着他的神情,怀疑他没听清楚,又补了一句,"你醒了?外面有很多人来刺杀你。"

司马焦嗯了一声,抱着她又躺了回去:"这次隔了四个月才来,他们越来越不济了。"他充分地表现出了经常遭遇这种事儿的熟稔和对敌方势力的不屑之情。

廖停雁看到那些刺客被藏在宫殿外围的内侍砍了出去。那些内侍是司马焦贴身的一群随侍,平时低眉顺眼,一到杀人的时候就显露出了凶神恶煞的一面,把那些刺客打得落花流水,外面的一点儿喧哗很快就平息了下去。

廖停雁:这样的大好时机,我一个魔域大佬竟然没能出场大发神威?

她心里觉得有点儿可惜,闭上眼继续睡,可是没一会儿,她又醒了。她把司马焦摇醒:"醒醒,又来了一拨人。"这回的人比较少,但是显然比之前那些厉害。

司马焦按了按额角:"你半夜不睡觉,别叫醒我。"

廖停雁说:"你信吗?我这是跟你学的。"

司马焦把她按了回去:"没事儿,你别管那些了。"

廖停雁睡不着,她开着神识看直播,发现有个特别厉害的,那人已经突破了防线,正往……嗯,黑蛇所在的宫殿去。

这回他们来夏宫,是把黑蛇一起带来的,毕竟在陛下心里,现在的黑蛇是他们的爱情结晶。噗,她想到这个就想笑。

廖停雁说:"啊,有个刺客去丝丝那边了。"

司马焦坐了起来。他面无表情地下床,鞋也没穿,哐的一声抽出了墙上的一把剑，踹开门出去了。

廖停雁说："等一下？"

你不是知道你儿子是"妖怪"吗，这么急着过去干什么？廖停雁赶紧起身追过去了，倒不是怕黑蛇怎么样，就是怕司马焦被儿子突然变成大黑蛇的场景吓到。要是把司马焦吓坏了，难不成她还要学白素贞盗仙草吗？

那个刺客确实很厉害——在普通凡人境界里的厉害，可是遇上了一条巨大的黑蛇，那也没办法，只能含恨九泉了。

司马焦到的时候，正好看到一条巨大的黑蛇张开血盆大口，它嗷呜一声把那个提剑的刺客咬住。黑蛇其实没想吃人，就是习惯了咬东西，结果司马焦突然出现，黑蛇被这一吓，直接就把嘴里的人给吞了下去。

黑蛇："哕——"它只吐出了那刺客拿着的一把刀。

司马焦看着黑蛇。黑蛇扭了扭身子，觉得主人不太想看到自己变成蛇，于是又乖巧地变成了那个黑发小男孩儿，还坐在床边晃了晃腿。

亲眼看见大变活人的司马焦："……"

随后赶来的廖停雁也看到了这一幕，忍不住捂了一下脸。

司马焦扭头看了她一眼，神色略复杂，廖停雁在电光石火间突然和他的思路对上了。明白了他在想什么，她抢答："我不是蛇妖！"

司马焦看了一眼她的腰，心说，果然是蛇妖。他说："不用跟我解释这个，我不在意。"

廖停雁：我在意呀！

司马焦又按了按额角，指指假儿子："他怎么什么乱七八糟的东西都往肚子里吃，你没教他垃圾不能吃吗？"

廖停雁说："他一直是你在教！"你当初还把大黑蛇当垃圾桶，让它处理垃圾！你给我清醒一点儿！

司马焦说："我不在的时候，你这个当娘的也不教他？"

459

# 献鱼 下册

廖停雁说:"我无话可说。"她心里满是脏话。

不知道为什么气氛突然就变成了家庭儿童教育,黑蛇宛如一个看着爹娘吵架,不知所措的傻孩子。

司马焦说:"算了,我又没怪你。"

廖停雁说:"你倒是有脸怪我呢。"

司马焦拥有大部分男人都没有的明智,知道及时停止和妻子的争吵,免得形势恶化。他对准了无辜的儿子:"把刚才那东西吐出来,以后不要随便吃东西。"

黑蛇:"咝咝——"好委屈哦。

司马焦问:"我儿子怎么还是不会说话,他是不是脑子有什么毛病?"

廖停雁:你问我呀?我都不知道你是怎么把他搞出来的,有毛病也是你的毛病。

发现廖贵妃的脸色微妙,司马焦又挥挥手:"算了,我又不是嫌弃你。他到底是我们的孩子,不会说话就算了。"

廖停雁神情复杂地看着他,觉得自己可能不需要出声,这人一个人就能搞定一出家庭剧了。他自己搞出问题,再自己解决问题。

两人回去睡觉,司马焦忽然捏着她的腰:"你能变成蛇?变一个给我看看?"

廖停雁说:"我不能。"

司马焦问:"受过伤,所以变不回原形?"他给出合理的推测。

廖停雁:"因为我不是蛇妖呀。"她给出了更合理的答案。

司马焦说:"你还在因为刚才的事儿生气?话都不好好说了。"

看来这人是听不进去真话了。她吸了一口气,一本正经地说:"行,你看着。"她在司马焦的眼皮子底下变成了一只油光水滑的水獭,"看到了吗?这才是我的原形,水獭。"

司马焦陷入沉思:究竟在什么情况下一只水獭妖能生出一只巨蛇妖?

他把自己的水獭贵妃抓起来:"我觉得……你这个样子异常熟悉,我好像见过你这个样子。"说着,他脑子里确实出现了一些画面,是他将水獭揣在怀里的画面。画面里他抱着水獭,揉着她的肚子。司马焦深信不疑了:"原来你是水獭妖。"

廖停雁:她好后悔,不该带他去泡水,脑子都进水了。

## 第二十一章
**其实我是水獭，你是黑蛇**

廖停雁原本只是想跟司马焦开个玩笑，谁知道一下子把自己坑了。这家伙自从听了她的玩笑话后，就认定她是水獭妖了。真要说的话，水獭妖是个什么？这闻所未闻的妖怪种类，他怎么会这么自然地接受了？不仅接受了，他还很喜欢，时常想让她变成"原形"，廖停雁没理他。

不能再纵容他这样下去了，她现在可是大佬，没有一个大佬会这么好说话的。廖停雁说："我跟你讲，你要是再揉我的肚子，我就把你变成小鸡仔。"她想了一下，又嘴欠地添了一句，"或者变成蛇，你的原形是蛇，你知道吧？"

司马焦已经通过"合理"的推测知道了自己上辈子可能是个厉害的蛇妖。他捏着廖停雁的脸颊不许她睡觉："你可以把我变成蛇，不过你自己也要变成水獭。"

这男人竟然不惜自己变成蛇也要摸水獭,这是一种怎么样的执念?这个陛下不能像师祖一样完美隐藏自己的喜好,所以其实以前的那个司马焦心里也是很喜欢她变成水獭的?果然是很喜欢吧,廖停雁想起那时候他到哪儿都爱把她放在自己身上。没想到,师祖长着一张"狂霸酷跩"的脸,竟然爱摸水獭?他以前对蛇蛇的那个态度可能是因为蛇蛇没有毛吧?对吧?

夏宫后山的山溪里,这几日时常出现一条大腿粗的蛇和一只皮毛油亮的水獭,水獭趴在蛇身上,显得十分有灵性。

南堰侯好不容易搜罗了几个奇人异士,重金笼络,想让他们刺杀廖贵妃和突然出现的小殿下,当然最好的结果是能杀了司马焦。为了掩护这几人,南堰侯牺牲了不少手下,最开始那两拨刺客都是用来令司马焦放下戒心,转移司马焦的视线的,最后这一拨的几个人才是真正的撒手锏。这一拨人在前两拨人的帮助下混进了夏宫的守卫之中。这些奇人异士中有会易容的,他们悄无声息地顶替了夏宫几个不起眼的内侍。

几个人踩好了点,得知陛下和贵妃午后会在后山山溪里纳凉小憩,而这个时候两人身边没有伺候的宫人,可谓是最好的下手机会。后山的守卫内松外紧,只要能突破外面的防线,到了里面,他们要杀那狗皇帝和贵妃,轻而易举。

这些人不愧是南堰侯花了一半身家重金求来的,成功突破了防守,来到山溪边。

"怎么回事儿,人怎么不在这里?"一个嗓子尖尖的男人将这一条山溪看过一遍,疑惑地说。

"这溪里浸着酒壶,应该就是这里没错。"目光沉稳警惕的男子指着溪水里沉浮的酒瓶说,"或许他们是去了上游或者下游,时间不多,我们分头去找!"

**献鱼** 下册

一位细眼长眉、沉默少言的男人已经迅速顺着山溪往前寻找。而另一个身形微胖的，眼睛滴溜溜地四处转，他忽然指着水潭边一丛垂吊的兰草花下说："你看，那是一条黑蛇！这山间竟然还有这么粗的黑蛇！"

"好了，这是什么时候？你还管黑蛇白蛇，赶紧把狗皇帝和那个贵妃找到杀了才是要事！"沉稳男子看了一眼溪边那一条没有要搭理人的意思的大蛇，旋即移开目光。

这四人分开之后，兰草花下那条黑蛇昂起头，朝着他们离开的方向吐了吐芯子，随后又垂下了脑袋，盘回水里。一只水獭趴在蛇的身上，撩开用来遮太阳的兰草，朝那几人消失的方向看了看，用爪子挠了挠脸上的胡须，忽然口吐人言："怎么又有刺客？这四个刺客有点儿不一样啊。"他们好像摸到了一点点修行的边缘，但走的不是什么正经途径。他们也没有正式修炼过，只是掌握了一点儿比普通人更厉害的能力，可能是遇到过什么奇缘。

她故作严肃地说完，觉得差不多该轮到自己闪亮登场了，站起来抚了抚肚皮上湿润的毛："今天就让你见识一下我的能力。"

一条蛇尾巴把她拽了回去，卷起来。变成了黑蛇的司马焦不耐地说："不用管，外面那些侍人很快就会发现不对，过来捉拿。这么大的太阳，你乱跑什么？"

廖停雁被卷在尾巴里，心想：你为什么用尾巴用得这么熟练？你以前不是真的蛇呀！你进入设定这么快的吗？

她刚把陛下变成蛇的时候，出于个人喜好，还给他加了红色的花纹，结果陛下就不乐意了，还说什么他的儿子是黑蛇，他为什么会有花纹，非让她去掉了花纹，把廖停雁笑到岔气。

她用爪子抓了抓蛇的鳞片："我是想让你看看我现在有多厉害。"可怜她都没有遇到什么厉害的对手，害得堂堂一个魔域大佬，如今竟然还要靠处理几个小贼来展现自己，简直就是用屠龙宝刀剁蚂蚁，用洲际导弹射苍蝇。

司马焦说："别折腾了，我知道你很厉害就行了。"

廖停雁躺了回去："我感觉有点儿憋屈。"

司马焦随口应了一声："嗯？"

廖停雁把双手放在腹部："以前都是你护着我，有什么危险，遇到什么敌人，你都会像这样——"她伸出一只爪子，摆一下，"这样唰一下解决。"

简而言之，她也好想在陛下面前装一回哦。她都这么厉害了，为什么没有装的机会？这个武力值是放着好玩的吗？

感受到她身上的抑郁之情，司马焦昂起脑袋："把我变回去。"

他们两个变回人，司马焦顺手理了理她的头发，然后拉着她坐下，自己从水中捞出一瓶酒喝了一口："好了，等着吧，他们待会儿找不到人就会回来，到时候随便你怎么办。"

他这是为了哄美人一笑，把自己摆在这儿当鱼饵了。

廖停雁说："我感觉你在心里说我幼稚。"

司马焦抿了一口酒，似笑非笑地看她一眼，慢声说："没有——"

"他们在这儿！"四人找了过来，还没开始说反派必备的话语，比如什么"今日你们就要命丧刀下"之类的，就同时感觉脑子一痛，瞬间栽倒在地，人事不知。

廖停雁收回打响指的手，把手背在身后，侧身看一眼司马焦，矜持地问："怎么样？"

司马焦放下酒壶，平淡地拍了两下手掌："不错。"

廖停雁坐回他身边："我感觉好像没什么成就感，也不爽。"

司马焦说："可能是因为你没杀他们。"

廖停雁说："我都抓住了，你都不问一下背后主谋？"一般的权谋电视剧都得这么演，待会儿她还能展示一下修仙世界的问话技巧，虽然没有司马焦以前那个真话 buff 厉害，但对付普通人完全没问题。

司马焦说："这么简单的事儿还需要问？"

廖停雁问："你知道是谁？"

司马焦说:"南堰侯。"

南堰侯?就是这个人欺负我的陛下吗?很好,你已经得罪了魔域魔主了。廖停雁挥挥手,让那四个人睁开眼睛站了起来。她望向那四个人,神情冷淡,瞳孔微动,语气忽然缥缈冰冷起来:"你们回去,处理了南堰侯。"

那四人陡然清醒过来,看上去和之前没什么差异,然而此时他们看向廖停雁,眼中都是敬畏和虔诚。他们毫不犹豫地跪下:"是!"然后四人就毫不犹豫地转身离去了。

廖停雁一回头,见司马焦在看自己。

"怎么了?"她问。

司马焦忽然一笑,仰头又灌了一口酒,才说:"以前你说话行事都让我觉得很熟悉,但是刚才你的样子,我似乎没有见过。"他笑起来,手心带着温暖贴在廖停雁颈项一侧,继续说,"令我感觉有些陌生。"

廖停雁忽然就没了笑意。她微一侧脸,避开了司马焦的手,看向他放下来的那一壶酒:"你离开我十七年了,我又不是永远不会变的。"他从前也不爱喝酒,可现在他时常小酌。

司马焦揽着她的后脖子把她拉回去,按着她的脑袋把她按回自己胸口:"为什么生气?因为我说陌生?只要你一直在我身边,所有如今的陌生,都将变成日后的熟悉。"他低下头,唇贴着廖停雁的耳郭,姿势非常亲昵,他继续低声说,"而且你一直在我身上寻找熟悉感,也想让我在你身上寻找熟悉感,特意费心思重复过去相似的场景,不会累吗?"

廖停雁感觉手指像是被烫了一下,疼得微微颤抖。她没想到他会突然戳破这一点,戳破她那些秘而不宣的心思。

司马焦总是这样,看着什么都不在乎,也没有注意,其实心里什么都明白,也什么都清楚。从前是这样,现在也如此。

十七年,这不是一个很短的时间,至少对她来说不是。她是久别重逢,他是宛若初见。不论是夏日山溪还是水獭,都是她在这漫长的时间里记起来的,而他不记得了,所以她重现一遍。

廖停雁默默起身,走进溪水里。她把自己变成一条普通的小鱼,混进了那一群拇指大的小鱼中间。她现在不太想和司马焦说话。

司马焦伸手捋了一把长发,也走进了水里。他弯腰去看那些小鱼,思考着什么,伸手下去抓鱼。那些小鱼在他手指伸下去的时候就一哄而散了,司马焦不以为意,继续在那里抓鱼,好像一定要抓到那个和自己捉迷藏的廖停雁。

他在小溪里转来转去,忽然猛地捧起一捧水,合拢手掌往岸上走,带着笑对手掌中说:"好了,别生气了,我们先回去。"

走到岸边,他就被人在背后泼了一身水。廖停雁出现在他身后,虎着脸朝他泼水:"你认错鱼了!"这男的什么眼神?

司马焦却早有预料一般地扭头,松开了手,他的手掌里只有一捧水,没有鱼。他叉开腿坐在岸边大石上,带着笑,撑着下巴看她,非常坏。

他是故意的。他在诈她。

廖停雁跟他对视片刻,躺回水里,又变成鱼。这回她是真的不想理这个家伙了。

司马焦走回水里,伸手到水里去抓鱼。那些小鱼还是一股脑儿地游走,只有一条好像死了一般,僵硬地在水里一动不动。司马焦忍下喉咙中的笑,两手把那鱼捧起来,故意发问:"这回没认错吧?"

他手里僵硬的鱼翻个身,朝着他吐水:"呸——"

司马焦大笑起来,捧着她回去。其实,他想起来不少事儿,只是其中都没有她,也没有令人心情愉快的。

"如果你不是现在这个样子,如果你不是'廖停雁',我也会喜欢你,你信不信?"

鱼吐了个泡泡:"凭什么?"

司马焦说:"'凭'白无故。"

廖停雁说:"故弄玄虚。"

司马焦说:"虚与委蛇。"

# 献鱼 下册

廖停雁："蛇"字开头的成语有什么来着？蛇蝎心肠？可是虚与委蛇的"蛇"读音同"移"，这不行吧。

司马焦笑了："哈哈哈哈哈！"

廖停雁脸一黑：我为什么要突然跟他玩成语接龙？

  这一年的冬天格外冷，南部几郡入冬就下大雪，已经下了好几场，比往年冷上许多的天气让平民的日子难熬起来，他们没有足够抵御严寒的衣物和火炭，很快就出现了人被冻死的情况。最开始是路边无家可归的乞丐，他们如漆黑的石头一般被冻死在路边，然后就是一些偏远村子、贫民棚户区的人，体弱的老人和小孩儿……这一场寒潮来得突然，一时间死的人又太多，底下的官员不敢上报，强行将冻死的人掩埋，不允许任何人离开原籍地，因此这一场灾祸，最开始燕城王都方面并不清楚。

  等到消息瞒不下去，传到了王都，大臣匆匆去皇宫寻找陛下商讨，却发现陛下根本不在宫里。他总是如此，说走就走，如今越发夸张了，竟连一点儿消息都没传出来。皇宫里如今只有个小殿下。小殿下坐在司马焦常坐的那张椅子上，晃着腿，一脸天真地看着他们。

  大臣：要亡国了！肯定要亡国了！

  大臣在心中声讨了陛下一番，又痛心疾首一回，然后聚在一起讨论怎么面对这场百年一遇的大雪灾。反正陛下平时也不管这些，他们自己处理就好了。然后问题又来了，毕竟不是所有官员都大公无私，大家各有各的想法，于是又开始扯皮。

  大臣在扯皮，陛下和贵妃此时却在千里之外的南明郡，也就是让大臣争论不休的"灾区"。

  前两日廖停雁在宫里待得无聊，发现今冬燕城王都没有丝毫要下雪的预兆，反倒南方寒气迫人，便突然起意，想要去看雪。她在修仙界，好些年没看到大雪了，有些想念，所以两人商量后，她带着陛下乘着飞行灵器飞到了南明郡赏雪。

漫天的白雪和铅灰色的天空让这个婉约的南方大郡变成了雪岭，虽然确实好看，但廖停雁只看了几眼就拧起眉。有时候修为太高真的不太好，她的感知能力非常强，强到她能透过重重雪层，看到里面被冻住的尸体。她把神识再拉高一些，一眼望去，甚至能看到有些死灵的怨气在徘徊。廖停雁没了赏雪的心情。

她的神情变化引起了司马焦的注意。两人站在南明郡的一座城楼上，司马焦身上搭着一件黑色的狐裘，他用温热的手掌蹭了一下廖停雁的脸，蹭掉了落在她脸颊上的一片雪花。

"怎么，这雪不好看？"

"这里死了不少的人。"廖停雁牵住他的三根手指，有些难受。

司马焦没什么表情："既然如此，那就去个没有死人的地方看雪。"

廖停雁：她忘记了，这个祖宗从前在修仙界就是带来无数腥风血雨的人物，并不在乎这些。

廖停雁重新说："看到这里死了这么多人，我觉得不舒服。"

司马焦这才动了动眉头："那就处理一下。"

廖停雁思考了片刻，仰头看天，天空之上，有什么东西在隐隐闪烁。她忽然挥手，磅礴的灵气直冲云霄，震散了那些冰冷的雪云。天光乍现，阴沉了一个月的天空骤然出现了太阳的踪迹。她听到隐隐的雷声，没放在心上，就是看了一眼司马焦。她得到灵火之后，但凡做点儿什么事儿，总能听到雷声。只是得到灵火之后，她也不怕雷声了，就好像司马焦给她的不只是灵火，还有他的某一部分特质，让她对这个世界少了许多畏惧。

"不只南明郡，寒流一路往南，我现在震散一次，过段时间又会聚集起来。"廖停雁决定把魔将找来干活。毕竟她一个人干活太累了，拯救世界需要人手。

她和司马焦一起住进了南明郡城郊枞景山一处庄园里，这里的山林也被雪覆盖。还未化去的厚厚积雪在阳光下闪耀，天地清朗，这景致让廖停雁感觉稍微好了一点儿。

469

先前驻守在燕城王都的魔将赶到，满脸迷茫地领取了自己的任务——清雪救灾。

魔修："我们……我们可是魔修哇。"

魔将危厄满面狰狞地说："爷爷我也记得我们是魔修，可是魔主不记得了！要不你去提醒她一下？"

魔修转了转眼睛："我们真的要去救这些凡人？都死了这么多人了，魔主肯定也是随口吩咐，不如我们——"

魔将危厄瞬间露出了忠君爱国的浓眉大眼，一抬手："来人，这人公然违抗魔主之命，把他绑到魔主那里去！"

魔修一瞬间惊恐万分。

试图阳奉阴违、偷偷搞炼尸材料的魔修被烧死，魔将各自带着老实起来的魔修奔赴受灾严重的几个郡，驱散寒流，人工停雪。这事儿其实并不难，就是有些琐碎。干完活回来汇报的魔将得到魔主的认可后，纷纷放松离去。

魔将危厄是速度最快的一个，见过魔主后准备离去时恰巧在走廊遇上了司马焦。这个前任魔主统治魔域的那段时间，所有人看到火焰都觉得心惊肉跳，危厄也是一样。危厄从未见过那么强大又残暴的魔主，几次三番差点儿被吓破了胆子，哪怕司马焦现在是个凡人，危厄也下意识地感到恐惧。危厄忍不住屏息，站在一边想等这祖宗自己离开。反正他现在又看不到我，魔将危厄在心里这么安慰自己。

"危厄。"

魔将危厄一僵，对上司马焦的眼神，一瞬间背上汗毛直竖。他看到我了！他看到我了！

等到司马焦走了，危厄才恍然回神，想起刚才司马焦说了什么——"将雪带到枞景山。"司马焦只说了这么一句，就直接走过去了。

危厄猛地一拍手。哎呀，前任魔主他、他竟然记得我的名字！我忽然觉得好荣幸、好骄傲呀！不过，"将雪带到枞景山"是什么意思？枞景山就是这一片山头，他老人家想让这座山下大雪？现任魔主想让雪停，前任魔主想让下雪……嗯，自己是不是知道太多了，是不是遇上事儿了？

危厄的一位下属听闻此事，摇摇头："将军，您可还记得前任魔主在魔域时吗？道侣要什么他给什么，就算不要，只要她喜欢，那位也会寻来给她，你看如今这做法不是很熟悉吗？依我看，是咱们现在这位魔主想看雪，或者从前的魔主想同道侣一起看雪！"

"啧啧，道侣实在也太麻烦了！"危厄小小地抱怨一句，然后乖乖去做，将寒流与雪云赶至这一片荒无人烟的山林，给山庄里的两位大佬人工降雪。

廖停雁任会见红螺，红螺偶尔会从魔域过来看看她，顺便带来一大堆清谷天送的特产，给廖停雁改善一下生活。

红螺一来就看到廖停雁把魔将支使得团团转，不明白了："你这是在干什么，闲着没事儿管这些干什么？"红螺毕竟还是个土生土长的魔修，很是不理解廖停雁的做法。

廖停雁也没多说，只说："可能因为我终究是个凡人。"

红螺翻个白眼："你这个修为，你跟我讲你是凡人？"

可是即使有再高的修为，心是凡人的话，廖停雁也就确实算是个凡人了，这可能就是廖停雁能平静地看着魔域和修真界里面那些人争斗厮杀，却受不了凡间这一国一地的雪灾死人的原因。能接受波澜起伏的人生中的牺牲，但看不得平凡人生里的灾难就是所有普通凡人的心理。

红螺也不愿意拿这种事儿和她多说："算了，这点儿小事儿，你想做就做吧，反正只是些普通人。"

就在这个时候，廖停雁发现外面在下雪。廖停雁先是一愣，然后闭目一瞬，神识发现雪只存在于这一片山林，存在于她眼前所见的范围内。后山松竹上的雪还没化完，这一场大雪下来，大概又能维持很久的纯白世界。廖停雁大开着窗户，任由纷飞的雪花飘进来带走屋内的温暖气息。廖停雁来这里是想看雪的，知道这一点的只有一个人。

471

**献鱼**

下册

红螺正和廖停雁说起司马焦:"你到他身边大半年了,他想起来多少了,有没有想起你?你们现在怎么样?"作为廖停雁最亲密的朋友,红螺总是很担心自己的朋友出现感情问题。

红螺说了半天,发现廖停雁没回答。廖停雁看着窗外的雪,脸上带笑。

算了,不用问了。红螺的耳朵一动,忽然快速地说:"我说完了,先走,下回再见。"红螺说完,就从窗户跳了出去,瞬间消失。

红螺一走,司马焦就走了进来。他自然地坐到廖停雁身后,抱着她一起看窗外的雪。廖停雁习惯性地靠在他怀里,她的手指微动,屋内的暖炉就开始散发热度,他们周围都变得温暖如春。

下着大雪的时候,天地之间总是格外寂静。廖停雁有那么一瞬间想问司马焦过去的事情他想起多少了。他让这场雪出现,就表示过去的事情他确实想起很多。可是,廖停雁终究没有开口问,只是觉得很安心。

她很早就知道,过去的事情司马焦迟早是会想起来的。他毕竟不是转世,而是寄魂托生。如果说转世是把一台电脑的零件拆开,分开重装到其他的电脑上,那寄魂托生就只是一台电脑重装了系统,还是备份了资料的那种。就算当初生下他的孕者没吃还魂丹,他的记忆也会慢慢找回来,只是廖停雁之前不知道这个过程需要多久。真要说的话,她自己的记忆想完整地找回可能还更难些。因为司马焦随着年龄增长就能自然地想起来了,而她每次都需要神魂疼痛才能想起被洗去的记忆。

廖停雁这一辈子都在"顺其自然"。她捏着司马焦的手,感觉到他身体里那一点儿微弱的灵力涌动,慢慢困倦地闭上了眼。

顺其自然吧。世上的事都是越想越复杂的。

南方几个郡的大雪都停了,唯一没有停雪的只有无人踏足的一片枞景山。

司马焦和廖停雁去后山松林漫步,一把红伞落满了雪,变成了白伞。林中有一处小径,通往山上一处野亭,两人反正无所事事,干脆拾级而上,踏雪寻亭。

廖停雁少有这种愿意自己爬山的时候。往常她都待在一个地方"冬眠"。正所谓春困、夏休、秋乏、冬眠,这是所有"社畜"的生活习性,哪怕廖停雁不做"社畜"很多年,也还是没有改变。

两人走在山径上。司马焦走在前面,头上没有伞遮着,肩上落了雪。廖停雁落后一步,举着一把伞,自己遮着雪,两人就这么一前一后走着。廖停雁转动伞,雪唰唰唰地落在司马焦的狐裘上,被他轻轻一抖就落了。他扭头挑眉,又继续不紧不慢地走着,没把她的骚扰放在眼里。

山上那个野亭荒凉破落,塌得差不多了,几乎被雪掩埋。两人转了一圈,踱步到亭边的一棵枯树下。司马焦伸手摇晃了一下,枯枝上的雪瞬间落了廖停雁满脑袋,而她刚收了用来装样子的伞。

廖停雁:"……"

司马焦在她反击之前,折下了那根抖落了积雪的枯枝。他的手指在枯枝上点了点,那根枯枝飞快地长出了花苞,眨眼就开了几朵粉色的山桃花。

这是回春术,很普通的一个术法。

廖停雁默然片刻,接过那枝在雪中露出粉色的山桃花。司马焦便牵着她的手回去了。

"我知道你在怕什么,但是我以前说过,只要我在,你就什么都不用怕。"

廖停雁晃着那枝不合时节的桃花,心想:我又有什么好怕的,在这个世界,我唯一怕的不就只有你吗?

但她的陛下就像这一枝花,想开就开了,半点儿不由人。

廖停雁半夜突然坐起,看到床边插在花瓶里那一枝山桃花,伸手把身旁的司马焦摇醒了,震惊地问:"你都想起来了,还让我变水獭给你看?还假装蛇妖逗我玩儿?"

司马焦没睁开眼睛，哑着嗓子嘘了一声。他把廖停雁拉回来按在胸口上，安抚地拍着她的背，把脸埋在她的头顶："睡了。"

廖停雁疯狂摇头，甩了司马焦一脸头发，终于把他闹醒了。他只好放开廖停雁，摊开身体躺在床上。他捏了捏鼻梁，斜睨她一眼。

廖停雁：呵，半夜把人摇醒果然很爽啊。看到了吗？不是不报，时候未到。

司马焦说："你……不如坐到我身上来摇？"

廖停雁发出了嫌弃的呃的一声："谁要滚床单！"

司马焦坐起来："好吧，那我来。"他突然扑向廖停雁，把她压在床上，然后滚了一圈。

廖停雁：你搞啥！

滚了几圈停下来，廖停雁吹了一下甩在脸上的头发，心想：司马焦是不是脑子又有病了，大半夜的滚床单？

廖停雁问："请问，你在做什么？"

司马焦说："自然是滚床单。"

廖停雁想起了久远的"摸鱼"事件，脸色顿时有点儿狰狞。她一个用力，抱着司马焦的腰往回翻滚："行，来滚哪！"

外面守夜的宫人听到这大半夜的响动，脸上露出微妙的神色。陛下和贵妃……啧啧啧，真是激烈呀。

两人玩闹一样滚了两圈，把床上的被单、枕头滚了一地。廖停雁的脑袋撞到了床架，司马焦伸手挡了一下墙，让这场幼稚的游戏停了下来。他用手掌捂住廖停雁的后脑勺，低头在她的脸上亲了一下："好了，睡吧？"

廖停雁：我刚才在干什么？为什么我现在每次生气都会突然沾染他的傻气，这人是有毒吗？

看到她的表情，司马焦笑起来。廖停雁感觉到他胸口的振动，觉得鼻子痒痒的，就近凑在他的胸口蹭了一下，蹭完发现司马焦的表情不太对。他的手指抚到她的衣襟，拉开，他又往她的脖子上蹭了蹭："行吧，待会儿再睡。"

然后他们滚了另一个意义上的床单。和刚才闹翻天的踢枕头、踹被子不同，这一回既安静又缠绵。在这种时候，廖停雁会怀疑司马焦从前会不会真的是蛇妖，那细密无声的纠缠令人战栗。

"咝——"她吸了一口气，抓紧司马焦的肩膀，耳边听到司马焦微微的喘息和笑声。

"我是想起来了，但那和我想看水獭有什么关系？"

廖停雁：她要捏他屁股！

之后廖停雁再追问他想起来多少了，司马焦只说："该想起来的都想起来了。"

廖停雁就没再问这个，只是像影子一样跟着他，司马焦去哪里，她就去哪里。司马焦偶尔会故意一个人出去，然后悠然地看着她匆匆出来找。

廖停雁说："祖宗，别离我太远！"

她每回看着司马焦那一脸"真拿你这个黏人的小妖精没办法"的神情，就躁得像是来了"大姨妈"，忍不住朝他大声抱怨："祖宗，你有点儿自觉好吗？"

司马焦意外地很喜欢看她变成暴躁咸鱼的模样，看够了才问："什么自觉？"

廖停雁简直被他气到飞起，板着脸快步走过去。她刚准备开口说话，司马焦就上手一把将她抱起来，抱着大腿抬起来的那种，廖停雁差点儿被他抱得倒栽下去。她往前趴在司马焦身上，他抱着她往那仍积着厚厚一层雪的石阶走去。

只暴躁三秒就恢复了原样的廖停雁搂着他的肩："你就一点儿都不怕吗？"

还是之前那条路，司马焦抱着她往上走，步子不快不慢。他说："有什么好怕的。"

廖停雁沉默了很久，仿佛自言自语一般开口："最开始，你在庚辰仙府被困，后来你能脱困，恐怕付出了不小的代价。那时候我还不懂，可是后来就想明白了。"

"我们那次逃离庚辰仙府，你差点儿死了。你吃下的那一枚丹丸的效果太好了，现在想想，那样彻底治愈你的损伤恐怕是有代价的，那个代价是什么？"

"之后，你几乎杀尽了师氏一族，还杀了庚辰仙府那么多顶尖的修士。要杀他们，你又牺牲了什么？你的灵火是不是就是从那个时候开始失控的？在魔域的几年，人人都说你嗜杀，时常无缘无故地将人烧成灰烬。那是因为你当时已经无法控制了是不是？"

他这个人，就是痛得要死了，伤得快死了，也不想让人看出来一点点，总要摆出胜券在握的样子。

"你跟我说过的，你说天要亡司马一族，你就是最后一个，所以你一定会死。"

他挣扎过，最后选择将生命留给她，做出这种自我牺牲，几乎有些不像他了。

"你本来应该死了，是我强行把你的神魂拉了回来，你的苦难本来应该在十七年前就停止了……"

如果是那样，他不会成为现在这个陛下，不会有这样一个千疮百孔的国家，不会遇上这些无休无止的天降灾难。如果只是这样，她还可以护着他，可是当他再次走上修仙之路，没有了灵火和那一身司马血脉的司马焦，还能对抗这一方天地吗？她又能在"天谴"之下护得住他吗？如果护不住他，司马焦骄傲至此，她怎么能看着他在这世间苦苦挣扎。

"司马焦……我很没用的，就算你千方百计地把灵火留给我了，我也比不上你厉害。我怕我护不住你。如果我强行留下你就是为了让你再痛苦地死一次，那我为什么要强求？"所以，只有这平安喜乐的几十年，不可以吗？她越说声音越低。

司马焦抱着她往石阶上走，突然笑出声。

廖停雁：你看看这悲情的气氛，这种时候你可以不要笑场吗？你尊重一下我心里的痛苦好吗？

司马焦说："你搞错了一件事。"

廖停雁问："什么？"

司马焦说："如果我打定了主意要灰飞烟灭，你不可能'强留'下我的神魂。"

廖停雁一愣后猛然反应过来，往后一仰，不可置信地盯着司马焦的脸："你……"

司马焦的脸上露出她很熟悉的笑，就是十七年前他在她面前燃烧起来时脸上的那个笑，带着洞悉一切的味道，带着早有预料的得意。可她现在才看明白。

"那是我给你的选择。若是你宁愿承受痛苦也想让我留下，我就会留下。若是你并没有那么爱我，我也愿意拿神魂为你做一次灯引。"司马焦说得很随意，"总归是给了你的东西，你愿意如何，就可以如何。现在也是这样。"

廖停雁想起当初自己把司马焦的神魂从灵火中分离的情景，那确实比她想象中容易。

她突然恨得有些牙痒痒，低头一口咬住司马焦的肩。她第一次这么用力，口中很快就尝到了腥味。司马焦却连哼也没哼一声，甚至还大笑起来："你看，你想让我留下，想让我陪你更久，我都可以做到。而且，我其实并不需要你保护。"

说话间，他已经走到了上次的那个山间野亭。

司马焦侧了侧头，抚了一把廖停雁的头发："好了，松嘴。"他把廖停雁放在那棵山桃树下，自己扶着树枝，弯腰亲她沾了血的唇，"真凶，我第一次见到你这么凶。"

廖停雁靠在那棵山桃树树干上，被亲得仰起头。她看见司马焦漆黑的仿佛跳跃着火焰的眼睛，还看见他们头顶这棵树骤然如春风吹过，

477

白雪融化，枯枝上绽开无数朵粉色的山桃花。

她听见了雷声，抓着司马焦衣襟的手一紧。

司马焦握住她的手，抬起头，红色的唇往上勾起："你在这里看着我渡这一场雷劫。"

他要渡雷劫？为什么她没能看出他到了需要渡雷劫的时候？这又是渡的什么雷劫，结丹还是结婴之劫？是什么遮掩了她的感知，甚至遮住了天机？

廖停雁看他直起身后退，险些追过去，却被司马焦一手按了回去。

"安静看着。"

他侧身站在那儿，仰头望天。廖停雁眼前一个恍惚，好像看到了当初在三圣山站在高塔外面对着一群庚辰仙府修士的那个师祖。

廖停雁的瞳孔忽然缩紧，因为司马焦的手中出现了一团火，不是以前的红色的，而是无色的，只有边缘能看出一点儿蓝。这火很小，但一出现，周围的温度瞬间就升高了。这一片山林以这一处坍塌的野亭为中心，积雪飞快地融化，就仿佛被快进了一样，地面上长出绒绒青草，周围的树木也开始变得青翠。

这是……灵火？为什么他还有灵火？这火为什么是这个颜色？廖停雁满腹疑问，司马焦望向她："这是你为我点燃的火。"

这是当初师氏一族用奉山一族的血肉培育出的一簇新生灵火，也是被司马焦融合后导致他当初的身体迅速崩溃的东西。不过，它经过灵火融合，又由最后一个司马氏族人的血肉炼化，如今被廖停雁身上那一簇灵火引燃，已经变成一簇全新的可以不断生长的灵火——这是他当初设想的最好的结果。他赌赢了。

雷一声声地坠落，又一次次不甘地散去。司马焦手中的灵火重回体内，刚才灵气充盈的身体融合了那灵火之后再次变得气息纯粹，仿若凡人，廖停雁也看不出异样。

他一拂袖，拂去身上的尘埃，走到廖停雁身前，伸出手给她："走吧，回去了。"

廖停雁茫然地看着他。司马焦摇了摇花枝，抖了她一身山桃花。

廖停雁回神，问他："你是不是还能陪我很久？"

司马焦说："你想要多久就有多久。"

廖停雁问："那，我也不用害怕？"

司马焦说："我早就告诉过你不用怕。"

廖停雁问："所以你就什么都不解释，故意看我为了你急得团团转？"

司马焦说："没有。"

廖停雁明白了："多说无益，狗贼受死！看招！"

她一跃而起，司马焦侧身躲过。他把她的手腕拉到唇边一吻："为什么又生气？"

廖停雁毫不犹豫地一把薅住他的头发："我今天就要告诉你，什么事都瞒着老婆，总有一天是会遭受家庭暴力的！你真以为我不会打人是吗？啊？"她要是不趁着他现在还没恢复巅峰实力揍他一顿，日后就更揍不到了。

司马焦："嗒——"

陛下被按在树上打，好好的一树山桃花都被他们摇晃得落光了花。

司马焦被她没头没脑地按在树上，刚想转身抓住她的手，就听到她一边踢他的腿，一边大哭，顿时头疼得又趴回去了。算了，让她踢够了再说，反正他也不太疼。

司马焦，一个能为了廖停雁去死，却绝不明白她此刻为何大哭的老浑蛋。

司马焦这个皇帝当得非常有水分，就像他当初当人家的师祖也根本不像个师祖，反而像个敌方阵营的大魔头一样。鉴于他从前当慈藏道君却搞垮了庚辰仙府，当魔域魔主又几乎杀了大半个魔域的魔将，廖停雁也不强求他好好当个皇帝了，反正一切有她——的魔将看着，绝不会有人事儿。

## 献鱼
### 下册

　　南明郡的雪灾突然被解决,来年春天的一场瘟疫还没来得及大规模爆发,大臣刚报给了陛下,雪灾就消弭于无形。

　　魔将不擅长应对瘟疫,他们只擅长传播瘟疫和制造惨案,所以这事儿是委托给了修仙界的一些人士去做的,其中清谷天也出了力。受魔域邀请前往凡人聚集的国家替普通人驱散瘟疫,众修仙人士一边干活,一边都有点儿茫然。我们可是修仙正派人士呀,为什么要和魔域一起拯救世界?不是,为什么魔域要拯救世界?他们是修仙的,还是我们是修仙的?

　　这件事儿圆满解决了之后,从前对立的魔域和修仙界一时间非常尴尬,就好像死对头突然被凑成一对,相亲相爱固然不可能,但喊打喊杀也搞不出来了。

　　被这群无名英雄拯救的凡人国家则到处流传起陛下得天命庇护的传言,说他能请仙人下凡相助。

　　一群从前对司马焦又惧怕又暗自嫌弃的臣子不知脑补了些什么东西,对司马焦越发恐惧,连小殿下两三年间没长个儿是因为什么都不敢去问。

　　宫人之中,某个传言传得有鼻子有眼的,说小殿下的宫殿曾在风雨交加的夜晚出现巨大的如蛇一般的影子,那影子几乎缠住了整个宫殿。

　　"什么蛇,那必然是龙!"

　　"对,对,小殿下乃一国太子,当然有真龙之气!"

　　司马焦并不在乎这些。他和廖停雁并不常待在皇宫。廖停雁就算瘫着,也更喜欢瘫在风景优美、美食众多的地方,所以她在一个地方住一段时间,总要找个其他地方待一阵,经常是半年一换或者一年一换,基本上看心情。

　　这就是咸鱼的旅行梦想——说走就走,想去哪儿就去哪儿,但不管在哪儿都要瘫着。

　　对于把蛇蛇单独丢在皇宫的行为,廖停雁起先还有些过意不去,司马焦却说:"让他待在那儿,当一段时间皇帝对他日后更好,当个十几年皇帝他就能说话了。"

人间王朝的气运和修仙界的气运自有不同之处。司马焦一个大佬,用一己之力和不同的针对性方法,把道侣和跟班都喂得嗖嗖升级。司马焦这个可怕的男人,恐怖如斯!

不知道什么时候想起自己其实没有儿子的陛下仍是把大黑蛇当作儿子养着,廖停雁之前想看的他想起一切后自己打自己脸的情况没有出现。她有点儿失望。小陛下变回了老浑蛋师祖,越发能装模作样了,她根本看不出来他有没有恼羞成怒,连神交时也感知不到,能感知到的都是些她不好意思说出口的东西。

司马焦近来脾气好了许多,没有从前的师祖那种时时刻刻都要隐忍着才能不爆发的戾气,廖停雁觉得这和他的睡眠质量提升有很大的关系。可见睡眠充足对保持心情愉悦是多么重要,连狂躁症都能缓解,甚至治愈。

他们去了先前从未踏足过的地方,修仙区域边缘的西区。这里有连绵不断的几千座大山,有终年不散的云雾和湿润的雨气,还有无边林海和数不清的本地美食。这里的灵气不浓,比魔域的还要差一点儿,不过这里有些特色的修仙族群,他们修的不是正统的五行术法,而是灵巫术。

廖停雁是为了当地的特色美食烤菇子去的,可是到了地方,吃了一顿菇子之后就有点儿身体不适,全身发烫。她躺在床上怀疑人生,思考自己是不是蘑菇中毒。可她都是大佬了,还会因为小小的蘑菇中毒吗?这一点儿都不像修仙的人!

她睡了一觉起来,发现自己身下多了一个硌人的东西。

廖停雁茫然地看着自己手里的东西:蛋?

等一下,这个蛋,这个有花纹的红色的蛋是什么东西?司马焦趁我睡觉的时候塞过来逗我玩的?

司马焦刚好走进来,廖停雁将手里温热的蛋举起来朝他示意:"你的蛋，拿走。"

司马焦捏着那蛋看了两眼，坐在床边抛了抛："你跟我生的？"

廖停雁说："呵，我们两个人类，怎么生个蛋出来。"醒醒，你根本不是蛇妖设定了！生不出蛋的！

她还是倾向于这是司马焦搞出来逗她的，这人最近不是一般地皮。

司马焦端详了一下那颗蛋，猛地把蛋往旁边的墙壁上一敲。廖停雁心里一紧，她脱口而出："我的蛋！"刚说完，她就察觉不对，立马改口喊，"你的蛋！"

那蛋没有被敲出蛋花，还是一个坚强的椭圆蛋形。

司马焦说："不如你孵孵看，看能孵出来什么？"

廖停雁没有从前那么好骗了，闻言，警惕地瞧着他："你根本就知道这里面是什么吧？"

司马焦笑了一声，躺在她身边，顺手把蛋从她的领口扔了进去。廖停雁感觉那温热的一颗蛋骨碌碌地掉到肚子上，立刻把它掏出来往司马焦怀里塞："你要孵就自己孵！我不干！"

司马焦抓住她的手，包裹住那颗蛋："既然这样，干脆烤了吃了。"说话间，他的手掌冒出透明带蓝的火焰，裹住了廖停雁的手，包括那颗蛋。

廖停雁说："等一下！"你怎么说烧就烧？万一里面真有活物呢，烧死了怎么办？

她手掌里的那颗蛋已经啪一声被烧裂开了。

里面咻地冒出一团红色的火焰，火焰一出现就大骂脏话："你们这狼狈为奸的狗道侣，又想折磨老子！老子真是倒了八辈子的霉才会被迫跟了你们！"这里面的竟然是脏话小火苗！真是久违了。

廖停雁还以为它早在当初就被司马焦炼化了，没有意识了呢，毕竟她拥有这簇灵火差不多二十年了，从来没听过脏话小火苗吭声。

她下意识地去看司马焦，看到他的表情，就知道这事儿肯定他早就知道了。这男人没告诉她的事儿不止一件两件。最气人的地方在哪儿呢？他不是故意隐瞒，只是觉得这事儿没必要说，脑子里整天不知道在想些什么。所以，她一般是撞上一件事儿知道一件事儿，都不知道他还能给出什么样的"惊喜"。

廖停雁揪住那叽叽歪歪的火苗，往司马焦的怀里一丢："这怎么回事儿？"

"灵火本体能离体出现，"司马焦把那簇脏话火苗弹开，"说明你现在已经完全融合了这灵火。"

毕竟廖停雁不是奉山一族的血脉，他要强行把灵火给她也不是那么容易的，这需要一个漫长的融合过程，在他的预想中应该是三十年。不过这几年被他那簇灵火勾动，她身上的灵火就和她提前完成融合了。

灵火落在一边的玉枕上，好像已经憋了许久，胆子也大了不少，大声说："姓司马的，你有没有良心！亏我跟了你那么多年，你为了另一个女人，说抛弃我就抛弃我，你看看我现在缩水成什么样子了，你们司马家……"

这话怎么听着就那么不对劲呢？廖停雁说："是我打扰你们了，告辞。"

她想明白了。之前她拥有灵火，却不能像司马焦那样随意使用，她还以为是因为自己没有奉山血脉才会导致灵火威力降低，现在看来是之前没有完全融合。现在灵火完全融合了，她心里又明悟了很多东西，身体里的力量也再一次增强。

廖停雁："……"

她突然明白当初司马焦是怎么想的了。他先把魔域的刺头和修仙界能主事的都吓怕了，然后给她灵火让她能吓住人，等她和灵火彻底融合，他遗留下来的威望差不多也无法再震慑有异心的人，不过那时候和灵火完全融合了的她也什么都不怕了。他考虑得可真周全，比她原来想的还要周全。

廖停雁按住喋喋不休的脏话火苗，把它收了回去，就床躺下。司马焦这人，怎么总是让人又感动又气？这磨人的老祖宗！

# 献鱼

## 下册

她不吭声，司马焦瞧她一眼，拉了拉衣袖，将手腕放到她面前。廖停雁配合地张开口，在他的手腕上咬了一口。

"不气了？"司马焦摸着那一排牙印，按照深浅程度估计她这回的生气程度。这回是一般的生气。

"嗯。"廖停雁感觉要是每次都因为这些事儿跟司马焦生气，迟早变成个气球被放飞。而且生气非常累，一次还行，多来几次她也受不住，所以还是算了，就意思意思，气一下以示尊敬。

莫名其妙地，两人就相处出了这么个模式。廖停雁一有生气的预兆，司马焦就抬胳膊送手指让她咬一口撒气，或者让她自己随便找地方咬。他有一撮头发就被她咬得毛毛糙糙的，至今还在他的发尾处晃荡，时不时会被他夹起来看一看。

廖停雁好了，爬起来去找吃的。美食在廖停雁的人生里是非常重要的一部分，她为此不惜隐姓埋名跑到这里，当然不可能只吃一顿。

美食还没吃上，廖停雁先遇上了个泼辣的妹子。妹子瞧上了司马焦的美色，当街和廖停雁吵了起来。

廖停雁：吵架我不擅长啊。

于是她放出憋了很久的脏话小火苗，虽然这火苗骂人的词汇量不多，但众所周知，小孩子高亢的尖叫和蛮不讲理的哭喊抱怨能战胜一切骂街。那原想勾搭司马焦的妹子黑着脸、堵着耳朵落荒而逃。

廖停雁在一边吃完了两串野味烤菜，觉得冲这特殊的风味，确实没有白来一场。

这里的男男女女也异常热情。回去的路上，廖停雁被一个脸上涂抹着油彩的野性男子勾搭了。这里的男男女女勾搭人，都是能吵赢了、打赢了，就直接抢回去睡了再说的，所以说廖停雁其实是收到了那男子的比斗邀约，不过那男子还没说完，就在廖停雁面前烧成了灰。

廖停雁听到周围响起一片尖叫，看到旁边的司马焦动了动手指。

司马焦冷笑一声，许久未见的戾气漫上来，周身火焰摇曳——就像当初三圣山那个火焰大魔王。她还以为他的脾气变好了，现在看来可能是错觉。

  修真界的大魔王传说又有了后续。

  廖停雁说:"祖宗,快收了神通吧!我来,我来行不行!"

  后来,传说中的大魔王变成了两个。

  廖停雁:好冤,都是司马焦黑我的。

  离婚是没办法离婚的,她只能被他黑一辈子。

## 番外一
## 他的信息素永远是我最爱的味道（ABO）

新星历451年，廖停雁跟随家人从中部的H-2星搬到了首都星A星。

因为她的父亲升官了，从士官升到了中尉，而她的大哥也有了军功，所以一家人终于有了搬迁至首都星的资格。

廖家七口人，廖父廖母是典型的AO配对，而他们生下的五个孩子，包括廖停雁在内，全是A。

廖停雁上有哥哥姐姐，下有弟弟妹妹。兄弟姐妹五个站在一起，排行老三的她比不过哥哥姐姐的挺拔健壮，也比不过弟弟妹妹的骄傲活泼，所以廖父廖母常对着她叹气："老三哪，你看起来不像个A，更像个B或者O啊。"

所谓A、B、O，指的是如今的性别体系里的三大类，人数比例是3：6：1。A指代战斗力和精神力远胜一般人的一部分人。一个人只要是A就不论男女都是硬汉中的硬汉。O则和A完全相反，体力和战斗力都不高，一般还敏感而温柔，体质天生适合生育。O和A之间会因为信息素产生感情，信息素的相融度越高，双方的感情就会越好。B则是普通人，没有超凡之处，也没有信息素，这一类人如今占了总人口的大部分。

幸运地作为一个素质高于一般人的A，廖停雁本该像姐姐那样是个喜好争斗、永不服输、勇敢且坚韧的"超人"。可惜，不知道是不是因为这具身体里的灵魂是个来自遥远的地球的客人，所以廖停雁的性格完全不像A。

总之，这些年来，兄弟姐妹都以廖停雁为耻，觉得她这样的人有辱A群体的好名声。

廖停雁：行吧，我无所谓。

他们到了首都A星后不久，廖父去拜访上司，进行基本的社交。这一天晚上，带着大儿子参加一个宴会回来的廖父，异常兴奋，招来了自己的几个孩子："有一件很重要的事儿要告诉你们！"

他说的是太子的婚事。帝国的太子到了适婚的年纪，然而在上流阶层，太子找不到一个匹配度高于百分之六十的结婚对象。没办法，眼看太子二十四岁了还没找到适合的太子妃人选，皇帝只能放低要求，连尉官家庭出生的孩子都有机会成为太子的结婚对象。

廖父这么兴奋，是因为他家五个孩子里最小的双胞胎刚满十八，长子二十五岁，五人都有机会成为太子妃。

哦，对，帝国太子司马焦是个O，所以他得找个A。

廖停雁看着一家人兴奋地交谈，母亲说要做新衣裳。廖停雁觉得这场景莫名有点儿像"灰姑娘"。廖停雁对这事儿的态度非常消极，她觉得自己一个完全不像A的A，按照现在的O们的审美标准，肯定不会入选。

献鱼

下册

　　带着去长见识，顺便吃顿好的的想法，廖停雁在半个月后跟着家人一起走进了那个豪华宽广的皇家宴会厅。这里是首都星一处知名的皇家宴会厅，能容纳数万人。一走进去，廖停雁就差点儿被那刺目的光芒闪瞎了眼。

　　上百盏几十米长的超豪华水晶吊灯照亮大厅，玻璃穹顶雕镂着繁复的花纹，金色的地板光可鉴人。悠扬的音乐中，只见都是衣冠楚楚的人群，以及站立于两旁，身穿金红两色制服的挺拔士兵，还有优雅地穿梭于宾客之间的侍从。刚好到了整点，室内的音乐喷泉在人们的赞叹声中喷发，制造出了室内的人工彩虹。

　　廖停雁：这也太夸张了吧。

　　廖停雁今天穿着一套新做的礼服。因为廖停雁是个女A，母亲没有选择裙子，而是让廖停雁用类似男子礼服的裤装搭配上衣，但这一身比男士礼服更加优雅轻灵。然而，习惯了穿宽松T恤的廖停雁怎么都觉得不习惯，还觉得裤腰勒得慌。

　　廖停雁以为今天能见到那位传说中的宴会主角，帝国太子司马焦。但直到宴会快结束，这位主人公都没出现。廖停雁在其他人的窃窃私语中听到了一点儿小小的八卦消息。据说那位太子对这种大型征婚很不满，所以不想来。皇室的消息很难传出来，她到现在才听出来，那位太子殿下不太像是个传统的O。

　　兄弟姐妹都已经和各自新认识的朋友火热地聊起来了，只有廖停雁又是落单的一个。她被室内的嗡嗡声吵得头疼，想找个没人的角落坐一会儿。

　　"你去哪儿？"大哥非常敏锐地投过来一道视线。

　　廖停雁用老实人的面孔说："解决生理问题。"

　　大哥说："快点儿回来，不要乱跑！"

　　虽然家里人都觉得她这个A很有水分，让他们丢脸，但在外面他们还是会紧紧地看着她，免得她被人欺负——很大程度上，她家里那些保护欲爆棚的A，都是把她当成B或者O来对待的。

溜出了家人的视线，廖停雁坐在了宴会厅外面一个石墩子上。这里比较偏僻且安静，她终于可以颓丧地坐下来，长长地叹一口气，顺便松一下被勒得太紧的腰。就在这时，她发现另一边的阴影里，离她五步远的地方静静地站着一个人。那人面容模糊，但能看出个子很高，应该也是个来参加相亲宴会的Ａ。他好像一早就在这里，现在正满身阴郁地看着旁边的花丛。花是很好看的，是粉色的佛伦娜夫人月季，闻起来还特别香。

嗯，除了月季香，廖停雁还闻到一股特别香的烤肉的香味，就是那种烤肉撒了孜然后在烤架上吱吱冒油的香。

廖停雁左右看了看，满脑袋问号。这里有人在烤肉？她动了动鼻子，一瞬间觉得自己超饿。谁能想到这个晚会竟然只提供酒水而没有饭菜呢？亏她还是空着肚子来的。现在闻着这味道，她越闻越饿。

"你有没有闻到很香的烤肉味？"廖停雁试图和旁边那位同样躲清闲的朋友搭话。

那人闻言，低低说了一句："烤肉？"他语气听上去不太高兴，那人可能不喜欢被陌生人搭话。廖停雁只好闭嘴了。

那人转过头来看了她一会儿，忽然低低地哼了一声，抛给她一样东西。廖停雁低头一看，发现那是一朵红色的花。她从未见过这种花，它的花型像是一簇燃烧的火焰，淡淡的香味令人心旷神怡。她再抬头时，阴影里的人已经不在了。

廖停雁觉得那朵花既特别又好看，就拿在手里没有丢，回宴会厅的路上也一直拿着，结果一路都有人惊愕地看着她，连她的亲人看着她都几乎要把眼睛瞪脱眶了。

廖停雁：我刚才松开的腰带忘记系回去，露出里面的衬裤了？为什么大家都看着我？她隐晦地关注了一下自己的裤子拉链。

"你是怎么拿到火焰之花的？"廖父问。

刚才她躲出去的时候，皇宫大总管出现，用仪器检查匹配度，为太子殿下选了一百人。这些人可以进入复试，而他们每人都有一朵火焰之花。廖停雁手中的是第一百零一朵。

廖停雁傻眼了。那位老总管已经走了过来，问她手中的花是从哪里来的，眼中满是怀疑。

廖停雁说："刚才在外面的花丛边，一个年轻人给我的。"可能对方也是被选中的天之骄子，然而并不想做太子妃，于是随手把这花丢给了她。

这"让"过来的资格证应该是无效的吧？

但是老总管仔细地看了一眼她手里的花，忽然笑了。他微微弯腰，瞬间变脸，和蔼可亲地说："这位小姐，请您三日之后到皇宫赴宴，届时请务必让我们去接您。"

就这样，廖停雁莫名其妙地混到了复试，在兄弟姐妹和父母复杂的目光下又进了皇宫。

她可能去得晚了，到的时候正看到那一群A在混战。他们不知道为什么打了起来，打得非常激烈。在战圈中间的是个异常高挑的男子，黑发黑眼，脸上带着嘲讽的笑，满身戾气。他一手一个地把扑过去的其他人捶在地上。

廖停雁远离战圈，听着那边咚咚咚的巨响，心惊胆战地旁观了一会儿，心说：这才是真的A呀，简直是A中的巨A！她这辈子都没见过这么A的男A，这个气势太绝了。她眼睁睁地看着那位巨A把所有人都打趴下了。

他扭了扭手腕，脸色阴沉地看向场中唯一还站着的她。廖停雁赶紧后退两步："我认输，别动手。"这可能是太子的比武招亲现场，现在这位选手已经以压倒性的优势占据了第一名，看来太子妃的位置非他莫属了。她一个过来凑数的，还是直接投降比较明智。

那位朋友却恍若未闻，朝她走过来。

随着他的走近，廖停雁闻到了一股柠檬蜂蜜薄荷茶的香味，她顿时觉得有点儿渴了。今天她是吃饱了过来的，但因为一路被大太阳晒着，现在非常渴望喝点儿清凉的饮料。

巨A凑近她，问："想吃烤肉吗？"

廖停雁听出这声音了，这是那天晚上丢给她花的朋友！

廖停雁说："不想吃烤肉，想喝柠檬蜂蜜薄荷茶，你是不是刚喝了，我闻到味道了。"她很有求生欲地表现出了自己的友好。

巨A沉默片刻，牵着她的手腕，拉着她走向一扇门："那就走吧，去喝那什么茶。"

廖停雁：等一下？

侍从面带微笑地为他们拉开门，门后等待着的大总管对着巨A说："太子殿下，您已经选完了吗？"

她的巨A朋友矜持而不耐烦地扯了扯她："就是她了。"

廖停雁：等一下，太子殿下，他是太子？

惊天巨A，是个O。

廖停雁不由得惊恐地扭头去看后面那一屋子被捶爆的A，他们是假的A吗？她又回头看比自己高的太子司马焦，不，这位可能是假的O。

和太子殿下一起喝了柠檬蜂蜜薄荷茶，她全程如同梦游一般。那位太子殿下喝着这茶，面上全是嫌弃。"这是什么味道，你这是什么品位？"他说是这么说，但好大的一杯茶他还是喝了大半。

廖停雁又被人送回了家，回家前大总管和蔼可亲地告诉她，只要她和太子殿下的匹配度超过百分之六十，她就是太子妃了。

当天晚上，她收到消息：她和那位太子殿下的匹配度是百分之百。

廖停雁那个多愁善感又温柔似水的妈妈当场晕了过去。

廖停雁：震惊我妈。

这个神奇的匹配度不只惊呆了廖家人，更惊动了全国上下。皇室已经三百年没出现过这么高的匹配度了。匹配度高到这种程度代表着他们两个人非常合适，意味着两人是只要相遇就会一见钟情、二见倾心、三生缘定的类型。

廖停雁：啊，有吗？我和那个暴躁的太子殿下有什么天雷勾动地火的情况发生吗?

她茫然地回想了一下和司马焦殿下的两次相遇,后知后觉地发现自己第一次闻到的烤肉味和第二次闻到的柠檬蜂蜜薄荷茶味是那位殿下的信息素的味道。不是,谁家的信息素味道是会变的呀?

第三次见面,廖停雁闻到的太子殿下的信息素的味道是奶油曲奇小饼干味。可能因为他们是下午茶的时间见的面,她这会儿不饿也不渴,就是有点儿嘴馋,想吃小饼干,才会闻到这样的信息素的味道。

她不知道这是自己的问题还是司马焦的问题,也可能他们两个都有问题,就像她闻不到其他的 O 的信息素的味道一样。

司马焦坐在她对面,正在批复一沓政务文书。纸张在他的笔下发出不堪重负的嗞嗞声,好像要被划破了。

"吃什么?"他头也没抬,好像是随口一问。

廖停雁从心回答:"奶油曲奇小饼干。"

今天是这个味道?司马焦停下笔:"你怎么只想着吃?"

他还是给她叫了小饼干。小饼干真的特别好吃,她吃了一下午,吃饱了还在那里睡了一个午觉。

廖停雁很好奇自己的信息素在司马焦那里是什么味道的,后来他们结婚了,去 Y-2 星度蜜月时,司马焦才回答了她这个问题。

"是风的气味。"

风也有气味吗?

他抱着她坐在窗前,看着外面的浩瀚星空:"今夜的风是带着花香的。"这是个很浪漫的回答,浪漫得不太像平时的暴力太子会说的话。

然后廖停雁说:"今晚的你是香辣小龙虾味的。"

司马焦:"……"

他打开内线,面无表情地吩咐下去:"给太子妃送香辣小龙虾过来。"

小龙虾送过来，司马焦指着那盆香气四溢的小龙虾："看到这盆小龙虾了吗？"

廖停雁说："看到了！"

司马焦说："倒掉都不给你吃。"

廖停雁：我们的匹配度真的有百分之百吗？是不是机器出故障，测试错了？

然后廖停雁在床上的时候就一直不能专心，还对着他的脸流口水，司马焦差点儿怀疑自己是一只巨型香辣小龙虾。他黑着脸，披了衣服坐起来："去吃你的小龙虾！"

最后，在爆炸边缘的太子殿下还是跟她坐在一起吃了两盆小龙虾才消气。

廖停雁感觉和太子殿下在一起，自己不像个A，更像个O。说实话，她觉得这世界上比太子殿下更A的O不可能有，就是比他更A的A说不定都没有。

不只她这么觉得，就是在皇宫里，大家也好像一直是把太子殿下当A看待的。

宴会上也经常会出现这样的场景：A们不自觉地聚到了领袖太子殿下附近，发自内心地愿意服从这个强势的太子殿下，一群温和的O太太则自然而然地和廖停雁说起家长里短。等到太子殿下黑着脸过来把她从一群O里带走，大家才会反应过来……啊，对呀，我们O不是应该跟着太子殿下混吗？

性情温柔又喜欢照顾人的O们看一眼黑脸太子：不敢不敢，怕了怕了。

廖停雁回家探望家人，廖母担忧地握着她的手："我的孩子，都嫁给太子殿下好久了，你还没有怀孕，这可怎么办呢？"

廖停雁说："妈，我是A，我怀不了的。"

廖母突然回神："对哦！你才是A！"

回到皇宫，廖停雁抱着一盘牛肉干跟司马焦说："我们一定要生继承人吗?"

司马焦皱着眉头,很不耐烦地在处理政务:"你急着怀孕吗?"

廖停雁:好吧,连太子殿下本人都没有觉悟。

她吃了两块牛肉干,太子殿下终于反应过来了。他看着她,脸突然黑下去。坐在旋转椅上的廖停雁一蹬腿,抱着牛肉干嘎吱嘎吱地退开,离了他三米远。

廖停雁依旧在嚼嚼嚼。

司马焦打电话给科研院:"现在,立刻,马上,研制人造子宫!"

科研院说:"太子殿下,这不符合我们的法律条例第三百二十一条,而且我们是科研院,不管这个,您应该找生研院……"

嘟——

他打给了立法院:"我要修改法律,给我改掉第三百二十一条!"

立法院:"啊?太子殿下,这不符合流程……"

谁都不知道,那位后来修改了无数律法,一生独裁的统治者,独裁的初衷只是他不想生孩子。

多年后,有记者有幸采访皇室,那位皇帝一生唯一的皇后受邀发言。

"请问,您所有的孩子都是通过人造子宫获得的,您有什么感觉呢?"

廖停雁说:"谢邀,我感觉不错。感谢我的陛下让人研究的是人造子宫,而不是 A 怎么生孩子。"

"那么能不能请问一下,大帝的信息素到底是什么气味呢?这个问题已经困扰了广大民众很多年了。"

廖停雁说:"不论何时何地,都是我最爱的味道。"

# 番外二
## 我每次路过他的人生，他都在等我（吸血鬼）

　　载了两百人的三层巨型铁大巴行驶在空无一人的林间公路上，廖停雁透过窗户看到公路两旁高大的杉树林，茂盛的杉树在暗淡的天色下呈现出一种墨绿色。

　　空气湿润，刚下过雨不久，地面上水汽蒸腾，远山上的白色雾气遮住山尖。哪怕是坐在车里，周围还有这么多人，廖停雁也感觉寒冷刺骨。凉意就像有生命一样钻进她的厚外套，抓住了她的四肢，特别是脚，她的脚冷得都快没有知觉了。

　　她看了一眼车厢里其他人那满脸的颓丧绝望，余光忽然瞥到外面树林里跳出来的一只小鹿，她连忙扭头去看。果然是头小鹿，这样的树林公路，经常会有野生动物路过。她还想多看两眼，可惜铁大巴开得太快了，过了一会儿，那头在漆黑的公路上跳跃的活泼小鹿就不见了。

"你看上去不太像是去做血食的人，这种时候竟然还笑得出来。"坐在她前面的一个男人不知道什么时候转过头看着她，语气有些讥讽，"等你供了一次血，你就知道自己究竟要遭遇什么了。"

廖停雁下意识地露出一个社交用的假笑："嗯，好的，我知道了。"她说完，就觉得自己是"社畜"做太久了，下意识就想说"好的""收到"，刚才差点儿还礼貌性地加了个"谢谢"。

快醒醒，你已经不是那个"九九六"甚至一周七天只有工作和加班而无休息日的"社畜"了，你现在只是个穿越到奇怪的世界，终于能好好睡一觉的可怜成年人。

她昨天穿越过来，变成了这个叫作"廖停雁"的人，住在一个乱糟糟的五平方米大的罐头小房间里。手机上还显示着她有超大额欠款超时未还，她被打入黑名单，必须进入血库还款——信息量太大，廖停雁没继承原主的记忆，满头问号。屋里也没日记和说明书什么的，原主就留下一张遗书说世界太黑暗，想要投入死亡的怀抱，希望来世做个有钱人。

廖停雁：谁不想来世当个有钱人？但是姐妹，你欠下这么多钱现在逃离人世了，我很难办哪！

回又回不去，她还能怎样呢？她决定先苟活着算了。

然后今天早上，她就被人带走了。那一男一女两位工作人员似乎是这个世界的"公务员"，专门负责把那些欠了巨款还不了的人送到血库抵债。可能他们也是头一次看到要被送进血库里的人不仅没有惊慌绝望地痛苦挣扎，还像业务咨询一样问了他们很多基础问题。

总之，通过这两个态度还算不错的工作人员，廖停雁才初步明白了这个世界是怎么回事儿。

这里是九十八区，又叫血族区，由吸血鬼大公统治。比起旁边九十七区狼人区的混乱邪恶和九十六区鲛人区的排外，血族区总体比较自由开放,只是有一点,这里的特色和血族的饮食有关。在九十八区生活的普通民众每年都要义务献血,不少穷人过不下去了会选择卖血,普通人在这里借款还不上或是犯了大罪都会被要求血偿。

廖停雁:这是真正的"血债血偿"啊。

而廖停雁,她欠的钱太多,属于最严重的一种情况。她现在等于整个人都变成了血族的私有财产,要被送进血库里。余生就是在那个笼子一样的血库里每天被抽血,供血给广大的吸血鬼朋友,最后自己变成人干死去。一般来说,她这样的进了血库最多活三年,难怪原主要投向死亡的怀抱,换了谁,也不想做血包哇。要不是廖停雁怕疼,做不出自杀这种行为,她也会选择迅速死亡了。

不过,在死之前,她想看一看传说中的吸血鬼到底长什么样。她可是从科学世界过来的,还没见识过修仙世界的神奇生物呢!

在看到吸血鬼之前,她先看到了日后要生活于其中的血库……怎么讲呢?那是被密林包围的一个巨大仓库群,里面有一大群穿着蓝色同款服装的人,让她想起畜牧场之类地方。她和那一车颓丧的兄弟姐妹一起被安排到了一个仓库,统一洗澡换衣服,然后吃饭。

人家看上去胃口都不太好,只有廖停雁动手拿了食物吃。她没想到这里竟然还有牛排,烤得还出乎意料地不错,另外还有烤猪肝,撒了一层芝麻,焦焦脆脆的,饮料是牛奶。她吃了一会儿,看到旁边的人奇怪地看着自己,回看过去:她一天没吃东西了,吃点儿东西怎么了?

分餐的死人脸大叔看到她光溜溜的餐盘,又给了她一块烤猪肝,还给她续了一杯牛奶。

吃饱了她就有点儿犯困,去到分配给自己的格子间,廖停雁拍松了里面白色的床单、被子,确定没什么异味后就躺下去睡了。

不知道过了多久,有人将她推醒。廖停雁睁眼一看,那是三个人:一个人拿着采血器,一个人端着几十管血,还有一个架着金丝边眼镜的男仆模样的中年男子站在外面看着,像是在监督。

## 献血 下册

廖停雁看到男仆模样的中年男子的眼睛里带着一点儿红色，耳朵略尖。啊……难道这就是吸血鬼吗？看上去好像没什么特别的呀。

采血的兄弟也是一张面无表情的死人脸。他没对她说一句话，拉开她的手腕，直接取了一小管血，然后迅速走人。廖停雁拉下衣袖，翻个身继续睡。她要是死了，说不定就会回去原来的世界，要继续加班，所以趁这个空当，她先在这里好好补眠，至少能放松精神。之前她加班实在太累了，设计方案改来改去，改得她就差没当场去世了。

"科南先生，这一批新血采集完毕。"

"嗯，我闻着有几个血质还不错，别几次就抽死了。"

"是的，先生！"

男仆模样的中年男子带着这一批新血，乘上了漆着红色蔷薇徽章的飞机。他要经过二十分钟的飞行飞过旁边这座高高的山，到达山另一边的蔷薇庄园。

蔷薇庄园是九十八区掌权者血族大公的庄园，被无边的墨绿林海包围。在几千年前就矗立于此的古老庄园丝毫没有外界的喧嚣，就如同它的主人一般安静。与蔷薇庄园只有一山之隔的那座血库是九十八区最大的一座血库，里面都是一些经过了筛选、品质在中等以上的血食，又被称作是蔷薇庄园的"后花园"。

在等级森严的九十八区，血族唯一的一位大公拥有领地上所有的吸血权，血库里最优质的鲜血也只属于他一个人，所以每次血库有新血，都会统一送到大公面前任他挑选——然而，血族这位大公患有厌血症，已经许多年没喝过血，所以这一条默认原则如今只剩形式。

蔷薇庄园内园的男仆接过了这一批新血，他轻嗅一口，觉得这一次的鲜血比上一次要稍好些。就如同人类迷恋美酒一般，他们血族也一生都在追求更美味的鲜血。按照以往的习惯，他走过黑暗的长廊、旋转的地下楼梯和那扇高大的荆棘之门，走到地底深处。

血族大公就在地底深处的那一副漆黑木棺中。

"大公，这一批新血送到了。"男仆恭敬地呈上那些气息诱人的血样,同时在心中默数。大公总是对送来的血样毫无反应,男仆一般会数到十秒就退出去,再让其他的高位血族一一挑选。

这一次,男仆数到五的时候,忽然听到了一点儿细微的动静。他克制不住惊骇,抬眼看去,竟然发现那位大公有了动作。

苍白的手搭在了漆黑的棺木边缘,一道修长的人影从木棺中坐起,那一头流水一样仿佛有生命的黑色长发随着他的起身蜿蜒往外流淌。

男仆骇然,不自觉地颤抖起来。感觉到血脉的压制之力,男仆的脊背越来越弯,他不敢直视大公。

那道人影被包裹在黑色里,像一道影子一样无声无息地掠了过来。男仆清晰地看见那只白得近乎透明的手拿起了一管鲜红的血液。

男仆:"啊!"大公、大公竟然有愿意尝试的血了?

这么多年了,患有厌血症的大公别说是喝普通人类的血,就是血族中仅次于大公的那些高位血族的血也没有兴趣去尝试,血族里不知多少女性吸血鬼为之心碎。

男仆内心激动,不自觉地抬头看了一眼——见到一张俊美而苍白的脸。大公微微仰起头,露出裹在黑色衬衫中的脖颈。他品尝了一口那鲜血,咽结滚动,鲜红的唇越发鲜艳。

廖停雁吃到了血库的第二餐,配置和上一餐一样。她一边吃,一边想:该不会以后每天都吃这个吧?这就算再好吃,每天吃也很容易厌的。但她转念一想,那些养殖场一般也只给动物吃同一种食物。行吧,看来想要一天三餐餐餐不同是不可能的了。

她决定过两天要是还吃这个,她就问问那个分餐的掌厨大叔,能不能换种饲料……不是,换换食物口味。

她发现比起其他绝望的朋友,自己的心态很不错,这可能是因为习惯了。她在自己那个世界时,常常觉得自己是一头牛,勤勤恳恳地工作,累死累活的。到了这里,她更像是猪,混吃等死,还真不好说哪一种更加令人难以接受。

## 献鱼

下册

可惜她没等到在这里吃满三天，当天就有一架飞机匆忙地飞了过来，几十位武装人员和十几位女仆打扮的小姐姐在三个红眼睛的人的带领下，冲进了廖停雁的小格子间里，把她装好运上了飞机。

廖停雁说："嗯？"

廖停雁一个人挤在一堆分不清是人还是吸血鬼的人物中间，感觉自己好像变成了易碎品，因为他们是把她整个抬着走的，那个管事的还不停地严肃地告诫其他人要轻拿轻放，注意不要用力，弄出了伤口什么的。

廖停雁从飞机大开的舱门往下看，看到底下云雾笼罩着的湿冷杉树林。天空暗沉，冷风呼啸。

所以这群人绝对是吸血鬼吧！坐飞机大开舱门吹冷风这是人能干的事儿？

廖停雁被冻得哆哆嗦嗦的，下了飞机就被人以抬古董花瓶的姿势抬进了一个黑漆漆又死气沉沉的庄园。接着，她就被另一群女仆小姐姐接手了。用水擦拭清洗，用清洁用品腌渍入味……廖停雁的耳边仿佛响起了《舌尖上的中国》的BGM（背景音乐），就是那种开始料理食材的时候放的BGM。

你们这是准备把我处理一下吃了？廖停雁试图和小姐姐们说话，但她们都不理会她。

廖停雁说："我觉得，屁股我可以自己洗。"仍然没人理会。

廖停雁被人刷刷刷的时候，忽然想起从前她和室友一起洗室友的狗。那狗也曾这样挣扎，或许它也曾发出过这样的呐喊，可她都没有理会，还使劲地刷它的毛，这就是报应吧——洗人者恒被人洗。

廖停雁被一群小姐姐洗得锃光瓦亮，穿上了一身单薄的丝绸睡裙，然后被这群冷暴力女仆抬着送到了一个垫着厚厚的地毯的房间。

她们无言而恭敬地退下了，留下廖停雁一个人赤着脚站在空旷的房间里。

房间里只有一张大床，四角暗红色的帘幔挂起。屋子里非常暗，窗帘可能因为太厚重，都垂了下来，暗红色的窗帘加漆黑的花纹让这个房间看上去无比诡异。

但廖停雁什么都感觉不到，只觉得自己真的快冷死了。这里的人都不怕冷，好像也不觉得别人会怕冷。左右看看见没人过来，廖停雁直奔中间那张大床，拉开被子把自己塞了进去。

没有办法，这房间里只有这张大床上有被子可以取暖。

她好不容易缓了过来，长长地吐出一口气。眼睛适应周围的环境之后，她才发现这屋子里竟然还有一个人。那个人坐在角落的一张高背沙发上，看不清模样，廖停雁只能看见一双红色的眼睛在黑暗中注视着自己。

廖停雁："嗷——"这是什么惨绝人寰的鬼故事？

她撩起被子把自己兜头盖住，就像小时候看了恐怖电影不敢睡觉时做的一样。

房间里静悄悄的，廖停雁窝在被子里，心想：我该不会是眼花了吧，刚才的那个吸血鬼怎么没反应啊？她悄悄地露出脑袋，看到近在咫尺的那双红眼睛。

离得太近，廖停雁终于看清了这吸血鬼长什么样——他长得像白雪公主，有着白雪一样的肌肤、乌木一样的头发和眼睛、红色的唇。

她看着看着，突然觉得自己的心跳不讲道理地跳得超快。

他的手指很冷，唇也很冷。他没有呼吸，但口中的气息像是含了霜雪。她的咽喉被扼住，这个她不知道名字和身份的吸血鬼贴近她，鼻尖和嘴唇在她的颈部徘徊。她无法动弹，被抬高了脑袋，然后，他埋首于她的颈侧，倏然咬下——

并不疼，只是有些痒和麻，廖停雁一时间有些恍惚，只觉得自己好像一头扎进了松林的雪地里，鼻腔里闻到了雪的清冽和松树的冷香。那气味淡而冷，像是夜里的松林，刺骨的寒冷中还夹杂着一点儿夜的静谧安宁。

她失神了很久，回过神时，发现自己抱着那位吸血鬼的脑袋，手在他脑后紧紧地抓着他的头发。而他已经停止了吸血,但仍然靠在她的颈边,透过薄薄的一层皮肤,轻轻地嗅着那里面温热鲜血的气味。

廖停雁:呃,他的发质真的超好。

发质超好的白雪公主是血族大公,蔷薇庄园的主人,九十八区的掌权者,血族血脉顶点的男人。他总是穿着一身黑色的衬衫和长裤,披着一件外袍,来去都悄无声息,但他所过之地无人敢抬头直视他,廖停雁是唯一会直视他的人。

廖停雁在那张床上睡了一天,再起来后待遇又变了,男仆小哥哥和女仆小姐姐看她的目光都很复杂,那目光似乎又羡慕,又嫉妒,又敬畏,廖停雁解码不出来。

她没有被送回血库,据说是被大公看中,成了他专属的供血者。患有厌血症的大公终于找到了食物,于是廖停雁这个珍贵口粮得到了最顶尖的照顾。然而,吸血鬼真的不会照顾人类,他们对人类缺乏了解,比如在吃食上就准备得太过单一。廖停雁怀疑长久这么吃下去自己会便秘,于是要求改善伙食。

"我们可是大公的眷属,是血族中地位最高的一支!我们世代生活在这里,是大公最忠诚的仆人,我们只为他服务!"小哥哥和小姐姐非常骄傲,拒绝了廖停雁的要求。

廖停雁:好吧。

晚上,"白雪公主"来找她,廖停雁试着吹了一下枕边风:"我想吃一些其他的食物,就是一些小吃,可不可以呀?"

正所谓吃饱了的男人最好说话。"白雪公主"抱着她,懒洋洋地嗯了一声,声音里带着点儿微醺,像是喝醉了。

廖停雁被他抱着脖子舔了半天。看他喝得那么珍惜,弄一个小口子就舔一阵,她都觉得这位兄弟饿了好多年,也太惨了吧。看他都不敢多吃,怕一下子吃完了的样子,她都有点儿心疼。但鉴于她自己就是那个食物,她还是不劝他多吃点儿了。

大公说了一句话,廖停雁第二天就看到庄园里来了一溜儿的厨子,都是专给她做饭的。一天三顿,下午茶和夜宵都有,她还能点菜。菜单非常厚,只能放在桌上摊开了翻,各区美食都有详细描述,还带插图。她难以置信,他们连肉夹馍和麻辣烫,甚至臭豆腐这种邪道美食都有准备。

这里实在太过湿润和寒冷了,常年阴沉不见阳光,廖停雁受不了这冷,找小哥哥小姐姐商量:"这里能通电吗?装个空调或者地暖什么的?实在太冷了,我穿好多衣服还是冷。"

他们怪异地看着她,差点儿尖叫出声:"你以为这是哪里?这可是古老神秘的蔷薇庄园!这里千年来都是这样!"

廖停雁说:"那我和白雪……和大公说?"

她看到他们脸上写满了"这个无耻的小妖精只知道找大公撒娇,实在太可恶了",然后他们不情不愿地给她搞了一个壁炉生火取暖。

廖停雁:可是我还是好想要电哦。

这群吸血鬼喜欢阴沉的天,喜欢暗淡的光,可她觉得在这里过上一段时间,眼睛都要近视了,这个光线环境真的太糟糕了,所以她又悄悄地跟"白雪"大公说了。

"嗯,电灯?"他的声音懒洋洋的,带着磁性,让人耳朵痒痒的。

"嗯,对呀,你见过电灯吗?很亮的。还有空调,我觉得在房间里装个地暖比较好,那我就能赤脚走。要是有地暖,我就不用在这里还穿这么厚的衣服了。"

听到她说不用穿那么厚的衣服,像只黑猫一样慵懒地躺在旁边的大公点了点头:"嗯,不错。"她裹得太紧了,他都闻不到她的味道。

很快就有施工队过来装电线和电器。一群吸血鬼看廖停雁的目光就好像她杀了他们的爹妈,还玷污了他们的清白,但是他们只能忍辱负重。

"你竟然真的敢!大公、大公怎么会这么纵容你!"

廖停雁也不知道,但从第一次见面开始,那个男人就对她很好。她要什么他都点头,搞得她还怪不好意思的,毕竟她爸妈都没这么惯着她。

众所周知,人类都是贪婪的,有了一样东西,就想继续要更多,于是这座蔷薇庄园通了电之后,又通了网。

廖停雁的房间可以拉开厚重的窗帘,打开明亮的灯。她可以在大雪天里瘫在厚厚的懒人沙发上,赤脚踩着温暖的毛绒软垫,拿着平板刷网络剧。

"好想喝奶茶。"

奶茶送来了。

她睡前喝了一大杯快乐养生奶茶,那男人抱着她,在她的手指上咬了一口,尝了一点儿血,说:"有点儿甜。"

廖停雁说:"哦,那我下次喝奶茶不加那么多糖。"

"你可以选自己喜欢的。"

廖停雁摸着他的头发:"那我下次喝点儿可乐,让你尝尝'肥宅快乐水'的味道。"

男人就笑起来,深深地、贪婪又迷恋地嗅她的味道。

有时候廖停雁都觉得他对她的好太过自然了。

他可能是舍不得喝太多血,但又不满足,经常舔完了脖子就开始舔其他地方,比如唇。她第一次和这个男人抱在一起亲成一团后,这种事情就好像变得理所当然起来。到后来,他甚至更喜欢直接亲她的唇,然后在纠缠的时候咬一口她的唇,舔舐上面的血。

最开始他只是夜晚来,抱着她在这里待一阵。后来,他白天也会出现,她瘫在那里刷剧哈哈大笑的时候,他就在三米外的高背椅子上深沉地坐着,用那双红色的眼睛专注地凝视她。整个屋子都非常明亮,只有他坐着的那一个角落里有阴影,这让他看上去可怜巴巴的,像一只被人占了窝,只好在角落里暗中观察的小猫咪。

庄园里有一大片空地,廖停雁的房间正好对着那些空地。

"那里曾经种了很多红蔷薇,蔷薇庄园这个名字最早就是这么来的。"在庄园里待了最长时间的男仆说,"但是我也不曾见过蔷薇庄园蔷薇花开放的样子。"

这天晚上,大公突然和她说:"想看蔷薇花吗?"

廖停雁眼睛一亮,她说:"想!"周围除了高大的杉树,很少有其他的植物,要是园子里有种花那就太好了!

她说想,庄园里的所有空地就都种上了红蔷薇。到了开花的时候,鲜红的花朵连成了片,馥郁的花香在夜色里弥漫,让人连做的梦都是芳香的。

廖停雁在这蔷薇的浓香里做了梦。

她梦见自己变成了很多年前的一个女人,也住在这座庄园里。她对梦中的男人说:"这些红蔷薇能做吃的吗?"她和他一起走在那片红蔷薇花墙边,她亲吻他红色的眼睛。梦是连续的,除了这一个,还有另一个。在另一个梦中,她又变成了另外一个女人,只是时间仿佛在更早之前。她那时候总是想着没有网络很难熬,食物种类也很少,大公就问她什么叫网络,又问她想吃什么……红蔷薇在她的梦中开了两次。

廖停雁吃了很多蔷薇花做的食物,花糕、花茶、花饼等,吃得她整个人都是蔷薇花香。男人似乎也有点儿受不了了,这天晚上,他凑到她颈边的时候打了个喷嚏,把廖停雁泊泊笑到半夜。

慢慢地,庄园里所有的吸血鬼都知道了,大公被一个人类女人迷惑,对她千依百顺。有对此不满的吸血鬼试图处理廖停雁,却被大公撕成了碎片。那凶残的一幕让廖停雁在这里过得更加悠闲了,因为再也没人敢惹她。

后来,她长出了一些白头发,身为人类,就是保养得再好也终会有凋零的时候,就像是外面花园里的蔷薇花。

他的时间停滞,而她的时间不断流逝,可他们两个好像谁都不想改变这样的情况。

太过虚弱,即将死去时,廖停雁看到面前坐着的男人和他身后窗外渐渐凋零的大片蔷薇花。

"你是怎么认出我的呢?"她喃喃地问。

"我会认出来的。"

"那真好。"廖停雁朝他伸出手,最后一次拥抱了他,"我快死了,来,上路前让你吃顿饱饭。"

大公俯身,沉默地大口吸取她身体里的血液。

外面的蔷薇花一夕之间枯萎了,大公抱着失去了所有血液的尸体,顺着长廊走去,走过荆棘之门,再次走进了黝黑的地底,一路的灯光依次暗淡下来,不复之前的明亮。

蔷薇庄园重归寂静。

"我知道,你还会再回来。"或许是在很久之后,但她终究会回来的。

## 番外三
## 我捞起了海底的一颗珍珠（人鱼）

穿着长裙的女子慢吞吞地走在沙滩上，她的背影纤弱，她遥望海面的时候有种孤单而伶仃的感觉。

不过，只是外表如此而已。

廖停雁看着远处的海平面，心想：不知道今天婶会做什么吃，早上看到她买了墨鱼，应该是炖汤的，但是讲道理，墨鱼还是烤着比较好吃呀。

好气！要不是因为刚来这个世界，不敢轻易改变人设，廖停雁就直接要求吃香辣墨鱼了！

昨晚下了一场大雨，半夜还刮狂风，风雨一晚上都没停歇，这会儿岸边有一些零零碎碎的小鱼、小虾、小贝壳之类的，它们都是被昨

# 献鱼
下册

晚的海浪打上来的。

廖停雁想着午餐，在海岸上越走越远。

然后，她在一块礁石后面看到了一条人鱼。

人鱼？这个世界为什么会有人鱼？人鱼这种东西是真实存在的吗？廖停雁惊得连退好几步才想起来——既然自己能穿越到这个世界，那这个世界上有美人鱼存在好像也没什么奇怪的。件件都是玄幻事件，不应该有鄙视链。

她凑了过去，发现人鱼好像是死了。他一动不动，尾巴上的鳞片都快干了。那是孔雀翎一样的颜色，青绿中带着一点儿蓝，要是湿漉漉的有光线照着应该会特别好看，不过现在因为干而有些暗淡。

他难道是被昨晚的大浪打到岸边来的？

廖停雁把人鱼代入了一下搁浅的海豚什么的，考虑自己到底要不要报警，她以观察危险生物的谨慎态度慢慢接近，迅速地摸了一把那条鱼尾巴。

廖停雁喊："啊！"我摸到了人鱼的尾巴！行了，这场穿越值了。

她摸了两把，人鱼都一动不动，她的胆子就慢慢地大起来，她转到另一边去看人鱼的脸。人鱼那一头海藻似的头发盖在脸上，上面还缠着些水草，廖停雁看不清，小心翼翼地拨开那漆黑的长发。

这还真是一条美人鱼，长了一张俊秀的男人脸。他长成这样，一定是条好人鱼，既然都死了，还是不要报警了，让他入海为安算了。

廖停雁又摸了人家的头发、尾鳍和胸口，好奇地摸够了才搬着他往海里拖。她现在这具身体比以前的差一点儿，拖不太动这么大一条人鱼，中途歇了两回。为了更好地搬动，她不得不抱着人鱼的胳膊，让他的胸膛紧贴自己的，那冰凉的温度让她进一步确定，这确实是一条死人鱼。好可惜。

她终于走到了海里，正想着这水够不够深，忽然感觉手里的人鱼一动。接着她的手一疼，人鱼猛然砸进了海里，廖停雁则被一只手扯着，跟着落进了海里。她还没反应过来，就被那一条人鱼挟着带进了海里。

人鱼是被摸醒的，他感觉到自己身上因为脱水而产生的灼痛，特别是鱼尾部分，海风就像刀子一样刮着干疼的尾部。他被昨晚的大风暴拍到岸边，不小心晕了过去，没想到会昏迷这么久。

他习惯在大风浪中游行，是族群中最厉害的风暴游行者，怎么都想不到自己有一天竟然会栽在一场寻常风暴上，被拍到了岸边。

他没睁开眼睛，因为察觉到身边有一个陌生的呼吸，那是个人类。他心里的杀意瞬间暴涨，只是没有力气，只能安静地蛰伏着。那个人类小心翼翼地摸他的尾巴，又动了动他的头发，摸了一下他的耳鳍，压抑着的紧张的呼吸都让他听得一清二楚。这是个很弱小的人类。人鱼动了动有着尖利指甲的手，考虑要不要干脆动手杀了这个人类，他的手指应该能划破她的喉咙，或者钩破她的肚子。可是他没想到，这个人类竟然会把他抱回海里去。人类遇到了人鱼，向来都是抓走，但凡被带走的人鱼都不会有什么好下场，这一点他很清楚。可这个人类瘦瘦小小的，看他的眼神里没有贪婪，她动作轻微地动一动他的头发和尾巴，就像是海里对他好奇而凑过来的小鱼一样，让他心里沸腾的杀意莫名其妙地消散了不少。

灼痛的尾巴碰到了海水，清凉的海水瞬间让他感到一阵舒适。人鱼在那一瞬间跃进海里，顺手把人类也拉了下去。他在那一刻是想把这个人类拖到海里淹死的，所以他紧紧地拽着她，将她按到了水里。她好像被吓到了，一双眼睛睁得大大地看着他，白色的裙子在水底飘荡，嘴里冒出几个气泡。

廖停雁嘴里咕嘟咕嘟地冒出几个气泡，她感觉自己要死了，心里骂了一声，暗想：这人鱼是在碰瓷还是在狩猎呀，是不是故意躺在那儿的？看你长了一张小白脸，怎么能做这种无耻的事情？这里有鱼杀人了，有没有人管管哪！

海里是人鱼的领地，他想弄死她轻而易举。廖停雁想着自己穿越过来没几天,还没来得及享受那个海边大别墅,也没来得及挥霍那么多的存款,没有尝试过当富婆的滋味,瞬间就怒了。她胡乱地挣扎,抓住了人鱼海藻一样的漆黑长发,无视对方那张暴躁的小白脸上凶狠的神情,一口咬住了他的脸——然后她自己被海水呛了个半死。

廖停雁晕过去之前在心里大声喊:"要是我死了,我就祝你一辈子找不到老婆,你这个狡猾的人鱼小白脸!"

可能是她的诅咒奏效了,她发现自己没死。在一个荒凉的岸边醒过来,浑身湿透的廖停雁打了个喷嚏,茫然地环顾四周,这是哪儿呀?

这好像是个岛,还是个很小的岛,她沿着边缘走了一圈才花了十几分钟。所以这是要让她荒岛求生?她瞅瞅自己白嫩的手,心说这哪是荒岛求生,分明是绝地求生。她瞬间就在沙滩上躺下了,心想:好累哦,干脆死回去算了。

她躺下没多久,有人用水滋她。

廖停雁坐起来,看到不远处海里的小白脸人鱼。他手里拿了一条肚子圆滚滚的鱼,一捏鱼肚子就通过鱼嘴把水滋到了她这边。

廖停雁:"……"

她抓起一把沙子朝人鱼那边丢过去,沙子丢不远,半途就被风吹散了。那个暴躁小白脸人鱼见状,露出了嘲笑的神情。

廖停雁:我得到教训了,下次遇到奇怪的生物还是应该第一时间报警,私自处理是没有好下场的。还有,够了,滋什么呀,你滋水滋上瘾了是不是?给你手里圆滚滚的鱼道歉哪!

廖停雁爬起来,气冲冲地往前走了两步,又马上警惕地停住了。这家伙是不是想激她过去,又淹她一次?这狡猾的浑蛋人鱼,不可相信。

人鱼好像从她的神情中猜到了她在想什么,发出一声嗤笑。然后他抬起手,把另一条手臂长的鱼扔向了廖停雁。廖停雁没来得及躲,被砸得嗷一声栽进了沙滩。她爬起来看着还在自己身上甩尾巴的活鱼,不敢置信地瞪那条人鱼,你竟然用这么大的鱼当武器砸我?你怎么不干脆用石头呢?

廖停雁气得不轻,双手抓起那条鱼砸了回去,可惜她的准头不好,只丢到了浅水区。大鱼一回到水里就摆着尾巴要逃,被不远处的人鱼迅速地一伸手抓了回去。

他好像也有点儿生气,皱着眉瞧着廖停雁,又冷着脸把那条鱼啪的一声扔到了沙滩上。这回廖停雁躲开了。她看着脚边的鱼,叉着腰想:这回准头不太行啊。你有本事就再砸,看你还能砸得中我吗?

人鱼看出了她的挑衅,露出了一个复杂的神情,廖停雁没太看懂,反正他脸上写满了"这人是不是个傻子"的鄙夷。

他那条孔雀蓝色的鱼尾在水中一摆,整个人像箭一样消失在了海水中。

他一走,廖停雁就蹲下来。她坐在沙滩上喘气,看着旁边同样在大喘气的倒霉鱼。嗯,这好像是她吃过的一种鱼,前两天周婶买过的,好像还挺贵呢,她就记得肉质不错,刺还少,生吃也别有一番风味……嗯?生吃?吃?

廖停雁终于发现哪里不对了。对呀,要是那条人鱼要砸她,为什么不用石头,要用鱼?难不成,这不是砸她的,是带给她吃的?被那条倒霉鱼用一只死鱼眼瞪着,廖停雁终于回过了神,然后抓着自己的头发陷入茫然。不是,那条阴险的暴躁人鱼不是要淹死她吗,干吗还给她吃的?

她以为那条人鱼会把她一个人丢在这里,可事实上他很快就回来了。他还是停在那个位置,和她隔着一段距离,两个人一个在水里,一个在岸上。

人鱼看看她脚边没动过的鱼,又扬手扔了一条鱼在她脚边。

廖停雁犹豫地问:"给我吃的?"

她发现人鱼不会说话,但是他好像能听懂她的话,他用鼻子哼出一声,又给她接连丢了好几条小鱼。

他好像也不是很坏。廖停雁稍微凑近了一些喊:"你能不能送我

# 献鱼
### 下册

回去哇！"

"嗷！"她被一块贝壳砸中脑门。她再去看，人鱼又游走了。

廖停雁抓着那贝壳，摸着额头大喊："啊——"好气，这鱼搞什么？

然后她发现那个贝壳里有一颗圆滚滚的珍珠，这不是贝壳原本的珍珠，而是在干净的漂亮贝壳里面特地放上的一颗珍珠，泛着一种柔和的浅粉色光泽。

廖停雁：人鱼心，海底针，真的好难懂。

傍晚的时候，廖停雁坐在海边，觉得自己饿得不行了，还好渴，可是旁边散发着腥味的生鱼她又实在吃不下去，岛上也没什么能吃的。她看着天边粉色和青蓝色的晚霞，见到一条人鱼跃出海面。他的孔雀蓝鱼尾在最后一抹光线的照耀下闪闪发亮，特别梦幻，这一幕就像是什么传说中的景色，廖停雁愣了好一会儿都没能回神，心里满是感动——太美了吧。

然后人鱼就靠近过来，用水滋醒了她。

他见到她脚边没动的鱼，拧着眉指了指。那个样子特别大爷，像是什么祖宗在指点江山，虽然他没说话，但廖停雁觉得他是在说：给老子吃。

可能是因为刚才那一幕，也可能是因为性格使然——她的紧张不能维持太久，情绪总是很快就会松弛下来——廖停雁忽然提着干透了的裙子，走进了海水里，慢慢地靠近人鱼。

人鱼没动，他靠在一块礁石上看着她，好像并不把她这种弱不禁风的人放在眼里。

廖停雁凑近他："我觉得你是条好鱼。"

人鱼睥睨她："咻。"

虽然不会说话，但这个咻真是非常让人理解他情绪的精髓了。

廖停雁忽然伸手抓住了人鱼的手臂，大哭："我要回去！我要饿死了！啊啊啊啊呜呜呜呜呜！救命啊！"

人鱼没想到她会突然哭起来，往旁边的水里一栽就要走。廖停雁抱住他的尾巴："带我回去吧，鱼兄，求求你啦！不然你要把我丢在这里饿死吗？嗷嗷嗷嗷嗷！我要回去！"

不知道是不是因为被她吵得不耐烦，人鱼瞪了她一会儿，终于两手将她提了过去抱在怀里，然后钻进了海里。

廖停雁闭气，他是觉得自己吵要淹死自己呢，还是决定把自己送回去呢？

人鱼游得不深，廖停雁看到他在水中的脸、冷白的皮肤和在水中飘动的海藻似的长发，觉得他真的像一只惑人的水妖。

她很快觉得憋不住气了，扯了扯人鱼的头发，然后人鱼就抱着她，一摆尾巴把她送到了水面。

"呼——"廖停雁大口喘气，觉得自己是赌对了，他应该不是想淹死她，而是真的准备送她回去。

在天色渐渐暗下来的时候，她就被一条人鱼抱着，游在广阔的大海里。周围看不见陆地，天上是满天繁星，她能依靠的只有一条不会说话的人鱼。人类天生的对海洋的恐惧让她只能紧紧地抱着人鱼的腰，累了就换抱着脖子，总之是不顾一切地紧紧抱着他，生怕被他半途扔下。

他的巨大的鱼尾在水里摆动，有时候会轻轻地拍到她的腿上，她忍不住低头去看。在岸边合拢的鱼鳍在水中时是散开的，有种特别梦幻的美丽。人鱼真好看。

她不知道时间，只知道夜空中的星星越来越亮。她差点儿在水里睡着的时候，终于看到了熟悉的海滩。他真的把她送回来了。

廖停雁感觉自己又有力气了。她从水中奔向岸边，到了岸边后，扭头看了一眼。人鱼浮在漆黑的水中，见她看过去，就潜入了水中，鱼尾在月光下拍了一下海面，溅起一片水花。

廖停雁手里捏着一颗圆滚滚的珍珠，她决定原谅这条人鱼。

或许，她以后就再也不会遇见他了吧。

不遇见是不可能的。

# 献鱼

下册

她后来在海边的一块礁石下装了监视器，想着要是人鱼再靠近，她就会知道了。

刚装上没两天，她就在监视屏幕上看到了人鱼。他的脸凑在监视器前面，仿佛知道这是什么。他对着屏幕，用尖利的手指笃笃笃地敲了敲监视器屏，好像敲门一样。

廖停雁透过监视屏，觉得自己好像和他对视了。人鱼丢了一个贝壳在监视器前面，里面也有一颗圆滚滚的珍珠。

廖停雁：你在干吗？

人鱼隔两天就来一次，来了就在监视器前转悠，然后丢下一个东西在监视器前面，有珍珠，有红宝石和蓝宝石，甚至还有金项链。不是，他这些东西哪儿来的呀？难不成是从海里的沉船里找到的？廖停雁忍不住去猜测。过了一段时间，人鱼扔下了一个盒子。

廖停雁猜不着那里面是什么，实在忍不住了，跑去监视器前面看那些人鱼特地丢在那里的东西。

结果，她刚弯腰就被从水里蹿出来的人鱼一把拉下了海。

落水的瞬间，廖停雁心里骂了一句脏话。她又被这个人鱼骗下海了！他故意扔下的那些东西是"鱼饵"！他身为一条鱼，竟然还会"钓鱼"！

可惜她知道得太晚了。

廖停雁被这人鱼抱着在水里游动，看到他脸上得意的一点儿笑意。他抱着她在水里游了一会儿，就把她放上岸了，简直让人搞不清楚他到底是想干什么。

之后这样的事儿又发生了好几次，廖停雁反正是不怕了，还觉得挺有趣的。她学会了游泳，是人鱼教她的，虽然他那个做法不算是教她游泳，应该叫故意逗她玩。

她学会游泳之后，感觉海变成了一个奇特的游乐场，水中的世界瞬间清晰起来。海底有太多奇怪的生物，哪怕是浅水区，也像一片海底森林。

廖停雁追着一群五颜六色的小鱼游了一段，发现远处有一条一米多长的大鱼正在游过来，她马上吓得往回游，躲到人鱼身后。人鱼扭头看她一眼，好像是在鄙夷她胆子小。廖停雁才不管，她躲在人鱼身后，推着他过去，想看看那条鱼。人鱼刚才还懒洋洋的，突然间就蹿了出去，他把那条鱼抓住拖了回去，让廖停雁看了个够。

他就像是海底凶残的捕食者，普通的小鱼并不怕他，但一些危险的大鱼看到他就会跑。

廖停雁有一次玩疯了，离开人鱼，一个人往外游到了深一点儿的区域。她在那里看见了一条鲨鱼，简直要被吓死了。她僵在那里不能动，眼看着鲨鱼凶猛地游过来。那是她第一次听到人鱼发出声音，他的声音和人类的声音完全不同，是一种奇特的尖啸。廖停雁听得脑子一晕，那条冲着她来的鲨鱼比她还惨，当场就在水中痛苦地翻滚了起来，好像受到了特殊的攻击。人鱼飞快地游过来，他带着愤怒用尖利的手指甲把那条鲨鱼的肚子撕开，鲜血在水中弥漫，一会儿就染红了一大片海水。廖停雁被人鱼抱着远离了那片海域，还有些没回过神。人鱼愤怒地冲她叫了一声，好像是在朝她发脾气。

后来她再下海游泳，人鱼就跟在她身后，一见她要往深海区游，就拽着她的腿把她拽回去。

廖停雁不知道自己和这条人鱼究竟是什么情况，她反正也不敢想，想就是跨物种谈恋爱了。

她反思了一下，觉得自己以前的口味没有这么重的。怎么想都不是她的问题，那就是人鱼的问题，他要是个人，她喜欢的就是人了。

她知道了那条人鱼的名字叫娇，可能是吧。她询问名字的时候，他发出的一个音就类似于"jiāo"，出于私心，廖停雁就擅自叫他"娇"了。

娇娇，噗哈哈哈哈哈！这真的超好笑！

夏天的傍晚，廖停雁穿着一身T恤短裤，提着小板凳和刷子等东西前往海滩，给人鱼清理身体。和他熟悉之后，廖停雁每隔一段时间都得给他清理一回,他身上的鳞片缝隙要是不清理,偶尔会长出小水草和各种寄生植物。手指缝隙里、狩猎留在爪子里的血肉残渣也得定时清理。最要紧的是头发,廖停雁第一次给人鱼洗头,从他的头发里洗出来一条小鱼、一只虾,还有一只海星。

海星可还行?廖停雁:你身上都能养出个生态圈了!

她给他洗头发用的是无味的宠物香波,洗完把他那一把长长的头发编成一个长辫子,然后她一边刷人鱼尾巴的缝隙,一边笑:"长发公主,哈哈哈哈!"

人鱼懒散地坐在那里,捏着圆胖的小鱼滋她水,廖停雁早有准备,提起水枪滋回去。

廖停雁说:"新的风暴已经出现!吱吱吱吱吱吱吱!"

人鱼:"……"

夜晚的海边,人鱼为她唱歌。

他是一条很骄傲的人鱼,寻常不肯吭声,给她唱歌也只在非常开心的时候。那个时候,他的吟唱比月光还要温柔,比世界上一切的乐声都要动听。

在他的吟唱声中,她侧身亲吻他,低声对他说一句:"我肯定在其他的世界也喜欢过你。"

不然,她怎么会这么轻易地被他迷住。

## 番外四
### 我们在青春的尾巴上牵手（校园）

廖停雁有一个男朋友，高二一班的司马焦，只是这段恋情不为人知，是一段隐秘的地下恋情。

她的男朋友司马焦是一位凌驾于众多校霸之上的大佬，在初中部时就传说众多，到了高中部同样威名赫赫。要说他是校霸，他也不像九班那几个抽烟喝酒、惹是生非的，那几个是通报批评名单上的常客，但他就是比那几个所谓的校霸更加令人畏惧，让人退避三尺。

廖停雁在高二五班，五班的教室和一班的教室不在同一边。那是一个U型的教学楼，一班教室在左边，五班教室在右边，隔着一个行政部遥遥相望。

廖停雁在学校里并不能经常看见自己的秘密男朋友，放假在家的时候见得多一点儿。反正她经常在司马焦那里一待就是一天，除了晚上睡觉是回家睡的，连一日三餐都在他家吃——她是打着学习的名号去的，男朋友那边的伙食实在太好了，令人难以抗拒。

不知道是将近一年的伙食太好了，还是司马焦的暴躁填鸭教学法真的有用，廖停雁上高二后不仅长高了，成绩也一下子提升了许多。

老师和她谈话，想把她调去一班。鉴于从前很少有这种做法，廖停雁感觉这很可能是司马焦搞出来的事儿。大佬家有钱、有权、有势，他要做这种事儿很简单，只需要选一个合适的时机和理由。廖停雁心想：这可真是辛苦他了。

廖停雁和司马焦不同。她家庭普通，成绩在没和大佬谈恋爱之前也很普通，人缘一般，属于班上的中流学生，就是以后毕业了开同学会时，同学们很可能会忘记她叫什么名字的那种同学，很不引人注目。

她突然要转到一班去，班上除了她的同桌和前后桌有些不舍，其他人多半是感到好奇，想知道她的成绩怎么提高得那么快。

廖停雁：因为爱情。

一班是重点班，班上同学的成绩都是顶尖的。可能是因为这个，一班总是显得很沉默，大家说话也非常小声。廖停雁没来过一班几次，每次都是路过瞄几眼，发现这里就算是课间也比其他班安静很多。

可是，等她真的进了一班，她才发现有些不对。一班的同学死气沉沉的，和五班的轻松不同，和九班的放肆也不同。

首先是安排座位，班主任问了一句谁愿意和她做同桌之后，教室里陷入了长久的沉默。没有一个人吭声，同学们看书的看书，写字的写字，压根儿没人理会这个问题。

廖停雁：哇，学霸班这么排外的吗？

廖停雁看到教室采光最好的窗边，自己的男朋友好像趴在那里睡着了，他旁边是空着的，于是她自己找了个台阶下："老师，那边有个空位，我坐那边吧。"

此话一出，全班同学都忍不住抬头看向她，眼神无比复杂，特别怪异，微妙得廖停雁都怀疑他们是不是知道了自己在和大佬谈恋爱。

"老师，让她坐我这边吧。"一个女生忽然开口说。

廖停雁再瞄一眼好像睡熟了的男朋友："好吧。"

廖停雁坐到那个叫作肖玉的女生旁边，听到新同桌压低了声音告诫自己："你到我们班要注意一点儿，不要惹他，也不要吵到他。"

廖停雁说："他？"这不是在说我男朋友吧。

肖玉问："你以前是五班的，不认识他吗？"肖玉提笔，唰唰唰地在纸上写了三个字。

廖停雁瞧，"司马焦"，果然是在说她男朋友。

廖停雁前桌的女生也凑过来，撇撇嘴："你还真大胆，想和那位坐同桌呀，他醒了看到你估计能把你丢出去。惹了他，你就别想在一班待了。"

肖玉说："想在一班待得久，最重要的就是安静，他睡觉的时候别吵，否则会出事。"

她们说得严峻，廖停雁一时间都有点儿发虚。那个，真的说的是她男朋友哇？老实讲，她和大佬谈了半年恋爱，一直觉得他脾气很好，完全不像校霸，她没想到一班的同学这么怕他。

廖停雁配合地低声问："他怎么了？"

肖玉看她一眼，没说话，写了一张小字条给她。廖停雁看到上面写着：据说以前有人在他面前吵架，被他捏着脖子丢下了三楼，腿都摔断了。

廖停雁：这种校园传说一般都不可信吧？

等廖停雁看完了，肖玉把字条拿回去，撕碎了放进垃圾袋。

廖停雁：太夸张了吧，司马焦是什么沉睡的恶龙吗，需要这么小心对待？

"你以为我们平时为什么那么安静，都不怎么说话，还不是因为他在这里。万一吵到他，他发脾气好可怕的。"

廖停雁发现了，她的新同学不是排外，也不是对她有意见，他们就是被屋子里的沉睡恶龙吓成这样的。她也终于明白为什么每次她路过一班时，他们都安静得不行，原来那不是学霸的倔强，而是求生的欲望。谁能想到呢？一班的同学看上去光鲜亮丽，生存环境竟然这么糟糕。作为恶龙的家属，她甚至有点儿羞愧。

安静地度过了两节课，廖停雁和新同学处得还不错，包括前桌那个说话老爱带点儿讽刺的女生和后桌一个胖胖的戴眼镜的男生。廖停雁和同桌处得特别好。同桌的数学超好，廖停雁有一道题不会，请教同桌之后，得到了详细而耐心的解答。

廖停雁想起司马焦教她的时候那个恶龙咆哮的样子，觉得小姐姐真的是太棒啦！

第二节课的课间，司马大佬从课桌上撑起了脑袋。几乎就在他无声无息地抬起头的那一瞬间，教室里就变得异常安静。廖停雁刚要扭头去看，就被同桌拽了一下，同桌低声而急促地说："别看！"

这唬得廖停雁下意识地和他们一样低头看课本，不敢吭声。

廖停雁：不是，我干吗要怕呀？我在男朋友家敢向他扔枕头，敢拽他头发，还敢趴在他背上睡觉呢！

司马焦仿佛没睡好，一身烦躁，面无表情地走出了鸦雀无声的教室。在他离开教室一分钟后，整个教室沸反盈天，所有人说话的声音终于都恢复到了正常的音量。

廖停雁被这前后的反差搞得一愣，同桌却习以为常："等你习惯了就好了，这是我们班的常态。"

那还真是辛苦你们了，真的。

第三节课司马焦没回来。第四节课上课前，他走进了教室，直冲着廖停雁这边来了。廖停雁正在做数学题，发现周围突然安静，抬头一看，就看到男朋友一张面无表情的小白脸。

司马焦问："你怎么在这里？"

廖停雁说："我已经在这里上了三节课了。"你还装，不是你搞事情把我转到一班的？

司马焦眉头一皱，他可能昨晚没睡好，眼里有血丝。他总是睡不好，所以表情经常是不耐烦的。

司马焦揉了揉额头,动手收她桌上的书。廖停雁听到自己的同桌和前后桌都在小声地吸气,后桌甚至吓得拖动了一下桌子,发出一声响声。

司马焦没理会这些,拿着她的书往自己那边走,把她的书丢在了自己旁边的空桌子上。发生这种事儿,廖停雁一点儿都不感到意外,拿着桌上仅剩的笔袋跟过去了,临走还对着目瞪口呆的同桌尴尬地笑了笑。

糟糕,好像要暴露了。

司马焦这一桌附近的空间非常宽敞,他的前后桌都有意识地给他留出了最大的位置。

廖停雁感觉同学的视线都似有若无地挂在她身上,她不太自在地搓橡皮,搓了一堆碎屑出来。三分钟过后,司马焦抬头环顾一圈:"在看什么?"所有人都迅速地垂下了头。廖停雁丢开橡皮,在课桌底下使劲捏他的手。大佬,你这样真的很像欺压人的大坏蛋哪!

高二一班的同学发现了一个秘密,他们班上那位大佬好像在和他的新同桌谈恋爱。为此,他们特地建了个群,除了司马焦和廖停雁,全班剩下的三十八个人都在群里。

"我看到大佬从课桌里摸出一瓶奶,插了吸管,放到廖停雁桌上了!廖停雁顺手就拿着喝了呀!"

"大佬的课桌里什么时候放过奶这种东西?我一直怀疑他的课桌里放的是刀或者枪之类的危险物品。"

过了一会儿,有人在群里发:"刚才廖停雁是摸了一下大佬的头发吗?"

"好像是,我也看到了。"

"糟糕,大佬被她摸醒了。"

"大佬看了她一眼。"

"然后无事发生，大佬躺下继续睡了。"

"无事发生？我还以为新同学要被打！"

"我就说他们肯定在谈恋爱，就算是大佬也不会……呃，他真的不会打女朋友吗？"

"是不是女朋友还不一定呢，说不定那是他妹妹！"

三十八个同学暗中观察，一有风吹草动，群里就是一群土拨鼠尖叫，廖停雁自以为不会被察觉的小动作都像被显微镜放大一样在群里引起爆炸效果。

上晚自习的时候，一班的一群人表面上在认真学习，暗地里频繁地传送字条，群里也常有人刷屏。

一般而言，大佬很少会来上晚自习，而今天，他来了，虽然还是趴在那里睡觉。

"她拿出了耳机听歌，塞了一个耳机在大佬的耳朵里。"

"勇气可嘉……大佬连这都能忍？他不是有点儿声音都觉得很烦吗？"

"你们告诉我，这是不是一个假的大佬？他是别人假扮的吧。一年了，我就没见过他脾气这么好的时候！"

高二一班的群热闹了好几天才慢慢地恢复了平静，只是还有人时不时地谈到那两位。

自从廖停雁转到他们班上，他们班就好像进入了新的历史纪元，沉寂了一整年的教室忽然间就出现了生机。最开始是廖停雁和旁边的人说话，她并没有特意压低声音，有她带头，大家不知不觉间就不再压低声音说话了。偶尔有吵闹的人声音太大，不小心吵到那位恶龙大佬，大佬的同桌都会负责安抚他。

第一次发现她在桌子底下拉着大佬的手晃来晃去安抚他时，大家简直要疯了。

"大佬的女朋友，真的可以为所欲为。"

"我觉得她可以有个尊号，叫勇者，勇者斗恶龙那个勇者。"

"不,用龙骑士更贴切。"

"胖子你的思想也太污秽了!"

"我觉得你们两个的思想都挺污秽的。"

第一个月的月考成绩出来,廖停雁毫不意外地成了全班倒数第一。她拿着成绩单趴在桌上,怏怏的。她以前成绩一般,虽然被男朋友教了半年,但想一下子在学霸班排上前列还是有点儿困难的。

"干什么这副表情?你考不好是我没教好,跟你有什么关系?"司马焦捏着她的后脖子把她拉了起来,非常理所当然地说。

廖停雁看了看旁边的同学,发现他们都在埋头刷题,好像没听见男朋友的话,心里松了一口气,心想:不愧是一群学霸,专注学习,没有八卦。她凑近司马焦,低声说:"这个星期去你家补数学还是英语?我两门都没考好。"

坐在他们前面的同学迅速地拿出了手机,在课本的遮掩下快速地打完字发到群里——"我刚才听到廖停雁说周末去大佬家!"

"直接去家里?为所欲为,为所欲为,告辞!"

"唑……大佬连早恋都是这么明目张胆的吗?他以为学校是他家开……哦,抱歉我忘了,还真是他家开的。"

下午上课评讲试卷,数学老师上来报了分数就开始点名批评,廖停雁这个数学倒数第一首当其冲,撞上了数学老师的炮火。

这位数学老师比较年轻,刚毕业没多久,据说她学历挺高,还是学校领导家里的亲戚,一毕业就过来教了一班。她教了一班一年,严厉的形象已经深入人心。她尤其喜欢辱骂学生,整个一班除了司马焦,剩下的人都被她狠狠骂过,分数比之前要低的,做错了她曾讲过的题的,上课说了句话的,都会被骂。就是没事儿,她上课前也要先冷嘲热讽一顿。之前从一班转走的一个女生就是受不了她的骂,哭着转班的。和司马焦一样,这老师属于一班同学的两大心理阴影之一。

"你知道你拉低了一班多少平均分吗?你这个成绩是怎么到一班来的?我跟你说,你怎么来的最好怎么滚回去。你看看你考的是什么东西？你这个脑子学什么数学，不然你回去重读小学？"

廖停雁上去拿试卷，被这位老师冷嘲热讽了一通，连试卷都被她直接丢在了自己脚下。廖停雁弯腰去捡，听到身后传来一声巨响——司马焦踹翻了桌子。

接下来的场面堪称一班最混乱的时刻。这个暴躁大佬突然发飙，先是走上讲台直接把讲台踹翻了，然后把试卷全砸在了正在尖叫的数学老师身上，指着教室门让老师滚。

数学老师备觉没面子，色厉内荏地尖叫："你就是这么跟老师说话的！"

司马焦懒得和老师多说，上前就想踹人，被廖停雁一把抱住他的腰往后拖。廖停雁急急忙忙地劝他："冷静冷静，咱们不打人哪！"

他那个样子太吓人了，别说底下的同学不敢拦，就是数学老师也被他吓得花容失色。场中唯一敢靠近大佬而没被他踹出去的只有廖停雁，但她势单力薄，使出了吃奶的力气才阻止了司马焦，没让他动手。

偏偏司马焦不愿意罢休，拖着廖停雁这个拖油瓶，又用力地踹了一脚桌子："我让你滚你就滚，这个老师你也不用当了，回去跟你叔叔说，你叔叔也不用继续在学校待。"

数学老师面色大变，看看他这个有名的混世魔王，再看看没有一个人站出来为自己说话的这个班，气得哭着跑走了。廖停雁在同学的注视下头疼地抱着司马焦的腰，连拖带拽地把他带离了教室，一路往楼下去。

一班的教室里安静了一会儿，被留下来的同学面面相觑，忽然爆发了一阵欢呼。

"呃，大佬和龙骑士退场去哪儿了？"

"我觉得，可能不应该叫龙骑士，刚才那个是不是传说中的'冲冠一怒为红颜'？不然叫纣王和杨贵妃吧？"

"这两个都不是一对呀，快住嘴！"

"不是，他们去哪儿了呀？"

"好像是底下的小树林。"趴在窗边探头去看的同学汇报,"我好像看到他们亲了哎!"

"哪里呢?让我也看一下!"

"哇,这是在顺毛吗?"

"狗粮,我有点儿吃撑了。"

第二天,班主任宣布他们的数学老师换人。来了一位有二十几年教龄的老教师,这位老师讲课细致,虽然同样有些严厉,但是不爱骂人。

宣布换老师的时候,一班的同学全体起立鼓掌,廖停雁发现所有人都看着自己,感激之情溢于言表。

廖停雁:我什么都没做呀。

司马焦在喧哗声中皱眉抬头,立刻被廖停雁按了回去。她一边按,一边说:"你睡你睡。"


每天早上的跑步对廖停雁来讲是比数学课还让人头大的事儿。她跑得很慢,一圈下来能喘很久,偏偏跑完就要去做操。廖停雁跑完一圈累成死鱼,连动都不想动。

司马焦以前从来不参加班级跑步,后来廖停雁来了,他也就来了。他也不跑在队列里面,就在廖停雁旁边,廖停雁跑,他仗着腿长直接用走的。

他一边走,一边对慢腾腾的女朋友进行嘲讽:"你比那个懒货龟龟爬得还慢。"

廖停雁说:"我不许你侮辱龟龟,龟龟比我快多了。"

周围眼观鼻、鼻观心的同学后来才知道,龟龟是大佬养的一条宠物蛇,廖停雁提起它就像提起儿子一样。

虽然在她跑步的时候司马焦会对她进行惨无人道的打击,但廖停雁根本就不和他生气。跑完了实在太累,她就会左右看看,看到其他人都走了,就立刻坐在地上:"好累。"这大概是撒娇,反正每次她这样,大佬就会把她抱起来。但他用的是一点儿都不浪漫的抱法,抱小孩似的。一班的女生暗地里嘀咕：大佬这也太"直男"了，要"公主抱"哇。

偶尔这两人会逃早操，原本逃早操的学生都会聚集在小树林后面躲着，但是自从大佬带着廖停雁也去那里之后，那边就成了他俩专属的躲操圣地。有人在经过的时候看到大佬坐在墙边刷手机，廖停雁抓着他的手躺在他怀里休息，她身上盖着大佬的校服外套，两个人安安静静地待在一起。

"你们知道吗？大佬会给女朋友买早餐。"

"不可能吧？我感觉大佬都不吃东西的，他都不去小卖铺的吧？"

"我今天看到了，他买了早餐，还买了一堆零食。这些他自己肯定不吃，当然是给女朋友的。"

廖停雁撕了一条口香糖嚼着，发现前桌隐晦地盯着她手里的口香糖。她递了一个过去："你要吃吗？"

前桌颤抖着接过一片口香糖，在群里狂发消息："啊啊啊啊啊！我吃到了大佬给女朋友买的零食了！"

"哇啊啊啊，太羡慕了，我也想要！大佬去买的，能收藏起来了！"

"恨哪！怎么我没坐在女朋友旁边呢！"

经过"勇者""龙骑士""杨贵妃"等一系列称呼，不知不觉间，大家都默默地开始称廖停雁为"女朋友"。

廖停雁察觉到四面八方的目光，心想：果然还是不该在教室吃零食，众位学霸同学的目光都好灼热。她默默地把零食放回了课桌里，心说：算了，克制一下自己。

她看着自己手里的练习册，鼓着脸算了半天没算出来，默默地连纸带笔塞到旁边。司马焦被她戳醒，接过纸笔，三下五除二地写完丢回给她。

廖停雁说："那我照着抄了？"

司马焦说："抄，考试也照着我的抄。"

廖停雁听不太出来他是不是在反讽："那我自己写。"

司马焦说:"我让你考试的时候抄我的。"

廖停雁压低声音:"那多不好意思……话说你别说这么大声啊,被听到了!"

司马焦:"哧。"

英语练习卷晚上要交,廖停雁还有两张没写完。

廖停雁说:"救命!救我!"

司马焦说:"交什么,不交算了。"

廖停雁说:"我写不完了!焦,求求你了!"

司马焦被她闹得啧了一声,扯过她剩下的两张英语卷,拿了一支笔去勾选项。他的速度很快,看两眼就唰唰勾完了,态度随便,下笔又用力,试卷都快被他划破了。

廖停雁:"不能随便乱选!"

司马焦说:"你以为我是你。"

后来试卷发下来,果然一个都没错。全班唯一全对的就是廖停雁——司马焦自己压根儿没写。

知晓内情的同学:"好羡慕!"

慢慢地,一班的同学就习惯了大佬在女朋友面前百依百顺的样子。他和以前比起来,虽然都像老虎,但以前是真的会吃人的老虎,现在是纸老虎。大家想想,觉得还有点儿诡异的反差萌。

"刚才大佬跟我说话了。"

"啊?他主动跟你说话?说什么了?"

"他把我的热水袋拿走了。"

"哦,懂了,肯定是给女朋友的。"

廖停雁来了"姨妈"肚子疼,抱着一个热水袋,恹恹的。她瞧了一眼旁边的男朋友,蹭过去说:"我好想吃红豆冰。"

司马焦睥睨她:"你想死?"

廖停雁说:"你听我说,虽然是冰的,但是红豆补血……"

司马焦看着她。

527

廖停雁说:"好吧,那我不吃了。"

她那样子看着怪可怜的。上课十几分钟后,司马焦瞧着廖停雁下垂的眼睛,听着她有气无力的声音,起身出去了。弱小可怜又无助,还经常被占课的音乐老师不敢问,也不敢说,就当没看见。结果人出去没一会儿,他拿着一个红豆冰又回来了。他在众目睽睽之下,让他的同桌吃了一口。

音乐老师说:"好的,同学们,我们今天来欣赏一首《婚礼进行曲》。"

一班同学默默地为音乐老师鼓起了掌。

后来,司马焦和廖停雁举行婚礼的时候,一班所有的同学都被邀请到场,他们听着那婚礼进行曲,都不由得想起高中时那个有着蝉鸣和蓝天白云的午后。

"大佬看着女朋友的眼神好温柔哇!"前排的女生悄悄地和自己的同桌嘀咕。

## 番外五
## 那我们就去天涯海角吧（末世）

司马焦抓到了一个奇怪的丧尸。

"你是丧尸？"司马焦脚上的黑色长靴沾满了带着腥气的污渍，他将腿随意地架在火堆上，任由火焰舔舐着他鞋上的污秽，火焰却没有烧坏他的鞋子。

这是一个非常厉害的火系异能者。廖停雁想起他刚才踩碎丧尸脑袋，让脑浆溅在鞋上的场景，就感觉一阵脑壳疼——没办法，她现在也是个丧尸了，看到同类死得这么惨，难免发怵。

"说话。"男人神情阴郁，带着暴躁的戾气，很是不耐烦。他看上去是那种一言不合就要杀人的狂躁症异能者，看他这么躁，可能还是晚期。

廖停雁紧张地动了动被绑着的手,张嘴发出滞涩嘶哑的声音:"好、好像是。"

司马焦踩着那个火堆凑近她,捏着她的下巴看了看:"我第一次看到还会说话的丧尸。"

廖停雁:老实说,我也就见过自己这么一个奇葩。

她看着面前这白肤黑发的年轻男人,他将手毫不顾忌地放在她的左胸按了按。

廖停雁:这个动作……不是吧,你这么丧心病狂吗,连丧尸都要睡呀?她虽然和普通的丧尸不一样,身体没有腐烂干瘪,但不论怎么讲,本质也是丧尸呀。

她在进行脑内风暴,脸上也不由自主地带出了这意思。听到男人低声嗤了一声,她抬头,看到他脸上写满了鄙夷和嘲讽。

他又接着按了按她的脖子,这才收回手:"没有心跳,没有温度。"他打量她的目光很奇怪。

讲道理,你自己的手像冰一样,比我一个丧尸都还要冷好吗?廖停雁感觉自己弱小可怜又无助,紧张兮兮地缩在柱子边。她的两只手被这男人拷在了柱子上,没法挣脱。

男人不知道在考虑什么,过了一会儿问:"你要不要吃人?"

廖停雁赶紧摇头。要不是太久没说话,声音像是破锣,说话还不太清楚,她立刻就要跳起来大喊自己绝对不吃人,现在连肉都不吃,是个一心向善的丧尸,绝对不会害人。

结果男人看上去反而更嫌弃她了:"连人都不吃,你也算丧尸。"

廖停雁心说:我要是吃人,就先咬你一口,让你也变成丧尸。你和那些没有神志的同伴一起在大街上吹风淋雨,穿着破烂的衣服跳摇摆机械舞。

司马焦捏着她的下颌,迫使她张开了嘴,手指探进她嘴里摸她的牙齿。

廖停雁:等一下,你尊重一下我这个丧尸好吗?丧尸的嘴你都敢摸,还有什么是你不敢做的?怕了怕了。

司马焦说:"有点儿意思。"

他一句"有点儿意思",廖停雁就被迫成了他的跟班。

在末世,人类猎杀丧尸和丧尸吃人一样,都是理所当然的事儿。司马焦是幸存的人类中少见的顶级异能者,所以他没有躲在几个聚居地里,反而敢孤身行走在荒废区,还敢抓丧尸玩。

廖停雁变成丧尸后,躲藏了很久。在遇到司马焦之前,她有差不多两年没有和人面对面说过话了,差点儿患上交流恐惧症。跟了司马焦之后,她被迫开始说话,复健进度一日千里,很快她就可以熟练地吹"彩虹屁"了。

她实在是为生计所迫,不得不当个"舔狗"。

但是大佬好像不是很喜欢"彩虹屁",但凡廖停雁连续说话超过一百字,他就会面无表情地用他的长刀敲鞋帮:"太吵了,我现在要选一个丧尸来杀一杀,谁会有这么好的运气呢?"

廖停雁立刻闭嘴,并且迅速地把在不远处徘徊的无辜的落单丧尸拖了过来。

那个迷茫的丧尸闻到人味,瞬间张牙舞爪地兴奋起来,被司马焦一刀砍死,尸体被烧成灰。

好了,死道友不死贫道,今日超度一人。

廖停雁搓搓手:"大佬,你现在爽了吗?"

司马焦说:"不。"

这是个惯常不讲道理的臭大佬,偶尔脑子还会出问题。

作为一个丧尸,廖停雁不吃人,也不吃其他东西,反正什么食物她吃了都要原样吐出来。最痛苦的是她能闻到各种味道却根本尝不出味道,为此她不知道多羡慕大佬,然而——大佬好像更羡慕她不用吃东西。

每次到了要吃东西的时候,司马焦就神情难看。他把找到的食物胡乱地往嘴里塞,吃得厌烦不已,而廖停雁就坐在一边使劲地咽口水。

**献鱼** 下册

后来，司马焦好像因此找到了吃东西的乐趣。

"S基地出产的面包。"司马焦晃了晃手里拆了封的面包。

廖停雁闻到一股奶香，眼巴巴地看着那好久没吃过的面包，记忆里的松软味道仿佛在舌尖泛起。看够了她馋得咽口水的表情，司马焦才把面包塞嘴里，觉得这面包好像确实有了一点儿不同往常的香甜。

"中央基地出产的干泡面。"

廖停雁嗅嗅那股飘在空气里的辣香，没有想到自己在有生之年竟然会馋泡面馋成这样。盯着司马焦一口一口慢腾腾地把面吃完了，她整个人也不知不觉地越凑越近。

廖停雁说："我觉得我再试试，说不定能尝出辣味呢！"

司马焦瞧她一眼，敲敲碗，廖停雁会意地端起，迫不及待地喝了一口，然后默然了。

她还是尝不出味道！这简直是惨绝人寰！

他们相遇那会儿，司马焦略显瘦削，整个人的气质就如刀锋一般锐利，这很大程度上和他对食物的厌恶有关。可是自从带上了廖停雁这位奇特的丧尸，有她每天在一边馋他的食物，他的胃口不知不觉地好了一些，整个人肉眼可见地变胖了一点儿。

他没有目标，只是不喜欢聚居才会离开基地，漫无目的地四处走。他习惯了这种生活，可廖停雁不习惯。她自从变成丧尸就一直宅在一个地方，每天就是睡觉、晒太阳，但她被司马焦捕获后只能跟着他颠沛流离，每天都觉得自己是不是要累到当场去世。

最开始她迫于大佬的威严不敢吱声，可后来熟悉了一点儿就忍不住了，敢对着大佬说："我好累，能不能休息呀。"

司马焦第一次听她说累，露出了"你真的是个丧尸吗"的神情。他朝着远处的丧尸招手，闻到人味的丧尸也热情地和他招手，并且非常积极地试图靠近过来。

司马焦指着那蜂拥而至的丧尸大军对廖停雁说："你学学其他丧尸，他们会走一点儿路就喊累吗？"

廖停雁：他们根本不知道累，也不会说话呀。

虽然话是这么说，但他也没有要求廖停雁马上起来继续走。他在原地等她休息，并且烧死了一拨热情地迎过来的丧尸。

今日超度九十九人。

廖停雁开始觉得大佬其实是个好人，因为在她数次累趴下之后，大佬决定不走路了。他进了废弃的城，找了一辆摩托车代步。

他竟然还会改装摩托车！

廖停雁抱着他的刀和外套坐在一边，看着大佬在那边敲敲打打地改装摩托车。人长得帅，修车都像是在造航母。

车子很快被换了轮子，还加装了个拖斗，开始廖停雁以为那是放东西的地方，结果那里是给她的特等席。

等到这辆造型奇特的摩托……或许它已经没资格再被叫作摩托了，总之当这代步工具投入使用的时候，廖停雁坐在拖斗改造的乘客席上，感觉自己像是坐上了狗拉的雪橇。每当遇上颠簸的路段，她和拖斗一起哐当哐当地抖动，或者被拖斗抛到空中的时候，她都特别想唱歌。

"这是飞一样的感觉！这是自由的感觉！"她唱歌本来就没调，被这车抖得连音都快没了。

作为"丧尸超度者"的"带刀骑士"，同时也是"狗拉雪橇之主"的司马焦："再唱就把拖斗砍断。"

"哔——"廖停雁自动消音。

大佬被她逗笑了。这人的笑点很奇特，她特意逗他笑的时候，他一脸冷漠不耐烦，她没想逗他笑，他反而会突然笑得浑身抽搐。他的笑点和他的脾气以及心情一样难以捉摸。

他们在废弃的城市之间游走，噪声有点儿大的奇葩摩托载着他们到处流浪。廖停雁从前一直待在一个地方，直到此时，她才真正看清楚了这个与从前不太一样的灾后的世界。并不是一切都在变坏，也有变好的，比如环境，也有永远不变的，比如夕阳和星空。

司马焦并不是一直都让人讨厌的。夜晚在野外露宿，他会点燃一堆火，让它一直烧到天亮。以前他一个人过日子，从不点火堆，更喜欢待在黑暗里，而廖停雁晚上没有火堆就难受。他开始吃东西之前会先让廖停雁闻个够，有时候还会给她分一些，哪怕她并不能吃，只能捧在手里闻一闻，他也会浪费珍贵的食物。有时候他们进了废弃的城里，他找到些稀奇古怪的东西就会随手递给廖停雁，廖停雁也不知道这算不算他送自己的礼物，像是泡澡的时候玩的橡皮小黄鸭和路边餐馆落了灰的菜单等。抱着菜单看图片咽口水的廖停雁心想：这大佬到底是想让我画饼充饥、望梅止渴，还是在嘲笑我不能吃东西？

她收到的最像礼物的一件东西是一面小镜子，那镜子还带着一个小梳子，方便携带的那种，能合拢起来，外表看上去像个漂亮的装饰物。收到这东西后，廖停雁忍不住想：司马焦是不是看上自己了？孤男寡女日久生情什么的，也不是不可能啊。

她一边想，一边掬起河里的水洗脸。那边的司马焦跨坐在车上，一腿支着地面。他有些不耐烦地敲了敲地面："洗够了就赶紧走，丧尸要那么干净干什么，别人会看你干净就不杀你吗？"

廖停雁面无表情地从河边站起来，擦擦自己的脸。好了，想多了，日久生情什么的是不可能的。物种不同怎么谈恋爱？而且这浑蛋懂什么是恋爱？

她湿着头发跑过去，司马焦却一把捏住她的后脖子，在她惊愕的目光中，随手把她的头发烘干了。火系异能者吹头发真的超厉害，但是……你给我吹头发是什么意思！你这个男人，你瞎撩什么呀？

廖停雁感觉自己有点儿危险，她回想了一下，竟然觉得司马焦有点儿像是和女朋友一起逛街等得不耐烦的"直男"男朋友，他虽然不耐烦，但等还是要等。

时间久了，廖停雁觉得自己一点儿也不怕司马焦了，甚至偶尔还会想：要是能一直这样也不错，都在末世变成丧尸了，活得自在点儿、随便点儿多好。

他们停下来休息,遇上了一个车队。

车队的人认识司马焦,因为他的名气太大,在几个基地里都属于名人。特立独行的性格、吓死人的脾气和最高等级的异能三者组合在一起,不能不令人侧目。廖停雁这个时候才从这些人口中知道,原来司马焦大佬是个赏金猎人。

这个复兴的职业蓬勃发展,上到深入丧尸占领区寻找重要物品,下到前往其他基地寻人,都可以委托赏金猎人,而司马焦是赏金猎人中最厉害也最令人无奈的一位。最厉害是因为他能独自一人深入丧尸区,什么危险的委托他都有能力完成,令人无奈则是因为这人明明能完美地完成任务,有时候却会因心情不好而直接让任务泡汤。

"没想到会在这里碰到您。"车队里的队长拿着烟过来搭话,"中央基地前两天刚发布了一个最新的悬赏公告,说是要找还保持理智,外表和人类相差不大的丧尸,赏金很丰厚。他们之前发现了这种丧尸,还在这种丧尸的脑子里找到了能让异能大幅度升级的好东西,您听说了吗?"

廖停雁原本正捧着一块干面包在那里待着,听到这话,整个人一僵,不由自主地去看司马焦。司马焦面色淡淡,好像根本不在意。他只用刀鞘敲了敲鞋尖,来跟他搭话的人就闭嘴走了,不敢继续吵他。

廖停雁和司马焦两个人坐在火堆边,半响没说话。等车队走了,廖停雁默默地躺在地上,视死如归地说:"来吧。"

司马焦提着刀正准备站起来,闻言又坐下了,抱着胸看她。

廖停雁说:"能轻点儿吗?我怕疼。"

司马焦说:"我还没有饥渴到要上丧尸。"

廖停雁说:"是这样,你不杀了我去换赏金吗?听说酬劳很丰厚哇。"

司马焦说:"让我拿你去换钱,我要夸你勤俭持家吗?"

她一骨碌坐起来:"你为什么不这么做?"

535

## 献鱼 下册

司马焦说："想和不想，都不需要理由。"他过去骑车，"走了。"

廖停雁默默地跟上，觉得大佬好像真的有点儿喜欢自己。

她憋不住心事，在下一次休息的时候就搓着手凑上去："大佬，你是不是想和我……谈个恋爱？"

司马焦瞧了她一阵，突然说："也行。"

廖停雁：等一下，我不是在告白，你这个"我就大发慈悲地答应你了"的表情是个什么意思？我真的就是随便一问哪。

总而言之，她稀里糊涂地开始和大佬谈恋爱了。作为大佬新晋的女朋友，鉴于自己是个丧尸，廖停雁不得不为男朋友的终身"性"福着想。

她在废城里闲逛，无意中找到了一件神器，手动飞机杯。看着上面写的产品介绍——"给男人最完美的性体验"，廖停雁陷入沉思。这个应该不存在过期的问题吧，还是能用的吧？虽然这礼物有点儿羞耻，但真的非常贴心，而且从实际用途出发，它很有实用性。我真是个好女朋友，廖停雁心想。

"送给你。"她说。

司马焦看着她的礼物，半天没说话，然后慢慢地抽出了刀，咚的一下，把这东西砍成了两半。那一刀好像砍在了廖停雁的心口一样，砍得她心惊肉跳，她下意识地跳出去，蹲到了他们的车后面。

司马焦一脚踢开被劈成两半的飞机杯，看向她："过来。"他的眼神和架势都好像要给鸡拔毛。

廖停雁说："不不不，你先冷静，冷静一下，不要冲动，乱来的话，说不定会感染丧尸病毒的！"

司马焦把她捉过来，按在膝盖上，二话不说，给她……剃了个头。

廖停雁心里凉飕飕的，她看着自己的头发："咱们可以分手吗？"

司马焦二话不说又是一刀，把那个无辜可怜的飞机杯砍成了四瓣。

廖停雁说："不分，绝对不分，这辈子都不可能分手的！"

他们晚上躺在一起的时候，廖停雁还有点儿心慌："那什么，要不然咱们还是分开睡吧。万一我做梦吃个什么东西，不小心咬了你一口，这不就造成悲剧了吗？"这种场景真的又惨又傻。

　　司马焦枕在背包上，看着她。

　　廖停雁说："好好好，不分开不分开，就这么睡，我没问题，我完全可以！"

　　她转过身，朝天翻了一个白眼，她的大佬男朋友是个什么品种的小公主哇？"小公主"抱住了她的腰，把她往怀里拖了拖。

　　廖停雁：好吧，我最喜欢小公主了。

　　他们在清晨再次上路。

　　司马焦忽然问她："你有没有想去的地方？"

　　廖停雁想了想，看着他的背影开玩笑说："那……天涯海角？"

　　司马焦扭头看了她一眼，忽然勾唇笑了下："那就去天涯海角。"

　　廖停雁被他这个笑容电得小鹿乱蹦，下一刻，他们的坐骑大摩托发出咆哮冲上大路，廖停雁也像只小鹿似的从座位上蹦了起来。

　　"大佬！你慢点儿开！"